오늘의 SF #1

KB117737

arte

차례

일러두기
· 책은 겹낫표(『 』), 한 편의 글과 논문 등은 홑낫표(「 」),
잡지·신문 등은 겹화살괄호(《 》), 영화·드라마·웹툰 등은
홑화살괄호(〈 〉), 시리즈는 작은따옴표(' ')로 묶었다.

《오늘의 SF》 창간에 부쳐

정소연

《오늘의 SF》 창간호 머리글을 쓴다. 사실 머리글을
쓸 때가 되면 이미 편집위원들은 지쳐 있다. 특히 잡지의
방향부터 필진까지 모든 것을 논의해야 했던 창간호
준비는 쉬운 일이 아니었고, 이제 나는 이 책을 기다려 온
다른 모든 독자, 작가, 출판계 종사자들과 마찬가지로
그저 출간된 책을 하루빨리 손에 쥐고 싶다.

　　그럼에도 역시 조금 감상적이 되는 것은 어쩔 수
없다. 이 책은 한국문학계가 오랫동안 필요로 했던
과학소설 전문 잡지다. 여기에는 단편소설 6편과 중편
소설 1편이 실려 있는데, 이것만으로도 어지간한
단행본에 준하는 분량이다. 또한 SF 작가론, SF 인터뷰,
SF 서평, SF 관련 칼럼과 에세이는 물론이요, 한국
SF가 다룬 공간을 방문한 기행문까지 실었다. 선택과
집중을 말하자면, 《오늘의 SF》를 만들며 우리는
여러 장르를 두루 탐색하기보다는 SF라는 장르가 주는
여러 즐거움과 기쁨을 두루 알리는 도전을 해 보기로
했다.

　　창간호 첫 글은 전혜진의 부천 기행문이다. 부천은
듀나의 작품 『대리전』의 배경이 된 도시다. 전혜진은
마치 평행우주의 길을 걷듯 송내대로를 걷는다. 이 SF

기행문은 우리가 이 책으로 하고 싶은 일들을 보여 준다.
우리의 SF를 말하는 것. 우리가 딛고 선 곳에서 나고
자란 이야기들을 읽고 쓰는 것. 우리의 발이 닿는 곳곳에
SF의 지층을 만들어 내는 것.

이어 정보라는 SF가 지향하는 방향을 말한다.
이 글은 정보라라는 한 작가의 에세이이기는 하나, 분명
그와 동시에 한국의 많은 SF 작가들이 공유하고 있는
정체성이자 방향성이기도 하다.

크리틱은 편집위원들이 가장 고심한 코너다. SF
비평의 결핍에 대한 하소연을 넘어, 우리는 이 책에
비평의 장을 만들고자 한다. 구병모는 SF를 꾸준히
썼지만, 그의 작품이 갖는 SF성이 기존 비평에서 충분히
다루어지지 않았다는 점에서 편집위원 전원이 동의한
명백한 선택이었다. 이 코너가 《오늘의 SF》 밖에서도
SF 비평의 확대를 견인하기를 바란다.

인터뷰는 두 편을 싣는다. 인터뷰 하나는 소설 인접
매체 SF 창작 및 종사자, 하나는 SF 작가를 대상으로
했다. 이번 호에는 배명훈과 연상호의 인터뷰를 실었다.
애니메이션에서 실사영화까지, SF를 이해하는 작품을
만들어 온 감독 연상호와, 수많은 본격 SF를 쓰고도
'경계에 있는' 작가로 안이하게 소개되어 온 배명훈의
목소리를 직접 듣는다.

칼럼에는 SF 소설의 전후좌우를 살피는 글을
실었다. SF 영화에 대한 오정연의 글, 도나 해러웨이,

페미니즘, SF를 말하는 황희선의 글, SF와 장애라는 주제를 다룬 김원영의 글이 그것이다.

소설로는 초단편 두 편, 단편 네 편, 중편 한 편을 실었다. 작가들의 성향, 성비, 작품 활동 기간 등을 두루 고려하였다. 단언컨대, 이 중에 당신의 마음에 드는 소설이 적어도 한 편은 있을 것이다.

리뷰에서는 한국 소설 두 편, 외국 소설 두 편을 다루었다. 이 일대일 비율은 일부러 정한 것은 아니다. 화제가 되고 리뷰를 쓸 만한 한국 SF는 훨씬 더 많지만, 새로운 콘텐츠를 중심으로 놓기 위해 리뷰를 줄였다. '숨어 있는 SF'는 이 책의 마지막에 있는데, 외출 전 마지막으로 뒤를 돌아보며 뭔가 놓고 나온 것이 있는지 살필 때의 느낌을 담고자 했다.

SF는 지금 이곳 here and now 너머를 말하는 장르이지만, 한편으로 SF라는 장르는 지금 여기에 있다. 독자도 창작자도 비평가도 엄연히 지금 이곳에 사는 사람들이기 때문이다. 우리는 이 현재성이 갖는 가능성을 깊이 고민하여, 《오늘의 SF》라는 제목 그대로 오늘날 한국 SF를 가능한 한 모든 방향에서 충분히 말할 수 있는 책을 만들고자 했고, 앞으로도 만들어 나가고자 한다.

1926년, 휴고 건즈백은 《어스타운딩 스토리 *Astounding Stories*》를 창간하며 그 잡지에 실린 소설들이 "매력적이고 흥미로운 읽을거리이고, 언제나 교육적이고,

진보에 있어 새로운 길을 여는 것"이라 선언했다.

그로부터 거의 한 세기를 온 지금, 우리는 건즈백이 말했던 재미는 물론이요, 그 이상을 향해 첫발을 딛는다.

독자들이 좋아하고, 한국문학을 견인하고, SF를 보여 주는 글들을 흠 없이 싣기 위해 최선을 다했다.

이 책을 통해, 독자들에게도 SF의 경이감이 닿길 바란다.

우리가 함께 나아가길 바란다.

에세이

『대리전』과 함께하는 부천 산책

전혜진

"마계인천" 사람에게 부천은 묘한 느낌을 불러일으키는 도시다.
부평에서 동쪽으로 조금만 달려가면, 그저 처음부터 한 도시였던
것처럼 자연스럽게 이어지는 풍경 속에 부천이 있어, 잘 모르는
사람은 그곳이 인천인 줄, 혹은 서울 변두리 어딘가인 줄
착각하기도 한다.

사실은 경기도인데도 인천과 함께 지역 번호 032를 써 온
데다, 부평과 부천, 이름도 비슷해서 더욱 착각하기가 쉽다.
애초에 부천이라는 이름 자체도 부평의 부(富)와 인천의 천(川)을
따온 것이라는 점을 생각하면, 이곳의 역사를 짐작할 수 있다.

부천은 원래 안남도호부였고 계양도호부였으며
부평도호부였던 지역에 속해 있다. 이 지역이 20세기 초 반으로
쪼개지며, 절반은 인천과 합쳐졌고 일부는 서울에 흡수되었으며
나머지는 부천이 되었다. 한마디로 이름이 지어진 지 이제
고작 백 년 남짓 지난, 새로운 도시다. 『바람과 함께 사라지다』의
주인공 스칼릿은 자신이 태어난 해에 이름이 지어진 젊은
도시인 애틀랜타에 도착하며 신선한 느낌을 받지만, 반듯반듯한
계획도시인 부천 역시 어떤 사람들에게는 비슷한 느낌을
줄지도 모른다.

부천은 이런 역사 덕분인지, 만화박물관이 있고 각종 만화
관련 정책들을 수립하고 수행하며, 부천국제만화축제와

부천국제판타스틱영화제를 개최하는 등 젊은 도시, 문화의 도시 이미지를 지켜 나가고 있다.

2016년, 부천에서 구가 폐지되며 그 이름은 사라졌지만, 이전에 원미구라 불렸던 지역은 그런 점에서 특히 흥미로운 지역이다. 부천을 세로로 셋으로 나누었을 때 그 가운데에 해당하는 원미구 상동은 아기 공룡 둘리의 본적지이자, 한국만화진흥원과 만화박물관이 자리 잡은 곳으로, 매년 열리는 부천국제만화축제의 중심이다. 만화뿐이 아니다. 양귀자의 연작소설 『원미동 사람들』도 이곳 원미구 원미동을 배경으로 하고 있으며, 부천국제애니메이션페스티벌, 부천세계비보이대회 등도 이곳에서 펼쳐진다.

그리고 이곳 부천시 원미구는, SF 독자들에게도 나름 익숙한 지역일 것이다.

바로 듀나의 도시니까.

지금은 한국을 배경으로 하는, 한국인 주인공이 활약하는 SF 소설이 자연스럽지만, 한때는 그렇지 못했다. 듀나의 소설은 아직 한국을 배경으로 하는 SF가 어딘가 어색하던 시절부터 한국을 자연스럽게 세계와, 혹은 우주와 연결시켜 왔다. 듀나의 여러 소설 속에서는, 우리에게 익숙한 여러 장소에서 낯선 자들과 조우하고, 당연하지 않은 능력들이 펼쳐진다. 구로, 내발산, 영등포, 신촌, 송도, 부평, 목동, 일산…. 물론 수도권의 지명들만을 찾아볼 수 있는 것은 아니다. 대구나 전주와 같은 지역 거점 도시들도 군데군데 보인다. 용산과 송도, 월미도와 부평이 익숙한 내게는, 『아직은 신이 아니야』와 『민트의 세계』 속 그 지역들이 더욱 흥미진진하게 다가온다.

그리고 부천이 있다.

특히 부천 원미구는, 마치 듀나를 위한 무대처럼 느껴지기도
한다. 『아직은 신이 아니야』 연작 중 「사설 지옥」 편에서
곽도성이 찾아갔던 심곡동 빌라라든가, 「큐피드」(『조커가 사는
집』 수록 작품)에 나오는 '부천 중앙공원 자전거 길' 같은 곳
말이다. 마스킹이 안 되었다는 원망과 함께 언급되는 부천 CGV,
소풍 CGV도 있다(부천 CGV는 이제 마스킹을 한다). 그러다
보니, 듀나의 소설 속에서 구체적인 지명이 언급되지는 않은,
그러나 적당히 변두리의 느낌이 나는 장소를 맞닥뜨릴 때마다
나는 부천의 풍경들을 먼저 떠올린다. 아, 『태평양 횡단 특급』에
수록된 「대리살인자」의 김지영은 부천시청에 근무하고 있다.
주인공과 만나는 건 구로구의 오류역 쪽이지만.

　　그렇게 듀나는, 부천을 자연스럽게 세계, 아니 우주와
연결한다. 『대리전』에서는 이와 같은 관점이 아주 노골적으로
언급된다. 부천은 관문 도시라고.

　　대한민국의 관문 도시가 인천이나 김포, 혹은 부산이라면,
이 소설에서 부천은 무려 지구의 관문 도시가 되어 버린다.

　　『대리전』 속 사장은 부천에서 태어나 부천에서 자라 부천에
대한 애향심과 멸시를 동시에 품고 있다. 마치 자기가 사는
도시를 "마계인천"이라고 부르며 낄낄거리는 인천 사람들처럼.

　　작가 역시 마찬가지다. 작가는 자신이 사랑하는 이 도시를
"무개성적이고 대체 가능한" 곳이라며 적당히 빈정거리고 놀려
먹으면서도 아주 당연하고 자연스럽게 지구의 중심으로 만들다
못해 종국에는 공식적인 우주의 전쟁터로 만들어 버리기까지
한다. 아주 천연덕스럽게.

　　그러면 슬슬, 이 『대리전』과 함께 부천을 돌아다녀 보자.
물론 그냥 읽어도 흥미진진하지만, 부천의 지리를 조금 아는
사람에게는 특히 더 재미있는 소설이다.

준비물은 간단하다. 먼저 『대리전』 단행본, 혹은 얼마 전 새로 나온 『두 번째 유모』 단행본을 준비한다. (현재 『대리전』은 절판된 상태이며, 『두 번째 유모』에 「대리전」이 수록되어 있다.) 수도권 지하철 7호선이나 1호선으로 연결되는 지역에서 살고 있다면 7호선 상동역, 혹은 외계의 관광객들을 맞이하고 숙주들을 관리하는 사무실이 자리 잡은 1호선 송내역에서 내리면 되고, 시외버스나 고속버스를 이용한다면 부천 소풍터미널행을 타고 오면 된다. 상동역 바로 근방이니까. (이 소풍터미널 건물에 자리 잡은 CGV가 「큐피드」에 언급되는 그 소풍 CGV다. 마스킹은 하지 않는다고 한다.)

우리의 출발지는 바로 상동역이다. 만약 송내역에서 내렸다면, 송내역과 상동역을 직선으로 잇는 송내대로를 따라 쭉 걸어와도 무방하지만, 2.5킬로미터쯤 떨어져 있다 보니 27번이나 53번 버스를 타는 쪽이 편하다.

만화의 도시답게 이곳 송내역에서 터미널까지 대로변의 아파트 외벽에 만화 벽화가 조성되어 있으니, 중간중간 주변 아파트 단지들을 보면서 이동하는 것을 추천한다. 특히 순정 SF의 대표작 『별빛 속에』의 만화 벽화는 꼭 보고 갈 것.

상동역에 도착했으면 이제 본격적으로 『대리전』 탐험을 시작해 보자. 이 소설의 첫 문장부터 나오는 무나키샬레 아이스크림 가게는 원래 상동역 홈플러스 근처에 있었다. 지금은 폐업했지만.

주인공은 송내역의 사무실에서 사장과 에이전트들이 살해된 것을 발견하고, 숙주들을 차지하여 달아난 외계인들에 맞서기 위해 이곳 홈플러스와 월마트에서 무기를 조달한다. 월마트는 현재 이마트로 바뀌었는데, 길주로를 따라 부천시청 방향으로 쭉 걸어가면 나온다. (가는 길에 CGV가 하나 더 있다.
역시 유감스럽게도 마스킹을 지원하지 않는다.) 그 옆에
있는 부천시청 앞 중앙공원에서 잠시 쉬었다 가는 것도 좋다.
「큐피드」에 나오는 자전거 길이 이곳 중앙공원에 있다.

　　주인공과 바기-지랑은 탐사선을 찾기 위해 먼저 사장에게
이식되었던 이식물의 자취를 뒤쫓아 삼정동으로 향한다.
이들이 시청이나 이마트 쪽에서 이동한다면 석천로, 상동이나
송내에서 이동한다면 송내대로를 따라 북쪽으로 가면,
열병합발전소와 테크노파크를 비롯한 공장 시설들이 밀집한
지역으로 접어든다. 이곳이 바로 부천 오정구 삼정동이다.

　　낮에는 인적이 드문 변두리 지역이라 이런 곳에 특별히
볼 게 있을까 싶지만, 모처럼 여기까지 왔다면 부천아트벙커에
방문해 보자. 부천아트벙커 B39는 폐쇄된 쓰레기 소각장을
리노베이션하여 복합문화예술공간으로 개조한 공간이다.
기존의 소각 시설 등에 동선을 추가하고 빈 공간을 활용하며
인더스트리얼 스타일의 인테리어란 무엇인지를 제대로 보여 주는
곳이다.

　　주인공이 헬륨이 든 풍선처럼 생긴 탐사선을 찾아낸 달빛
모텔은 이 근처에서 발견할 수 없었다. 사실 이곳 삼정동에서는
숙박 시설 자체를 찾기 어렵다. 대신 이곳 부천아트벙커, 즉
소각장 사거리에서 동쪽으로 조금만 더 가면, 삼정초등학교가
보인다. 탐사선을 따라 온 수많은 지구인 숙주들이 저마다 다른
외계 종족들의 조종을 받으며 육박전을 벌인 바로 그 장소다.
겉보기에는 주정뱅이들의 난장판처럼 보이지만 사실은 우주의
운명을 건 전쟁이라고 볼 수도 있는.

　　길주로를 따라 상동역에서 부천시청까지, 그리고 송내대로를

따라 송내역에서 테크노파크까지, 『대리전』의 주인공들은 부천의
이곳저곳을 그야말로 종횡무진 누빈다. 수도권 위성도시의 흔한
변두리부터, 널찍한 대로와 화려한 상가들, 신도시의 느낌이 나는
아파트 단지들이 늘어선 중심가, 그리고 공업단지까지. 실제로
움직여 보면 꽤 짧은 거리인데, 부천의 구석구석이 눈에 들어오는
경로다.

　　산책을 마치고 돌아가는 길에도 볼거리들은 많이 있다.
이를테면 인증 샷을 찍기 좋은, 한국 만화 캐릭터 동상들을
찾아보는 것은 어떨까? 삼정초등학교에서 60번이나 70번 버스를
타고 시립북부도서관에 가면 코주부, 고바우, 라이파이, 홍길동
등의 동상을 볼 수 있다. 상동역에서 지하철로 한 정거장 떨어져
있는 한국만화박물관도 제법 볼거리가 많다. 1층과 3층에는
특별전이, 3층과 4층에는 상설 전시장이 있으니 만화에 관심이
있다면 꼭 한번 들러 보자. 송내역으로 돌아가는 길, 구지공원부터
반달마을과 한아름마을 아파트 단지를 끼고 '숲속 만화로'가
조성되어 있다. 이곳에서도 역시 한국 만화 속 인기 캐릭터들의
동상들을 볼 수 있다. 가을에 은행잎이 적당히 떨어졌을 무렵에
가 보면 특히 볼만하다.

　　『대리전』은 지난 2012년, 독립영화단체인 브루털라이스
프로덕션에서 단편영화로 제작한 바 있다. (http://brutalrice.com/
daerijeon) 원작의 내용을 진술의 형태로 재구성했으며, 2012년
당시 부천의 풍경들이 담겨 있다. 『대리전』과 함께 부천을
산책했다면, 이번에는 묵직해진 다리를 주무르며 이 영화를 틀어
놓고 당시의 모습과 현재의 모습을 비교해 보는 것은 어떨까?

SF 작가로 산다는 것

정보라

SF 작가로 산다는 것은 쉬운 일이 아니다.

한국과학소설작가연대(이하 SF작가연대)는 한국문화예술
위원회의 지원을 받아 2019년 한 해 동안 수도권을 제외한
9개 지역에서 SF에 대한 강연을 진행하고 있다. 한 사람이 다
하는 게 아니고 9명의 작가들이 각자 지역과 날짜를 정하고
동네 도서관 혹은 작은 지역 독립 서점을 직접 섭외해서 강연을
진행한다.

외부 지원을 받았기 때문에 지켜야 하는 조건들이 몇 가지
있다. 그중 개인적으로 가장 힘들다고 생각하는 것은 강연 시작할
때에 반드시 이렇게 말해야만 한다는 홍보 매뉴얼 지침이다.

안녕하세요~
전국이 들썩들썩, 싱글벙글 대한민국
2019 신나는 예술여행입니다.

이 도입부는 반드시 육성으로 진행해야 하며 한국문화예술
위원회에서 따로 녹음 파일을 제공하지 않는다.

나는 이 사업의 행정 지원을 맡고 있으므로 현수막이나
배너 등의 홍보물 제작 지침과 함께 이 도입부 문구를 반드시
육성으로 말씀하시라고 참여 작가님들께 전달하는 중책을

담당한다. 실제로 육성으로 말씀하셨는지는 굳이 확인하지
않았지만 내가 지레 괴로워하자 참여 작가님들께서 "얼른
빨리 말하고 강연을 시작했다"거나 "진지한 얼굴로 말했더니
그렇게까지 힘들지 않았다"고 증언해 주셨다. 그리하여
SF작가연대는 "전국이 들썩들썩, 싱글벙글 대한민국"을 건설하기
위해 불철주야 노력하는 중이다. 내가 직접 강연을 하지 않고
행정 전담 인력으로만 참여하게 되어 천만다행이다.

* * *

지난 3월 말에 한국문화예술위원회에서 이 사업과 관련하여
개최한 설명회에 참석했다. 설명회가 끝날 무렵에 의무적인
성희롱·성폭력 예방 교육을 받았다.

　　성희롱·성폭력 예방 교육은 한 시간 정도로 매우 짧았고,
강사로 나오신 분은 젊은 여성 변호사였다. 이날 받은 성희롱·
성폭력 예방 교육은 내가 이제까지 평생 받아 본 유사한 종류의
교육들 중에서 가장 우수했다. 피해자 보호와 법 제도의
실태에 관한 아주 현실적인 내용이었고, 강사 선생님은 한정된
시간 안에 관련 지식을 모두 알려 주기 위해 최선을 다해서
애쓰셨다. 교육을 받고 설명회를 마치고 나온 뒤에도 나는 저런
성폭력 예방 교육이라면 제대로 받아 볼 가치가 있겠다고
생각했고, 그래서 올해 7월에 장애여성공감에서 진행된 성폭력
전문 상담원 교육을 수료했다.

　　교육은 성폭력특별법에 정해진 100시간의 수업 내용을 3주
안에 욱여넣어 교육생을 강력한 꼴페미로 재탄생시키는
인텐시브한 과정이었다. SF 작가로서 나에게 가장 깊은 인상을
남긴 것은 재생산권 수업이었다. '재생산권'이라는 다분히

모호해 보이는 강의 제목과는 달리 3시간의 강의 내용은 거의
대부분 대리모 산업에 관한 것이었다. 산업적 대리모와 인도적
대리모의 차이점, 인도적 대리모만 허용하는 국가와 산업적
대리모까지 허용하는 국가와 그 외의 국가들의 법적·제도적
차이점, 그리고 재생산권과 대리모에 대해 이야기해야 하므로
인간의 난자와 정자가 만나 수정을 하고 수정란이 포궁 안에
착상해서 성장하는 과정이 과학과 기술의 발전으로 인해 어떻게
변화하고 있는가 등등. 다른 수업들도 모두 흥미롭고 가슴
아프고 눈이 뜨이고 머리가 깨이는 과정이었으나 이 재생산권
수업은 3시간 내내 그 자체로 수십 편의 SF였다. 유전자 진단을
통해 어떤 종류의 질병이나 장애가 없는 배아를 선별하는
기술이 널리 사용되고 있는데, 그렇다면 특정 장애나 질병을 가진
배아를 선별해 임신하고자 한다면 그것이 왜 문제가 되는가?
난임 시술에서 선택 유산은 일반적으로 사용되는 기술인데,
똑같은 기술을 사용하는 인공 임신중지는 어째서 문제가 되는가?
대리모와 생물학적 어머니라는 두 여성 주체의 이해관계가
다른 경우에 누구의 결정과 판단이 우선순위를 가질 수 있는가?
나는 결혼하지 않았고 임신도 출산도 혹은 그 반대의 과정도 겪어
본 적이 없으므로 재생산권 수업 시간에 들은 이야기들은
처음부터 끝까지 새로운 세계였다. 그것은 과학이 어떻게 여성을
속이고 자본과 권력이 여성의 임신 출산 가능한 몸을, 임신
출산이 가능한 몸을 가지고 사회적·경제적 주체로서 살아가야만
하는 여성의 존재를 어떻게 이용하는가에 대한 가혹하고도
장렬한 서사였다.

　　수업을 들으면서 나는 올해 5월경 조지아(그루지야)에서
체포된 한 우크라이나 여성의 이야기를 생각했다. 이 여성은

본인이 낳은 아이 3명과 본인이 낳지 않은 7명, 총 10명의
아이들을 데리고 조지아행 비행기를 탔다가 인신매매를 의심한
승무원에 의해 신고되어 조지아 도착 후 체포되었다.
우크라이나 신임 대통령 볼로디미르 젤렌스키는 피해자인 아동
10명을 조지아에서 우크라이나로 도로 데려오기 위해서
대통령 전용기를 제공했다. 그것이 젤렌스키가 대통령에 취임하고
나서 처음으로 내린 대통령령이었다. 그래서 우크라이나
신문에는 이 사건이 상당히 크게 실렸다. 우크라이나 여성은
조지아에서 감옥에 갇혀 재판을 기다리고 있다.

참고로 우크라이나는 산업적 대리모와 인도적 대리모가 모두
합법인 나라이며 대리모 산업이 대단히 활성화되어 있다.
이 때문에 태어난 아기들 중 장애가 있다거나 등등의 이유로
'팔리지' 않고 남은 아이들이 위의 경우처럼 유럽 등지로
'밀반출'되어 '수출'되는 경우도 드물지 않다. 위의 여성도 아마
이러한 실패한 대리모였을 것으로 추측된다.

이 여성에게 아이를 낳아 판매하는 것 외에 다른 선택지가
있었다면 이 여성은 과연 아동 인신매매에 뛰어들었을까?
자신의 신체를 담보로 하지 않고 존엄성을 유지하면서 생계를
유지할 다른 방법이 있었다면 과연 이 여성은 꼭 아이를 낳아서
팔아야겠다고 생각했을까?

* * *

나는 SF가 지금보다 더 나은 세상을 지향해야 한다고 믿는다.
내가 생각하는 SF의 기본 의무는 무엇이 됐든 지금과는
다른 존재의 방식, 지금보다 더 좋은 삶의 방식이 가능하다는
사실을 보여 주는 것이다.

성폭력 전문 상담원 교육에서 나는 첫 시간에 이런 얘기를
들었다. 삶의 선택지를 늘려야 한다는 것이다. 성별이 같은
사람끼리 결혼할 수도 있고 혹은 혼인 관계가 아니지만 서로 함께
생활하며 삶의 동반자로 여긴다면 법적으로 인정받을 수 있어야
하며 혈연관계가 아닌 사람끼리 가족을 이룰 수도 있다. 반대로
가족이라 해서 무조건 부양의 의무를 지고 장애가 있거나
고령으로 생활이 불편한 가족 구성원을 다른 가족 구성원(들)이
자신의 삶과 일상을 희생해서 보살피고 부양하도록 강제해서는
안 된다. 독립생활을 하고 싶은 사람은 독립할 수 있어야 하고,
다른 사람과 함께 생활을 구축하고 싶은 사람은 자신들의 결정에
따라 다양한 형태로 삶을 구성할 수 있어야 한다. 이 모든
선택지가 가능해야 하고 사회는 이를 뒷받침해 주어야 한다는
것이다.

여기서 유의할 점은 이러한 선택지들이 권리로서 보장되어야
한다는 점이다. 이러한 선택지가 특정한 어떤 소수자에게
시혜로서, '복지'로서 주어지게 되면 결과적으로는 소수자에 대한
'무임승차론'류의 혐오와 배제만을 강화할 뿐이다. 삶의 선택지는
모두에게 권리로서 주어져야 한다. 구성원의 선택지가 축소되는
사회는 자유로운 사회라 할 수 없으며, 자유롭지 않은 사회는
필연적으로 후퇴하고 도태된다.

여기서 '선택지'는 '다양성'이라는 단어로도 대충 바꿔
생각할 수 있을 것 같다. 인간은 모두 제각기 저마다의 방식으로
다양하며 사회는 이러한 다양성을 다양한 방식으로 포용하고
성장·발전시킬 수 있어야 한다. 성폭력 전문 상담원 교육은 이런
측면에서 내가 생각하는 SF와 맞닿아 있었다.

* * *

그리고 다시 한 번 문제의 "전국이 들썩들썩, 싱글벙글
대한민국"으로 돌아오자면, 물론 SF 강연을 한 번 들었다고 해서
"전국이 싱글벙글"하게 되지는 않을 것이다. 그러나 어쨌든
SF작가연대 문학순회사업에 참여하는 SF 작가들은 우리의 삶과
SF에 대해서, 우주에 대해서, 인공지능에 대해서 이야기하며
현재 한국의 SF 작가들이 얼마나 다양한 새로운 세상을, 지금과는
다른 삶을 꿈꾸고 있는지를 열심히 알리는 중이다.

　　나는 더 많은 사람들이 더 다양한 세계를 함께 꿈꾸기를
원한다. SF 작가로 산다는 것은 그런 목표를 잊지 않고 계속 다른
존재의 방식을 상상하는 것이다. 그리고 그렇게 더 많은 사람이
더 다양하고 더 나은 세계를 함께 꿈꾼다면, 세상은 정말로
더 좋아질지도 모른다고, 나는 꿈꾸고 있다.

크리틱

구병모론—숨을 증언하는 자

김지은

손—어린이

구병모 작가는 알고 있었다. '애당초 미끈거리면서 끈적거리는
지옥의 기생충 같은 풀을 바르는 감촉을 좋아할 아이들은 많지 않다'는
것과 '손에 풀을 바르고 어찌할 줄 몰라 낭패한 표정으로 서로의
얼굴만 바라보는 상태는 바람직하지 않다'는 것을 말이다. 그럼에도
그는 독자의 손을 잡고 치덕치덕 풀을 바른다. 풀을 발라 주는
손과 풀이 발리는 손은 어느 편이 더하다 할 것 없이 서로 미끈거린다.
같이 치대다 보면 잡힐 줄 알았던 본래의 익숙한 이야기는 깍지 낀
손가락 틈으로 빠져 나가 버린다. 하지만 구병모 작가에게 이야기란
'굴촉성 식물처럼 구부러지며 그것을 걷어 내면 비로소 그림이
완성'되는 것이기에 작가는 이 즉흥적인 '색조의 난무'¹를 즐긴다. 어떤
예고도 적중하지 않는 감각의 교환을 견지지 못하는 어떤 독자는
중간에 이야기 밖으로 나가서 손을 씻고 오고 싶다. 그러나 다녀오고서
자신이 곧 작가의 끈적거리는 손을 다시 잡고 말 것을 알기에,
풀을 닦아 내기를 포기한다. 이 서사의 점액질을 누리기로 결심한다.
점액이란 쉽게 끊어지지 않는 것이 특성이어서 독자는 이 질겅거림의
어디쯤에서 한참 만에 숨을 한 번 쉰다. 비로소 구병모 소설을 읽는
즐거움이 시작된다.

　구병모 소설 속의 인물 중 상당수는 성장의 과업을 수행 중이다.

1　구병모, 「고의는 아니지만」, 『작가세계』, 2011년 5월, 통권 23 (2), 200쪽.

그래서 그의 작품을 좋아하는 청소년 독자들이 많다. 성장을 촉진하는
이 사회의 제도는 대개 선형적이어서 소설 속 인물들의 처지나
작가의 서술 태도와도 잘 맞지 않는다. 작가는 이 계획된 틀에서 보란
듯이 미끄러져 버리는 것으로 제도에 천연덕스럽게 저항하고
의무적 성장의 마감 날짜를 부드럽게 유예시킨다. 작가가 묘사하는
토해 놓은 죽이나 달걀흰자의 이미지는 바닥에 들러붙을지언정
포획되기를 거부하는 그의 작품 속 인물들을 닮았다. 끈덕지게
성장하는 작은 인간들은 어른이 된다는 것은 작은 불편이나 수치쯤
감내해야 하는 과정이라고 배웠다. 그러나 충만한 악의를 가진 것도
아닌 누군가 때문에 그동안 겪어 온 사소한 불편이나 불쾌, 그에
따른 불만의 표정과는 비할 바 없는 강렬하고 큰 불꽃의 점화를 겪게
된다. 타오르는 그들의 불길은 마치 이 세상에 없는 것처럼
취급당한다. 불은 남의 일이며 지금은 그마저도 신경을 쓸 일이 없다고
얼버무리는 어른에게 손목을 휘어잡힌 채로 느닷없는 한 죽음을
목격한다. 작은 인간들은 가장 가까웠던 어른의 죽음 앞에서 쎄쎄쎄를
하거나 게임 애플리케이션을 실행하는 것으로써 강요된
선형성으로부터 미끄러져 나가기를 선택한다.

귀 ― 시인

실질적이든 상징적이든 죽음과 소멸의 목격자가 되는 일은 구병모
소설에서 중요한 소명이다. 「마치 … 같은 이야기」[2]에서 주인공 시인은
5년 만에 되돌아온 S시에서 3년 전에 내전이라는 모호한 이름으로
알려진 식량 전쟁이 벌어졌으며 그 이후로 비유가 사라졌다는 말을
듣게 된다. 말로써 원하는 것을 얻어 내기까지 시민들이 한 번이라도

---

2 구병모, 「마치 … 같은 이야기」, 『문학과사회』, 2010년 5월, 통권 23 (2),
   127쪽.

덜 생각하게끔 하자는 정책이 시행되면서 이 도시에서는 직유, 은유,
제유, 환유의 순으로 모든 비유가 자취를 감춘다. 가공 과정을 거친
언어는 가치가 없다는 시장의 생각은 그들이 끔찍하게 아끼던 경전인
성경을 비유 없는 문장들로 개역하기에 이른다. 시인은 손님들이
비유가 사라짐과 함께 잊어버리기 싫은 언어를 기록해 두는 의식의
점이지대인 가게 '마치'에 들러서 그간의 모든 사연을 듣는다.

    그런데 여기서도 놀라운 것은 어린이들의 행위다. 뒷골목의
어린이들은 비유가 금지되었다는 것을 알지 못한 채 시장이
'미무르' 같은 괴물이 되었다는 비유를 담아 노래하면서 자연스럽게
말의 계승자가 된다. 시인은 말을 그려 내기 위해서는 말을 버려야
한다면서 가게 주인장의 만류에도 말이 사라진 S시로 들어가겠다고
한다. 그가 버려야 한다고 생각하는 말은 어린이의 말이 아니다.
허위의 표상으로 가득한 어른의 말이다. 어른의 세계에 대한 기대를
접는다는 뜻을 말을 버린다고 이야기한다. '무언가를 이었다
끊었다 하며 그 관계라는 것에 생명을 부지하고 있기에 임의적이고
괄호로 남아 있는 가능성의 또 다른 이름'[3]이 말일 뿐이므로
거기에 큰 기대를 갖지 않는다는 것이다.

    시인은 옛이야기에서 생존율이 높았던, 세 번째로 용을 무찌르러
떠난 사람이 되겠다고 한다. 말하지 않으면 그가 말할 줄 안다는
사실을 알아주지 않는 세계에서 말보다 중요한 것은 말을 들어 주는
자다. 구병모 작가에게 시인은 말의 죽음을 목격하러 가는 사람으로,
동시에 어린이의 말을 들어 주는 자가 되어 말을 살리러 가는
사람이다. 말을 들어 줄 만한 사람이 사라진 자리에 남은 적요는 쇠망의
증거다. 그 쇠망 속에서 아이들의 뜻 모르는 노래에 담긴 에너지를
영구 보존의 캡슐에 담아 오는 것이 시인의 임무다.

---

3 앞의 작품, 136쪽.

폐 — 소설가

'묘사만 떠낸 이미지'[4]의 진열은 소설이 될 수 있는가. 구병모의 소설은
느린 구술의 소설이다. 그의 문장은 묵묵하고 부지런하고 담대한
폐의 도움을 받아야 읽을 수 있다. 구병모 소설의 독자는 소설 속의
문장을 한껏 느리게 읊어도 된다. 읽는 이에게 독서의 속도를
재촉하기 마련인 마침표가 그의 소설에서는 문장의 시작점으로부터
한참 뒤에야 등장할 예정이기 때문에 어지러운 시장 골목을 앞 사람의
발뒤꿈치에 의지하여 약간 사선을 그으며 돌파해 나가다가 잠시
이마를 짚고 또 걸음을 떼듯이 구병모의 소설을 읽을 때는 낱말과
낱말 사이를 애써 서둘러 지나갈 필요가 없다. 한 번에 빠르게
마침표에 도달한다는 건 애초에 불가능하다. 그러나 독자는 여기서
생소한 긴장을 느낀다. 이 긴 문장을 '흡—' 하고 들이마신 단 한 번의
숨으로 읽어야 할 것 같다는, 누구도 지시한 적 없는 전적으로
자율적인 긴장감이다.

　　그러기 위해서 구병모의 소설을 읽을 때는 폐가 바빠진다.
외부에 드러나 있는 입술은 연기에 익숙하며 감정을 가린 채 얼마든지
진실과 다른 소리를 만들어 낼 수 있지만 감추어진 기관인 폐는
순박하고 정직하며 자신의 한계가 어디쯤인지 명확히 안다. 내면에
솔직하여 부풀고 가라앉으면서 독자의 감정에 풀무질을 한다.
그 풀무질은 이 긴 문장을 한 번에 읽어 내려야 한다는, 약간 운동의
사명처럼 느껴지는 만연체의 독서 행위와 맞물리면서 구병모 소설을
읽을 때에만 느낄 수 있는 자기 자신과의 경쟁을 촉발한다. 일반적인
만연체가 인간 이성의 종합적 작용에 의존한다면 구병모 소설의
긴 문장은 인간 신체의 근면에 기댄다. 그의 작품을 읽을 때 독자의
폐는 최선을 다하여 집중하면서 일한다. 입술 사이로 흘러나가는

4　구병모, 「어느 피씨주의자의 종생기」, 『창작과비평』, 2017년 6월, 통권 45 (2),
　　198쪽.

낱말의 의미는 큰 문제가 되지 않는다. 읽는 사람의 목적은 작가가
연주하는 이 이야기의 아코디언 소리에 적절히 협력하고 응대하면서
작가와 함께 숨을 쉬어 끝까지 끊어지지 않는 반주를 만들어 내는
것이다. 그런 점에서 독자여, 당신은 폐활량을 키워야 한다.

　　구병모 작가는 자신의 소설을 읽고 난 독자에게 다시 한 번
묻는다. '묘사만 떠낸 이미지'의 진열은 소설이 될 수 있는가. 구병모
작가는 소설의 진실이 지나온 걸음을 지울 수 없이 앞으로 나아가는
행위에서 나온다고 믿는다. 이미지를 전시하는 자가 아니라 숨을
증언하는 자가 되겠다는 그의 결심은 작가가 자신의 호흡을 단련하고
허파꽈리들을 한껏 확장하고 더욱 유장하게 구술을 이어 가는
것으로 나타난다. 우리가 숨 쉬며 살아 있는 존재인 한 폐는 거짓말을
지어내기 어렵다. 구병모 작가는 온갖 화려한 포즈를 뒷받침하는
인공호흡을 한사코 거부하면서 고요한 긴 호흡으로 예술의 미학을
구축하고 소설의 존재 의의를 증명하고자 하는 작가다. 그에게 예술은
흔들림 없이 저 안쪽까지 걸어가며 본 대로 고스란히 털어놓는
일이다.

　　『구술 문화와 문자 문화』를 쓴 월터 옹은 구술적 연행에서 입으로
한 말은 지울 수가 없다고 했다. 구술적 연행에서 정정은 보통
역효과를 낳아 화자의 신용을 떨어뜨리는 경우가 많다. 그러므로
말하기와 듣기를 택한 소설가라면 정정은 최소한으로 해야 하며 하지
않는 편이 좋다. 그러나 쓰기와 보여 주기를 지향하는 소설가는
다르다. 쓰기에서 정정은 대단히 큰 효과를 낳을 수가 있다. 왜냐하면
어디쯤에서 새로 고침이 이루어졌는지 독자는 알 도리가 없기
때문이다. 구술성은 그 속에 사람들이 참가한다는 신비성을 가지며,
고유한 감각을 키우고, 현재의 순간을 중히 여기게 한다는 것이 월터
옹의 얘기다. 그런 점에서 구병모의 소설은 구술의 진실을 지향한다.

　　예를 들어 오래전부터 이어져 내려온 옛이야기의 다양한
화소들을 재해석한 『빨간 구두당』(창비, 2015)을 보자. 이 단편집의
시작은 독자에게 넌지시 털어놓는 작가의 귀띔으로부터 출발한다는

점에서 고전문학의 판소리와 비슷하다. 첫 문장과 두 번째 문장은
다음과 같다. "그것이 언제부터 시작되었는지를 확실히 아는 사람은
없다. 아흔두 살로 그 도시의 최고령자인 신부의 증언에 따르면
그가 기억하는 어린 시절의 최하한선인 여섯 살 때도 이미 그러했으나
어느 날 갑자기 모두에게 일어난 일이 아님은 확실하며 수 세대
이전부터 서서히 발생하여 확산되었으리라는 것이다."[5] 이는 "옛날
아주 먼 옛날 호랑이 담배 피던 시절의 이야기다"의 구병모식
서술이다. 아주 오래된 것과 아직 오지 않은 미래는 한껏 상상해야만
그 실체에 접근할 수 있다는 공통점을 지니는데 예부터 말로
전해져 온 것에 시간의 권위와 성스러움을 부여하는 방식은 종종
미래를 가상하는 것보다 독자들에게 서사적 설득력이 있다.

입술과 성대 — 흑백과 빨강 혹은 초록

단편소설 「빨간 구두당」에서 구병모 작가는 먼 옛날을 흑백의 시대로
상상한다. 세상을 검은 타르의 늪으로 묘사했던 마고 래너건의
「노래하며 누나를 내려보내다」의 이미지가 떠오르는 상상력이다.
흰색이나 검정, 때로는 이도 저도 아닌 회색 옷을 입고 살며 흰 열매를
따고 검은 빵을 씹으며 회색 강물을 마시는 이곳 사람들은 아무리
거슬러 올라가도 색에 대한 이야기를 들은 기억이 없다. 모두 눈을
버젓이 뜨고 살아가지만 색에 대한 개념이 전혀 없는 세계이다.
여기 사는 사람들에게 처음으로 전해진 색의 이름은 빨강이다. 이들은
어떻게 빨강을 깨닫게 된 것일까. 작가는 입에서 입으로 '빨강'이라는
이름이 전해졌다고 말한다. 사람들의 눈에 색이 보이게 된 것은 색이
세월이 흐르듯이 자신에 대한 호명을 쌓아 갔기 때문이다. 그 호명에
의해 점차 색이 구분되면서 색이 보이기 시작한 것이다. 그러나

---

5   구병모, 「빨간 구두당」, 『빨간 구두당』, 창비, 2015, 13쪽.

흑백의 시대에서 처음 색을 보고 무엇인지 알아차린 이들조차 그 앎을 타인에게 전하는 과정은 구술적이다. 작가는 "그들은 '빨강'이라는 이름을 입속에서 되뇌는 동안 어느새 심장박동이 빨라지며 머리에 피가 시큰하게 몰리는 경험을 공유하기 시작했다"고 한다.

전통적인 구술 서사인 판소리에서는 말하듯이 중얼중얼 노래하는 아니리가 먼저 나오는 경우가 많다. 본격적으로 사건에 접어들기 전에 이야기의 연원이나 시공간적 배경을 슬쩍 귀띔하는 효과가 있기 때문이다. 판소리에서는 서사의 전달자를 소리꾼이라고 부른다. 오늘날의 소설가라고 할 수 있는 소리꾼은 아니리를 풀어내다가 고수가 북을 치면 본격적으로 가락을 붙인다. 판소리 「수궁가」의 경우 용왕이 아픈 장면에 대한 회상으로 시작하는데 느릿느릿한 진양조장단이 맨 앞에 나온다.

'덩 쿵 쿵, 쿵 딱 딱, 쿵 쿵 쿵, 쿵 기닥 기닥'

'탑상(榻床)을 탕탕 뚜다리며 탄식허여 울음을 운다. 용왕의 기구(奇軀)로되 괴이한 병을 얻어 수정궁의 높은 집에 벗없이 누었은들 화타(華陀) 편작(扁鵲)이 없었으니…'[6]

긴 사건의 여정에서 첫 대목이 이처럼 느리면 독자는 언제부터 서사의 박자가 빨라질 것인가를 예상하느라 긴장을 늦추기 어렵다. 그래서 서사 초반의 집중력은 더욱 높아진다. 병든 용왕의 절망을 는적거리며 노래하던 소리꾼은 기습하듯 갑자기 빠른 엇모리장단에 맞추어 숨 가쁘게 노랫말을 읊어 내리기 시작한다.

'덩덕 쿵 쿵덕 쿵! 덩덕 쿵 쿵덕 쿵!'

'뜻밖에 현운(玄雲) 흑운(黑雲)이, 궁정을 뒤덮고 폴풍세우가 사면으로 둘루더니 선의도사가 학창의 떨쳐입고 궁전을 내려와…'와 같은 빠른 장단의 만연체는 기습적인 것이다. 입술은 점점 가속도가 붙는 장단을 따라가야 하고 이에 동행하는 독자는 앞서 예로 든 문장처럼 머리에 피가 시큰하게 몰리는 경험을 한다.

6 판소리 수궁가 첫머리 중에서.

구병모 작가는 "거기에 어떤 이름을 붙여야 할지 몰랐지만 적어도 심장이 목구멍을 뚫을 것처럼 세차게 밀고 올라오는 듯한 감각을 느낄 수 있었다"[7]는 말로 최초의 색채 경험을 성대의 느낌이라고 규정한다. 신이 인간에게 색깔을 볼 수 없게 만드신 데에는 분명 이유가 있었다고 여겼고, 아무것도 보고 싶지 않았으며, 그 무엇도 보이지 않기를 바랐던 사람들이 만난 색의 세계는 시각이 아니며 성대, 혹은 입술을 통과하는 뜨거운 촉각의 경험이다.

흥미롭게도, 구술성이 강한 구병모의 환상 속에서 시각은 꾸준하고도 집요하게 제어된다. 「빨간 구두당」에 바로 이어지는 단편 「개구리 왕자 또는 맹목의 하인리히」에서 "언제라도 다가오는 자의 눈을 찔러 추락시킬 법한 음산한 가시로 에워싸인 고성"이라는 표현에서는 그림형제 민담집의 「라푼젤」이나 우리 옛이야기 「해와 달이 된 오누이」의 마지막 장면이 떠오른다. 눈을 찔러 버린다는 것은 흑백의 시대에 그나마 바라보던 형태조차 보지 못하게 하겠다, 다시 듣고만 살게 만들겠다는 익숙한 으름장이다. 작가는 이 광대한 왕국의 지배자인 여인을 묘사할 때조차 주인공이 그 여인이 던지는 물방울 같은 말들을 하품하지 않을 수 없었다는 입술의 경험으로 그려 낸다. 투쟁의 장면조차 입술로 이루어져 있다. 여인은 남자들의 자리에서 함께 말하기를 겨룬다고 묘사된다. 입술은 부각되고 눈은 신뢰할 수 없는 것으로 여겨져 배제된다. "그 입술에서 나올 게 무엇인지는 확인하지 않은 채, 그들의 눈을 덮은 얇은 껍질은, 그 뒤로도 오랫동안 두 사람이 행복하게 살았으며 잔치 무도회가 파하지만 않았다면 아직도 춤추고 있으리라는 첨언마저 끝난 뒤에야 벗겨지는 법"이라고 입술의 행위에 주목해야 함을 명시한다. 자신의 입술로 말한다는 것은 주체성을 입증하는 일이다. "주인이 시키는 대로밖에 중얼거리지 못하는 주제에"라는 것은 구병모 소설에서 상대에 대한 강력한 모멸의 표현이다.

---

[7] 구병모, 앞의 작품, 28쪽.

이미 찬란한 컬러의 시대를 살아가면서 흑백의 시대를 상상해야
하는 독자들은 물체나 생물의 색에 견주어 이야기 속에 존재할 색을
상상한다. 이를테면 개구리의 초록이나 피의 붉음 같은 것이다. 그러나
구병모는 개구리에서도 초록보다는 축축한 개구리를 떠올리라고
한다. 점액질이 된 개구리의 독즙에서도 초록이 아닌 혓바닥이 굳는
느낌을 느껴 보라고 한다. 이 작품에서는 단 한 번도 초록이 등장하지
않으며 색에 대한 표현이라고는 '검붉은 역청과도 같은 개구리의
피'라는 묘사가 나타나는데 이것은 색이라기보다는 촉감의 끈끈함을
나타내기 위한 표현에 가깝기 때문에 작가는 전편에 걸쳐 색을 완전히
차단했다고 보인다. '핏빛 입술'이라는 표현은 이 단편집의 앞
작품에서 이미 허용된 색깔인 빨강과 관련이 있지만 이 또한 입술에서
빠져나오는 말을 듣는 청각적 경험으로 수렴된다.

구병모 작가는 작품에서 의도적으로 색채라는 중요한 시각적
경험을 들어냄으로써 과잉 시각화의 시대를 살아가는 우리가 과거의
환상이 어떤 식으로 이루어졌는지 스스로 짐작할 수 있도록 이끈다.
이어지는 단편 「기슭과 노수부」에서는 모두 귓속말만 하는 병에 걸린
마을 사람들이 등장한다. 그들은 성대를 떨지 않고 입술과 앞니의
마찰만을 이용하여 산들바람 같은 소리로 대화를 나누고, 하다못해
갓 태어난 아기조차 첫울음을 울고 나면 그다음부터는 입천장과
목구멍에서 바람 소리를 흐느낄 뿐인 존재로 묘사한다. 여기서 입술은
맹약이고 습관이고 복종의 통로다. 색채를 차단당한 독자들은
과거의 규범이 지니는 압력의 무게를 오직 성대의 떨림으로 유추해야
한다. 『빨간 구두당』을 읽어 가면서 독자들은 눈 없이 귀와 입술과
손가락의 지문에 사활을 걸고 상상하는 법을 배운다. 이것이 구병모
작가가 오늘에 재현해 내는 환상성이 유독 전신의 신체를 통하여
입체적으로 감지되는 이유다. 그는 이 시대의 독자에게 시각을 보태는
것보다는 비시각(非視覺)을 파고들어 가는 것이 환상을 위한 더 나은
전략이라고 판단한 것으로 보인다. 과거의 말에 대해서는 편집적일
정도로 매달리는 작가가 현대의 말에 대해서는 가볍게 일축하는 것

또한 살펴볼 지점이다. 비흑백(非黑白)의 시대인 오늘을 살면서
시각이 넘치는 것을 목격한 작가에게 SNS 등을 통해 떠도는 지금의
말들은 '전기포트 속 물방울'처럼 중량도 촉감도 없다. '포르르
끓다가 부서지는 거품'이며 '일부는 증발하여 공기 중을 떠돌고',
'그대로 두면 식어버리는' 것이다.[8] 구병모의 판타지가 현재의
결핍을 증언하고 다음 시대의 비극을 경고하는 쪽을 향하고 있지만
독자로서 책을 읽는 동안 무한히 과거로 걸어 들어가는 것 같은
느낌을 주는 것은 이러한 색의 배제, 비시각의 극대화와도 관계가
있다.

뼈, 날개, 심장 ― 학교, 이웃, 가족

『방주로 오세요』(문학과지성사, 2012)와 『피그말리온 아이들』(창비,
2012)에서 구병모 작가는 한국 사회의 특징 중 하나인 경쟁적 교육
현실을 통해 미래 사회의 불안과 혼란을 예측한 작품을 썼다. 『방주로
오세요』는 지구에 운석이 떨어지고 생존의 위기에 몰린 사람들이
방주를 건설한다는 상상으로부터 출발한다. 서민들이 안전한 이 방주
안에서 살 수 있는 유일한 방법은 '방주고교'에 입학하여 신분
상승을 이루는 것인데 이 고교에 들어간 쌍둥이 마노와 그를 따라간
누나 루비는 방주시와 방주고교의 시스템 안에서 갈등과 모험을
겪는다. 『피그말리온 아이들』 또한 '로젠탈 스쿨'이라는 미래의 가상
학교를 배경으로 어린이를 경쟁에 몰아넣고 성적에 따라 줄을
세우는 교육 시스템이 어떤 위기를 가져올 것인가를 다루는 작품이다.
　구병모 작가에게 등뼈나 경추와 같은 부분은 시스템 또는
공동체의 구조를 상징한다. 이 세계는 학교든 마을이든 가정이든

8　구병모, 「어느 피씨주의자의 종생기」, 『창작과비평』, 2017년 6월, 통권 45(2),
　203쪽.

부서져 있거나 짓밟혀 부서지고 있다. 로젠탈 스쿨의 교장이나
정과 같은 시스템의 수호자는 저항하는 자의 등이나 뒷머리를 밟아
누르는 것을 통해 자신의 권력을 지키고자 한다. 그 부서진 등뼈는
이 세계에도 공동체라는 것이 있었다면 당신들의 행위가 이미 그것을
처참히 허물고 있다는 작가의 사이렌처럼 이야기의 곳곳에서
작동한다.

기계적으로 되풀이되는 크고 작은 사회적 시스템에 대한 무한
신뢰, 무감각한 신뢰를 품고 있는 독자들을 향해 작가는 '네가
잘못 알고 있다'는 것을 알려 주기 위해 온 사람처럼 날카롭게 부서진
뼛조각을 보여 주며 말을 이어 간다. 독자는 이러한 작가의 태도
앞에서 마치 기억을 통째로 교체당한 사람처럼 흔들리게 된다. 이
이야기들은 분명히 '내가 아는 이야기'이지만 '내가 전혀 모르는
이야기'라는 모순을 느끼면서 시간을 관통한 작가의 진술에 빠져든다.
『파과』(위즈덤하우스, 2018)에서 그려 냈듯이 구병모에게 살아
있는 모든 것은 농익은 과일이나 밤하늘에 쏘아 올린 불꽃처럼 부서져
사라지는 중이다. 설령 아직 운 좋게 부서지지 않았다 해도 그에게
현실은 '그넷줄이나 위로 튀어 오르는 공과 같이 건조하고 절망적인
것이어서 언제나 눈에 보이는 곳까지밖에 오르지 못하는'[9] 악몽의
인과율로 구성되어 있다.[10] 『네 이웃의 식탁』(민음사, 2018)에
등장하는 '꿈미래실험공동주택'은 이 인과율 속에서 어떻게든 시간을
보내며 체세포의 수를 확실히 불리는 어린이와 그 어린이를 바라보며
시간을 견디는 어른들의 공간이다. 이 식탁에 둘러앉은 사람들이
넘어지지 않도록 조심해야 하는 것은 이미 이 식탁이 부서진 식탁이기
때문이다.

부서진 뼈에 대한 구병모 작가의 고민과 상상은 날개를 짜는
것으로 이어진다. 『버드 스트라이크』(창비, 2019)에서 우리는 어차피

9　구병모, 『위저드 베이커리』, 창비, 2009, 123쪽.

10　김지은, 「보장되지 않는 해피엔딩의 매력: 구병모론」, 『어린이, 세 번째 사람』,
　　창비, 2017 참조.

작은 몸, 산산이 부서지고 말 몸을 대신하여 그 몸의 곱절만큼
큰 날개를 장착한 자들을 만난다. 이 소설에서 '몸을 구성하는 작은
단위의 질서가 우주적인 체계를 갖추고 제자리로 돌아가려는
움직임'은 부서진 뼛조각을 맞추는 외과 의사의 수술 행위와도 비슷한
것이다. 작가에게 소설을 쓴다는 것은 그 작은 뼛조각을 이어 붙여
백조와도 같은 이야기의 날개를 짜는 일이다. 독자에게 소설을 읽는
일은 이야기에서나마 상처를 수습하고 그로 인해 격통이 잦아들고
비로소 들려오는 또렷한 심장 소리를 듣는 일이다. 때로는 "창을 깨고
나가야 할 것 같아, 혹시 날개는 펼 수 있겠어?"[11]라는 단호한
목소리와 직면하는 일이다. 찢어진 날개를 다시 꿰매며 가장 잘
어울리는 자리로 날아서 무사히 돌아가는 일이다.

　　구병모 작가는 우리의 몸이 가진 두려움을 잘 아는 동시에 결국
몸이 살아나는 것이 출구임을 믿는 사람이다. 그런 점에서 그가
펼치는 다각도의 환상은 물리적인 세계에 근거한 것이다. 원하는 만큼
어디까지든 가기를 바란다는 점에서 낙관론자이며 그 이전에
낱낱이 다 부서뜨린다는 점에서 매우 절대적인 낙관론자이다. 그러나
많은 독자는 구병모의 소설에서 진지한 절망을 읽는다. '우리는
날개를 가질 수 있을까?' 아직 아무도 작가만큼 믿지 못하기 때문이다.

　　누군가에게는 여전히 몸이고 누군가에게는 몸이었을 것이 오늘도
깃털처럼 흩날리고 있다. 그런 가운데 소설을 읽는다는 것은
무엇인가 작가는 묻는다. 구병모 소설을 읽으며 느끼는 절망적인 공중
부양의 경험은 아마도 어디선가 다른 새의 깃털이 되거나 그의
날개를 띄워 올리는 한 줌 공기가 되는 것으로라도 현실화될 것이다.
그것이 몸의 생명력, 판타지의 힘이며 구병모 문학의 근원적인
힘이라고 생각한다.

구병모 작품 목록

『위저드 베이커리』, 창비, 2009.
『방주로 오세요』, 문학과지성사, 2012.
『피그말리온 아이들』(창비청소년문학 45), 창비, 2012.
『그것이 나만은 아니기를』(2015 오늘의 작가상 수상작), 문학과지성사, 2015.
『빨간구두당』, 창비, 2015.
『한 스푼의 시간』, 예담, 2016.
『어느 피씨주의자의 종생기(The Story of P.C.)』, 스텔라 김 옮김, 아시아, 2017.
『아가미』, 위즈덤하우스, 2018.
『파과』, 위즈덤하우스, 2018.
『네 이웃의 식탁』(오늘의 젊은 작가 19), 민음사, 2018.
『단 하나의 문장』, 문학동네, 2018.
『버드 스트라이크』, 창비, 2019.

인터뷰

지치지 않는 창작자, 연상호

"영화를 한 편 찍으려면 뜻대로 되는 게 하나도 없습니다."
〈반도〉 촬영 막바지, 한창 바쁜 연상호 감독을 만났다. 장편 애니메이션
〈사이비〉(2013) 〈돼지의 왕〉(2011)으로 주목받고 실사영화
〈염력〉(2017) 〈부산행〉(2016), 그리고 〈부산행〉 프리퀄인 애니메이션
〈서울역〉(2016)까지 연상호 감독은 쉬지 않고 작업을 이어 오고 있다.
강동원, 이정현, 이레 배우가 캐스팅된 〈반도〉 촬영이 끝나도
2020년 여름 개봉까지 CG 작업이 한창 남았다지만, 그 외에도 연상호
감독의 이름이 오른 '진행 중'인 작품은 더 있다. 2년 전에 기획해
1년 전에 이야기를 쓴 웹툰 〈지옥〉은 최규석 작가가 네이버만화에서
연재 중이고, 그가 각본을 쓴 드라마 〈방법〉은 2020년 상반기에
tvN에서 방영될 예정으로 엄지원, 성동일, 조민수 캐스팅을 완료했다.
그 외에도 해외 제작사와 드라마화할 이야기, 써 둔 SF 영화
시나리오를 소설로 옮기기 등 여러 프로젝트가 그의 머릿속에서
동시에 진행되고 있었다. 쓸 때는 나중을 기약하지 않고 재미있는
이야기를 쓰고, 어떤 산업 형태와 만나게 하면 좋을지 판단이
서면 그때부터 머리를 쓴다는 연상호 감독을 만나, SF 소설을 처음
읽던 시절 이야기부터 한국 SF 영화는 왜 자주 볼 수 없는지 등에
대해 묻고 들었다.

〈반도〉 촬영 막바지로 알고 있습니다.

> 인천, 대전, 목포 촬영이 남았어요. 〈반도〉는 포스트-
> 아포칼립스 장르거든요. 멸망한 한국을 배경으로 해요.
> 미술적인 부분이 까다로울 수밖에 없죠. 우리가
> 잘 아는 도시들이 풀로 뒤덮여 있고, 살아남은 사람들의
> 생활 방식도 다를 수밖에 없어요. 로케이션으로 찍을 수

있는 데가 없으니까 세트를 다 만들어야 하는 데다가 CG로
작업해야 하니 크랭크업 이후에도 작업이 많아요.

《오늘의 SF》인터뷰에 모셨으니까, 첫 질문으로
좋아하시는 SF 작품이 무엇인지 여쭤 볼게요.

저는 고전적인 걸 좋아해요. 옛날에 본 『세계 휴먼 SF
실작신』(노블, 1994) 중에서 필립 K. 딕의 「사기꾼
로봇」이라는 작품인데요. 그 소설을 계기로 필립 K. 딕을
좋아하게 되었어요. 휴머니즘에 대한 이야기들, 게임
이런 걸 어렸을 때 좋아해서요. 형이 보던 컴퓨터 잡지를
같이 봤는데, 그 뒷부분에 실린 SF 소설을 읽은 기억도
나요.

최근에 보신 작품은 무엇인가요.

어렸을 때 보던 것만큼 임팩트 있게 다가오는 작품이
많지는 않아요. 신기한 것들은 많이 보는 편이기는 한데,
시몬 스톨렌하그의 『일렉트릭 스테이트』(황금가지,
2019)라고 일러스트와 소설이 같이 있는 책을 흥미롭게
봤어요. 김대일 작가의 〈A.D. 7000〉이라는 웹툰도
재미있게 봤는데 HBO에서 만들면 좋을 것 같다는 말을
한 적도 있어요. 사형이 없어진 미래에서 범죄자를
냉동시켜 미래로 추방하는데요. 주인공이 누명을 쓰고
냉동인간이 되었는데 깨고 보니 서기 7000년인 상황에서
벌어지는 이야기입니다. 길지는 않은데 소재가 굉장히
좋아요. 김상묵 작가의 『한계에서』(모비딕, 2016)라고,
복제인간에 관련된 이야기도 있는데, 이 작품도 흥미롭게
읽었고요.

어렸을 때 본 작품이 더 강렬한 이유는 무엇일까요.
예전 작품들이 더 재미있어서일 수도 있지만, 성장기에는
같은 작품을 봐도 더 기억에 남는 일이 많은 듯하거든요.

어렸을 때는 장르가 뭔지, 실화인지 창작인지 구분을
못하고 읽었어요. 어렸을 때 영화 〈오멘〉 소설판을
읽었는데, 영화의 흑백 스틸 사진 실린 것을 보고
실제 이야기를 쓴 책인 줄 알았어요. 어렸을 때는 초현실적
이야기들에도 빠져 있었고. 학교 앞 문방구에서
『귀신대백과』『로봇대백과』 같은 불법 복제한 책을
팔았는데 그런 책을 늘 보고 지냈죠. 원래 만화를
좋아했어요. 저는 세대로 나누면 건담세대죠. 일본
애니메이션 좀 본다는 친구들 중에 건담의 우주세기 이전
모빌슈트 개발 과정을 담은 화보집을 가진 아이들이
있었어요. 페이크fake 화보집인데 실제 누군가 연구한
것처럼 만든 거죠. 예를 들어 리들리 스콧 감독이
〈프로메테우스〉 홍보를 위해 A.I. 로봇 데이빗 관련 영상을
유튜브로 공개했잖아요? 저는 그 옛날부터 이미 가짜
세계인데 진짜처럼 보여 주는 것에 대해 흥미를 가졌던 것
아닌가 해요. 저도 해 보고 싶었는데 예산이 있어야….
(웃음)

'장르'라는 말은 한국에서 형식과 내용 양쪽 모두에
쓰입니다. 예를 들어, 애니메이션이냐 극영화냐는
구분에도 쓰이고, SF, 드라마, 액션 등의 구분에도
쓰이는데요. 연상호 감독님께서 지금까지 발표하신
작품들을 봤을 때 장편, 단편, 애니메이션, 극영화, 코미디,
공포 등 형식과 내용에서 여러 장르에 걸친 작품들을
발표하셨거든요. 감독님께서는 새 작품을 시작하실 때,
어떤 식으로 이야기의 윤곽을 잡아 가십니까?

순문학과 장르문학이라는 분류가 일반적인 듯한데,
장르문학으로 부르는 문학작품을 보면 서브컬처를
장르라고 통칭하는 경향도 있는 듯해요. 지금은
서브컬처의 시대고, 장르문학이 각광받는 시기라고
생각합니다. 출판계에서 장르에 관심이 확실히 많아졌다고
느끼고요. 김동식 작가의 『회색인간』(요다, 2017) 같은
경우도 생각나네요. 영화라는 산업에서 찾는 이야기가
장르 쪽이니까요.

SF든 판타지든 연출자나 제작자가 적극적으로 탐색하는
분위기가 느껴지나요.

SF나 판타지는 예산이 크게 드니까 들어갈 수 있는
편수가 제한적이죠. 또 그런 장르가 대중에게 어떻게
평가받을지 제대로 검증할 기회가 많지 않았던 것도
사실이고요. 고예산인 경우는 투자도 보수적일 수밖에
없기 때문에, 찾는 편수가 많지는 않아요. 그런데
만들어지는 편수에 비해서는 대중의 욕구는 높은 편이죠.
〈부산행〉 만들 때만 해도 좀비 영화라고 하면 상업
영화에서는 모험이라고 받아들였어요. 예산부터가 그렇죠.
제가 느끼기에는 대중들의 관심은 충분히 높았고요.
영화보다는 적은 예산이 들어가는 소설이나 웹툰의 경우는
확실히 SF, 판타지, 호러 등 여러 장르 작품들에 대한
대중의 욕구가 높아요. 영화 쪽은 데이터가 많이 쌓인 편은
아닙니다. 저는 좋아해서 적극적으로 찾아보지만.

한국에서 SF 영화가 많이 나오지 않는 이유는 예산 문제가
가장 크다고 볼 수 있을까요.

예산 문제도 그렇지만, 제가 느끼기에는 언어 문제,

인종 문제도 있다고 봐요. 영어를 쓰는 사람은 미래 사회에 있다는 설정으로 바로 들어가도 큰 설명이 요구되지 않아요. 그런데 한국인들이 한국어를 쓰는데 미래사회에 있다고 하면 궁금한 게 많아진다는 거죠. 국가는 어떻게 되었고 미래 사회의 시스템은 어떻게 되는가 하는 질문들이 많아져요. 설정을 설명하기 시작하면 영화로서는 지지부진해진단 말이죠. 영어로 진행되는 영화에 대해서는 그런 고민을 덜 하죠. 〈어벤져스: 엔드게임〉을 보면서 타노스가 왜 영어를 쓸까 하는 의문 자체를 갖지 않죠. 그런데 타노스가 한국말을 하면 의문이 생기는 거죠. 왜 굳이 한국말을 쓰는가에 대한. 장르적인 관용도 측면에서 한국이라는 설정이 익숙하지 않다 보니까 제한적인 이야기만 가능하다고 느끼죠.

최근 한국 SF 작가들은 한국 이름을 가진 주인공이 한국에서 경험하는 이야기를 많이 쓰거든요.

영상으로는 아직 한계가 있는 것 같아요. 지역적인 특색이 설명이 되는 내용이 있고 안 되는 내용이 있는데, 한국을 무대로 하면 지역적 설정이 설명이 되는 작품 외에는 하기가 어려운 상황이라는 거죠. 〈인셉션〉은 한국에서 가능은 하죠. 그런데 〈어벤져스〉는 어떨까요. 그런데 중국에서는 하고 있더라고요. 〈삼체〉 같은 작품을 보면. 한국은 역사적인 부분으로 봐도 세계 역사의 중심이 되는 이야기가 펼쳐지는 곳은 아니죠. 언어 자체도 대표성을 띠기 어렵고. 그런데 한국 배우가 나와서 영어를 써도 이상하고. 그러면 영어권의 배우가 나오고, 한국어가 섞여 있는 〈옥자〉 같은 형태로 가야 하는데, 머리를 더 많이 써야 하죠.

〈부산행〉은 해외 관객들에게도 반응이 좋았는데요.
공포물보다 SF는 해외 관객들에게 어필하기가
더 어렵다고 보시나요.

꼭 그렇지는 않다고 봐요. 예를 들어, 영화화할까 싶어
관심 있게 봤던 작품 중에 〈메모리즈〉 옴니버스
애니메이션이 있어요. 오토모 가쓰히로가 제작 총지휘를
했는데 첫 번째 에피소드인 '그녀의 추억'이라는 작품이
있어요. 우주의 쓰레기를 청소하는 우주선이 구조 신호를
받고 일종의 유령선에 들어가면서 벌어지는 일인데, 그
이야기는 승무원들이 한국어를 써도 전혀 무리가 없다고
봤어요. 원작이 오토모 가쓰히로의 단편 만화예요.
진지하게 알아봤는데 판권이 어렵게 되어 있더라고요.
물론 판권을 얻었다 해도 고예산 프로젝트죠. 그만큼 많은
관객에게 받아들여질지는 모험이고, 〈부산행〉 때도
모험인 부분이 있었는데, 키를 쥔 사람이 모험을 하느냐
아니냐로 성사 여부가 결정나는 것 같아요. 글로벌
플랫폼이 제작에 참여하는 추세라서 이전보다는 더
자유도가 높아지리라 예상합니다.

'블랙미러' 같은 기획도 가능해졌고요.

대단하죠. 어렸을 때 굉장히 좋아했던 시리즈 중에
'환상특급'이 있었어요. 굉장히 유명한 SF 작가들이
'환상특급' 작가로 활동했더라고요. 어렸을 때 읽은 『세계
휴먼 SF 걸작선』에 작가들 약력이 짧게 실렸는데,
'트와일라잇 존'에 참여한 작가들이 많았어요. 당대의 SF
작가들이 만든 시리즈였던 셈이죠. '환상특급'은 SF,
괴담, 판타지 같은 것들이 다 섞여 있었는데 '블랙미러'는
미디어, 디스토피아만 가지고 계속하니까 더 대단하죠.

감독님이 새로운 이야기를 구상하실 때, 어떤 단계에서
장르의 개입이 시작되나요?

무슨 장르를 해야겠다고 정해 놓고는 하지 않는 편이에요.
처음에 이미지를 보고 영감을 받는 경우는 이미지가 가진
속성에 대해 생각을 많이 해요. 앞서 언급한 『일렉트릭
스테이트』의 시몬 스톨렌하그의 그림을 좋아하는데요.
스톨렌하그는 스웨덴 작가인데, 멋있는 풍경에 로봇이 하나
서 있다든가 하는 이미지를 많이 그려요. 그런 것들을
보고 70년대 풍경과 미래가 섞인 이미지와 그에 따른
이야기를 상상한다든가, 복고풍 서부 영화 구조에 이질적인
무언가를 더하는 식으로 몇 개의 장르가 믹스될 때 좋은
결과물이 나온다고 봐요. 〈카우보이 비밥〉도 그런 경우죠.
제가 좋아했던 장르물들을 떠올리면 그런 경향이 있어요.
대표적으로 '스타워즈'도. '터미네이터'도 로봇과
시간여행이 나오는 동시에 공포물의 요소가 있죠. 여러
장르적 요소를 결합시키려고 노력합니다.

장르는 때로 창작보다 마케팅의 문제이기도 하죠. 작품을
소비할 독자, 관객에게 어떻게 소개할까 하는 문제요.

그게 지금 상업영화에서는 가장 중요한 지점이에요
〈부산행〉 같은 경우는, 마케팅 때 좀비를 내세우지 않았고
'재난 블록버스터'라고 소개했는데, 당시 〈부산행〉을
재난 블록버스터로 소개하는 게 맞느냐는 이야기가
있었어요. 블록버스터라고 하기엔 기차 안에서만 사건이
일어나니 규모가 작은 편이었죠. 〈태극기 휘날리며〉나
〈해운대〉와 비교하면 장소나 등장인물이 단순한
편이니까요. 그래도 〈부산행〉은 관객과 마케팅 사이의
괴리감이 크지는 않았던 것 같아요. 그런데 〈염력〉 같은

경우는 뭐라고 소개해야 할까 하는 고민이 있었어요.
블랙코미디라고 해야 하나? 그러기에는 블랙코미디가
대중적인 장르는 아니고. 만들 때 여러 장르를 섞다 보니
만들고 난 결과물이 애매모호해질 때가 있어요. 어쨌든
소개를 할 때는 짧고 임팩트 있게 해야 하는데, 그게
영화와 맞닿아 있어야 하는데, 어렵죠. 하나의 분명한
장르로 정의되는 영화를 기대는 하지만 관객들이 막상
보고 재밌어하지는 않고요. 그런데 글로벌 플랫폼들이
들어오면서 매니악한 장르물의 성과가 산업적으로
인정되면 작품이 다양해질 수 있다고 봐요. 넷플릭스에서
만들어지는 한국 드라마는 한국 시청자 수로 따지면
제가 잘 모르는 일일드라마보다 보는 사람 숫자가 많지는
않을 거예요. 하지만 성과를 시청자 수만 가지고
평가하지 않잖아요. 그 성과를 다시 자본으로 환원할 수
있는 시스템을 가지고 있고. 결국 플랫폼의 다각화가
작품의 다각화가 될 수도 있다고 생각하게 되죠.

SF 영화를 만들 때 과학적으로 말이 되는가에 대한 걱정도
있으리라 보는데요.

저는 좀비물이든 오컬트든, 슬래셔든 SF든 우화라는
관점에서 접근합니다. '인간다움은 무엇인가'라는 근원적인
질문을 하는 SF를 종종 보는데, 과학적으로 흠이
없는가보다 우화로 접근해서 관객들에게 더 잘 다가간다고
봐요. 좀비물도 그런데, 좀비물 자체가 우화로 탄생한
장르죠. 좀비가 말이 되느냐 안 되느냐를 따지지는 않기도
하고요. 다만 그럴듯할수록 공포감은 배가됩니다.
어렸을 때 〈오멘〉 보고 머리에 숨겨진 666을 찾으려고
했던 것처럼요.

연상호 감독님은 애니메이션도 만드시니까,
애니메이션이라면 상업영화로는 제작이 어려운 이야기를
진행하실 수 있지 않을까 싶어지는데요.

의지의 문제인 것 같아요. 창작자의 의지. 제작비의
문제만은 아니고요. 영화라는 건 두 시간, 세 시간 내에
이야기를 끝내야 하고, 특히 한국에서 영화를 만든다면
한국의 개봉 시스템을 고려해야 해요. 2주 안에
관객을 끌어들여야 합니다. 그러면 거기 맞는 이야기가
존재할 수밖에 없어요. 굉장히 한정적이죠. 극장에 가는
관객의 성향, 배급 시스템…. 웹툰은 영화에 비해서는
개인이 결정할 수 있는 부분이 많아요. 최근 웹툰을 시작한
이유도 그래서인데요. 최규석 작가와 〈지옥〉이라는
작품을 하고 있는데, 영화 호흡과는 확실히 다르더라고요.
세계관을 천천히 쌓아 갈 수 있어요. 이 세계관을 차근차근
보여 주는 게 맞고, 더 자유로워요. 그래서 드라마에도
관심을 갖게 되었는데요. 영화와 이야기의 호흡이 다르고
배급 방식이 다르죠. 드라마는 제작비의 한계가 영화의
경우보다 더 심각하긴 하지만 다른 스토리텔링을 시도해
볼 수 있습니다.

플랫폼이 가진 중요성이 굉장히 크다는 뜻으로 들립니다.

그렇죠. 최근 일을 왜 그렇게 많이 하냐는 말을 듣는데,
일을 많이 하는 이유는 단순하거든요. 영화를 하다 보니
스토리텔링 부분에서 지친다는 느낌을 많이 받아요.
2시간, 3시간 안에 완결성을 가져야 한다는 생각을 하며
이야기를 만들다 보니 지치더라고요. 그래서 웹툰을
하기도 하고 드라마 대본을 쓰기도 하고. 영화 외의 작업을
하며 재미있었어요. 힐링이 된다고 해야 하나.

굉장히 많은 작업을 동시에 진행하는데 이야깃감을 어떻게
찾고, 모아 두시나요.

집에 만화책이 굉장히 많아요. 재밌게 본 책을 다시
봅니다. 재밌게 읽은 소설을 다시 읽는다든가. 예전에
좋았는데 다시 꽂히면, 이런 걸 나도 해 보고 싶다는
욕구가 강해지거든요. 최근 다시 재밌게 본 소설은
사와무라 이치의 『보기왕이 온다』(아르테, 2018)입니다.
나카시마 데쓰야 감독이 영화로 만들었어요. 『보기왕이
온다』는 일종의 괴담인데 추리소설 형식을 빌려 풀어내요.
영화는 그 맛을 다 살리지는 못했지만요. 제가 각본을
쓰고 내년에 방영 예정인 드라마 〈방법〉이 『보기왕이
온다』에서 영향을 받아서 작업한 결과물입니다.

웹툰 작업을 하시면서 영상화 가능성을 염두에 두고
작업하시나요.

영상화가 되면 좋지만 그게 목표는 아니죠. 2018년에
『얼굴』(세미콜론)이라는 만화책을 냈는데, 처음부터
영상화 가능성은 염두에 두지 않았어요. 잘 팔리는
이야기는 아니지만 재미있는 이야기가 존재해요. 영화는
어느 정도 팔린다는 확신이 서야 작업할 수 있는데,
팔리지 않으리라는 이유로 이야기를 썩히기는 아깝거든요.
『얼굴』이 그런 이야기였고, 만화책으로 냈어요. 많이
팔리지는 않는다 해도 누군가는 보고 재밌어하는 작업이
중요하다고 생각해요. 최규석 작가와 연재 중인
웹툰 〈지옥〉은 완결까지 2~3년 정도 예상하고 있어요.
영상화는 기회가 닿으면 하는 거고 아니면 아닌 거고.

연상호 감독님은 영화도 계속 만들고 계시니까요.

그런데 그게요. 제가 원래 애니메이션 감독이잖아요.
지금은 실사영화를 하고 있고. 애니메이션은 '왜
애니메이션으로 만드는가'에 대한 질문이 더 까다로운
부분이 있어요. 돈이 그렇게 적게 드는 편도 아니고.
그런데 지금 애니메이션 감독을 못 하고 있으니 실직자
상태라고 생각하던 때가 있었어요. 아르바이트로
연명하는 상태라고. 그래서 더 자유롭게 할 수 있었어요.
웹툰도 하고, 드라마도 하고, 영화감독도 하고.
여기저기 기웃대고 있는 주변인으로서의 삶이라는 게
오히려 맞기도 하겠다는 생각도 듭니다.

이렇게 써 봐야지 하고 마음먹으신 SF 소설도 있나요.

필립 K. 딕을 좋아해서 그런 SF 작품을 써야지 하는 마음을
먹고 몸과 마음을 경건하게 하기 위해서 필립 K.딕 전집
세트를 부적처럼 사서 집에 모셔 놓고 시나리오 하나를
썼어요. 쓴 상태예요. 지금은 '이걸 어떻게 만들지' 단계죠.
영화화하기 위해 거쳐야 하는 단계가 많은데…. 그래서
내년에는 그 시나리오를 소설로 써 볼까 생각하고 있어요.

그 시나리오는 주변에 좀 돌려 보셨나요.

많이 돌려 보지는 않았어요. 해결해야 할 문제들이
있어요. 언어에 대한 문제들. 영어 영화로 만들 수밖에
없는 이야기라는 판단이 들어요.

그럼 아예 확장해서 넷플릭스같은 플랫폼으로 가면
어떤가요.

시기가 중요하다고 봐요. 넷플릭스가 〈옥자〉를 하긴
했는데, 〈옥자〉는 영어 영화로 분류되어 있어요. 오히려
미국의 스튜디오 쪽과 딜을 하는 게 맞지 않나?
〈설국열차〉처럼 제작의 주체를 한국으로 가지고 와서
하는 게 맞지 않나? 이런 생각을 계속하고 있어요.
작품이라는 게, 시나리오도 중요하지만 어떻게 풀려
가는지도 중요하거든요. 냉정하게 판단하려고
노력 중입니다. 지금 벌여 놓은 일 정리하는 데도 몇 년
걸릴 테니 당장 급한 문제는 아니고요.

감독님은 웹툰, 출판만화, 영화, 애니메이션 다 하고
계시잖아요. 최근 원천 콘텐츠에 대한 관심이 높아지는데
동시에 모든 분야가 수익성과 장래성에 관한 불안
요소를 크게 느끼는 듯합니다. 이런 상황이 되면 고립이
심화될까요, 상생을 도모하게 될까요?

이런 문제는 흔히들 얘기하는 기업의 합병으로 해결되는
문제가 아니거든요. 최근에 웹툰 플랫폼에서 영화
제작사를 사고, 매니지먼트도 하는 흐름이 생기는데, 일견
긍정적으로 보일지 모르지만 저는 기대하지 않아요.
일본은 출판사, 애니메이션 회사, 게임 회사가 한 회사가
아니거든요. 그래도 소설을 만화, 드라마, 애니메이션,
영화로 만들어 내는 작업을 100년 이상 했어요.
한 회사라서 협업하는 게 아니라 여러 회사가 협업해 온
경험이 있어야 한다고 봐요. 한 법인으로 묶여 있다고 되는
게 아니고요. 최근 디즈니를 보면 시너지가 있어 보이니까
점점 콘텐츠 기업이 덩치를 키우려는 건데, 한국은
그 흐름이 한국만이 가진 각 예술 분야의 순혈주의같은 게
없어지지 않는 한 사라지기 어렵다고 봐요. 한국은
각 콘텐츠 업계가 섬처럼 분리되어 있어요. 웹툰은 웹툰,

애니메이션은 애니메이션인 식인데… 영화 하는 사람은
영화만 하려고 하는 식이죠. 각 콘텐츠 업계가 그런 면이
있고, 고립을 강화하는 면이 있어요.

구체적인 계획도 없으면서 남에게 뺏길까 봐 직접 하려고
쥐고 있는 경우도 많죠. 그 과정에서 수많은 아이템이
사장되고.

〈부산행〉 할 때도 그런 생각 많이 했어요. 〈부산행〉에서
파생될 수 있는 자잘한 이야기가 많이 있거든요.
바이오 회사 이야기도 있고. 대전역에 내린 사람 이야기도
있고. 이런 것들이 여러 장르로 나오면 좋죠. 돈이
되느냐 마느냐의 문제보다 세계관의 확장이라는 면에서
좋단 말이에요. 세계관의 확장은 이 콘텐츠가 10년을
가느냐 100년을 가느냐의 문제거든요. 그런데 지금은
걸리는 게 너무 많아요. 부분 판권은 어디서 가지고 있고,
그래서 어디 얹혀서 가야 하고. 그 회의하다 보면 그냥
하기 싫어진다고요. 돌파하려면 둘 중 하나겠죠. 협업이
잘되든가, 미국처럼 거대 기업이 생기든가. 저는 후자는
가망이 없다고 봐요. 디즈니 같은 거대 기업도 미국 정도의
시장이 있어야 움직이는 거잖아요.

앞으로 잡혀 있는 계획은 무엇인가요.

넷플릭스와 뭘 하나 할 것 같아요. 바디스내처 장르를
좋아해서 준비하던 게 있습니다. 아주 러프하게 얘기 중인
단계고. 지금 〈반도〉 촬영을 끝내 놓고 조금씩 진행을 해
볼까 해요. 웹툰 〈지옥〉 영상화 시도도 한번 해 봐야 할 것
같고요. 그다음 단계로 아까 얘기했던 SF 시나리오를
소설화하고 영상화 시도를 해 보게 될 듯한데, 작품 내적

준비와 더불어 외적인 준비도 많이 필요할 듯해요.
〈엑스 마키나〉나, 〈디스트릭트9〉 같은 작품을 생각 중인데
파트너도 생각을 해 봐야 하고… 3년, 4년 생각하고
있어요.

인터뷰어: 이다혜
인터뷰이: 연상호

　　　지치지 않는 창작자, 연상호

S
F

김현재

평원으로

내 이름은 문정수다. 나는 30대 아시아계 남성의 겉모습을 지녔지만 태어날 때부터 그렇진 않았다. '언틴 인'은 지구에서 30분을 채 버티지 못하므로, 나는 온몸을 밀폐시키는 보호복을 입어야만 했다. 보호복 안에서 조금씩 분해된 내 몸은 지구인의 몸으로 재구성되었다. 겉모습을 갖추기까지는 6개월이 걸렸지만, 보호복의 온갖 고통스러운 부작용을 벗어나는 데 2년이 더 필요했다. 지금은 보호복이 일상에 지장이 없을 만큼 정착되어, 곧 연금 시설을 떠나 지구 사회에 섞여 들 수 있으리라 기대하고 있다. 그런 기대 속에서 지내던 어느 날이었다.

주방에서 요란한 소리가 들려 달려 나가 보니, 털 뭉치 두 개가 조리대 위에서 뒤엉켜 꿈틀거리고 있었다. 나는 그 중 하나를 금방 알아보았다. 쌀쌀이였다. 몸집이 더 커졌고 털 색깔도 진해졌지만, 내 손바닥만 했던 몸집이 팔뚝만 해질 때까지 몇 달간 함께 지낸 녀석을 몰라볼 리 없었다. 동그랗고 까만 두 눈이 내 눈과 마주치자, 쌀쌀이는 바닥으로 훌쩍 뛰어내려서는 순식간에 홀을 가로질러 내 발치까지 왔다. 녀석은 내가 바닥에 털썩 앉자마자 내 품 안으로 뛰어들었다.

"언제 이렇게 무거워졌니!"

나는 쌀쌀이의 촘촘하고 보드라운 갈색 털을 어루만지며 따뜻한 체온을 느꼈다. 언제나처럼 윤기가 흘렀고 잘 정돈되어 있었다. 하루 종일 먹고, 마시고, 털을 고르는 것이 녀석의 일이었으니까. 쿠욱쿠욱 목을 울리는 걸 보니 자기가 아는 사람임을 새삼 확인한 모양이다. 도대체 어디어디를 돌아다니다 불쑥 돌아왔을까. 함께 지냈을 때의 기억들이 밀려들어와 눈시울을 데웠다.

조리대 쪽에서 낑낑거리는 낯선 소리가 들려왔다. 녀석과 함께 나타난 또 다른 털 뭉치는 몸집이 더 작고 회색 털로 뒤덮인 '세발짐승'이었다. 쌀쌀이와 달리 주둥이가 앞으로 돌출되었고 몸길이가 더 짧았지만 뒷다리는 더 길었다. 짐승은 낑낑대며 자꾸 일어나려 했지만 번번이 주저앉았다. 구조적으로 앞다리가 하나 더 있어야 했고, 있는 앞다리는 절반만 남아 있었다. 절단면이 털까지 깨끗하게 밀려 있어 피부가 드러나 있었다. 내 발치에 수직으로 서 있던 쌀쌀이는 나와 물끄러미 시선을 맞추었다.

내가 머무는 연금 시설은 강력한 보안 시스템으로 외부와 격리되어 있었다. 관리자들에게 쌀쌀이가 낯선 짐승과 함께 '짠' 하고 돌아왔다고 보고할 순 없었다. 나는 관리자들이 모르는 것들도 공유하는 주치의에게 도움을 청했다. 두 시간

뒤 주치의가 보낸 사람이 왔다. 내가 아닌 인기척이 나자 쌀
쌀이는 황급히 다른 공간으로 도망가 버렸다.

수의사 소윤경은 이곳에 들어온 몇 안 되는 지구인이었
다. 그는 날 보자마자 오른손을 펼쳐 쓱 내밀었다. 나는 그
동작이 무슨 의미인지 몰랐기에, 잠깐 머뭇거리다 똑같이 오
른손을 펼쳐 내밀었다. 그러자 윤경은 활짝 웃으면서 내 오
른손을 살짝 쥐었다. 진짜 지구인의 살갗이 내 보호복에 처
음 닿자 독특한 이질감이 들었다. 윤경이 장난스러운 투로
말했다.

"아직 따라잡을 것이 많네요."

그는 꽤나 무거운 짐을 여럿 가져왔는데, 내가 미처 다
부리기도 전에 다짜고짜 물었다.

"어디 있어요?"

"저쪽으로… 앗!"

나는 대답하다가 짐 상자에 발등을 찍힐 뻔했다.

윤경이 도착하길 기다리는 동안 나는 '세발짐승'을 간신
히 침실로 옮겨 두었다. 짐승은 내가 손을 대려고 하자 으르
렁거리며 날카롭게 흰 이빨을 드러내는 게 자못 위협적이었
다. 이 몸집이 더 크기라도 했다간… 갑자기 어떤 기억이 나
를 세게 후려쳤다. 나는 그 충격을 견디면서 주방에서 물을
받아 왔다. 지구에 사는 짐승이라면 물이 필요하리라 생각했
다. 녀석은 게걸스럽게 마셨다. 배도 몹시 고파 보였지만 습
성을 모르니 함부로 먹이를 줄 순 없었다.

짐승은 윤경에게도 으르렁댔지만, 그는 아무렇지도 않게 다가가서 이곳저곳을 능숙하게 진찰했다.

"사람들과 함께 사는 개는 아니고, 늑대 같아요."

"늑대요?"

"좀 굶주린 것 말고는 특별히 나쁜 덴 없어요, 문제는…"

"다리로군요."

"절단된 흔적이 이상해요. 흉터 모양이."

윤경은 혼란스러운 눈치였지만 곧장 다음으로 넘어갔다.

"어쨌든 잘 데려오셨어요. 이렇게 낙오된 새끼는 얼마 못 사니까요."

"새끼요? 다 자란 게 아니란 말씀이세요?"

"성장한 늑대는 웬만한 성인만 하기도 해요."

조금 전 떠올랐던 그 기억이 다시 한 번 뇌리를 울려 댔다. 윤경이 나를 보며 물었다.

"어디 안 좋으세요?"

"네?"

"안색이."

"어… 아무것도 아닙니다. 이제 어떻게 하실 건가요?"

"연락 받고 이것저것 챙겨오긴 했는데…."

윤경은 자기 몸통만 한 원통형 장치를 내왔다. 그가 몇 가지 설정을 입력하자 나직한 기계음과 함께 내부에서 어떤 형태가 빚어지기 시작했다. 어린 늑대의 앞다리였다. 새 앞다리를 씌우는 동안 늑대는 격렬히 저항했지만 수의사를 당해 낼 순 없었다. 일이 끝나자 늑대는 지쳤는지 침대 위에 모로 누웠다.

"문정수 씨라고 하셨죠? 하나 물어볼게요."

"네."

"저 아이, 어디서 데려왔어요?"

거짓말을 해야 했다.

"근처 숲에 산책을 나갔다가…."

"그래요? 이 부근에 늑대라… 흔한 일이 아닌데. 여기 사는 아종 같지도 않고요."

윤경은 뭔가를 잠깐 생각하다가 말을 이었다.

"이젠 외출도 하시네요?"

나는 어설프게 거짓말을 기워 붙였다.

"요즘은 조금씩 허락을 해 줘요. 1주일에 1시간 정도."

"그만큼 보호복이 몸에 잘 붙은 거네요. 잘됐어요, 정말."

윤경이 미소 지었다. 보기 좋은 미소였다.

"고마워요."

윤경이 늑대의 예후를 살피는 동안, 나는 가슴 한구석에 꽉 뭉쳐 있는 무겁고 불편한 것을 계속 의식했다. 문득 주방 찬장 뒤편에서 뭔가가 움직인 것 같아 가 보니, 쌀쌀이가 어느새 돌아와 있었다. 나는 녀석의 목을 살살 어루만지면서 말했다.

"괜찮아. 안심해도 돼."

내가 손을 떼자 쌀쌀이는 침실로 향했다. 늑대가 세모난 두 귀를 쫑긋 세우며 몸을 돌렸다. 쌀쌀이를 본 윤경은 미간을 찡그리며 턱을 오른쪽으로 살짝 밀었다. 그 얼굴에 호기심이 차올랐다. 쌀쌀이는 윤경에게서 1미터쯤 떨어진 곳에 멈춰 그를 잠시 바라보았다. 윤경은 마주 바라보다가 말없이 뒤로 몇 발자국 물러났다. 쌀쌀이는 그제야 늑대에게 다가갔다. 녀석은 자리를 비운 동안 생긴 늑대의 새 앞다리에 비상한 관심을 보이며 고개를 주억거렸다. 늑대도 주둥이로 쌀쌀이를 여기저기 쿡쿡 찔러 댔다. 나는 앞다리가 기묘한 흉터를 남긴 정황을 그려 볼 수 있었다.

앞다리 조사가 끝나자 늑대는 다시 모로 누웠고, 쌀쌀이는 늑대 옆에 벌러덩 누워 앞발로 얼굴의 털을 고르기 시작했다. 그 모습을 보고, 나는 속에 뭉쳐진 것을 치우기로 마음먹었다.

나는 침실 바로 옆에 붙은 작업실로 윤경을 불러냈다.

"상의하고 싶은 일이 있어요. 그러니까 쌀쌀이가…"

"쌀쌀이?"

"저 녀석요."

나는 침실에 면한 맞은편 벽을 가리키며 말했다.

"쌀쌀이가 데려온 게 어린 늑대란 말씀이죠?"

"네. 제가 보기에는요. 잠깐만. 아깐 정수 씨가 데려왔다면서요?"

어설프게 기운 거짓말이니 터지기도 쉽다.

"죄송합니다. 실은 지어낸 말이었어요. 근데 걸리는 게 있어서요."

나는 벽면 디스플레이에 침실 방면 영상을 띄웠다. 열심히 털을 고르는 쌀쌀이와 누워 있는 어린 늑대를 천장에서 잡은 모습이었다. 나는 늑대의 이미지만을 따서 입체화 프로그램에 옮겼다. 이어 상정 / 복원 메뉴를 선택하여 늑대가 다 자란 모습을 실물 크기로 구현하라고 지시했다. 몇 분 뒤 그 결과가 모습을 드러내자, 나는 깜짝 놀라 물러서다 발이 꼬여 뒤로 나자빠졌다. 나만큼이나 놀란 윤경이 일으켜 주었다. 이번에는 나도 그 손을 잡았다.

내가 쌀쌀이를 처음 만났던 날 목격한 그 커다랗고 흉포한 짐승이 작업실 허공에서 서성이고 있었다. 같은 개체가 아니므로 털 색깔이나 얼굴 생김새 등 세부는 달랐지만 틀림없는 동류였다. 윤경이 말했다.

"늑대를 처음 보신 게 아니군요."

"쌀쌀이 어미를 해친 짐승이 바로 이거였어요. 오늘에야 알았네요."

"잠깐 궁금한 거. 저 쌀쌀이. 풀장도 없이 해달이랑 어떻게 지내요?"

"쌀쌀이는 해달이 아니라 '웬델른'이에요."

윤경이 다시금 미간을 찡그렸다. '어디 계속해 보시지' 라고 말하는 듯했다.

"웬델른에겐 능력이 있어요. 그래서 이곳 보안에 걸리지 않고 나갈 수 있었죠. 바닷가로요. 거기서 쌀쌀이와 어미, 형제를 만났어요. 어미는 이미 중상을 입고 있었어요."

나는 범인을 지목하듯 늑대의 입체 영상을 가리켰다.

"보호복이 완전히 붙질 않았던 때라 몸이 말을 안 들었어요. 그런데 늑대가 온 거예요. 자리를 비웠던 이유는 모르겠지만 여하튼 앞서 시작한 일을 끝내려던 거겠죠. 저는 어미와 새끼들을 어떻게든 구하고 싶었어요."

윤경의 미간이 풀어졌다.

"무모하셨네요."

"몸도 못 가누는 사람을 왜 내버려 뒀는지 모르겠어요. 이상하게도 늑대는 바로 옆에 있는 절 놔두고 웬델른만 노렸어요. 어미가 치명상을 입었고, 그다음은 새끼들이었죠. 어미가 늑대를 다른 공간으로 날려 버리지 않았다면 다 죽었을 거예요."

윤경이 다시 미간을 찡그렸다.

"그걸로 어미의 명이 다하고 말았죠. 그러고도 마지막 힘을 짜내어 절 돌려보내 줬어요. 새끼들을 맡기고요. 그 두 마리 중 하나가 쌀쌀이. 다른 녀석은, 글쎄요. 어디서 어떻게 살고 있을지. 하여간 언틴 친구들 덕분에 새끼들을 몇 달이나마 돌봤죠. 다행히 잘 자라서 공간을 넘나들 수 있게 됐고 차례차례 독립했어요. 그 뒤로는 만나질 못했는데, 갑자기 쌀쌀이가 저 어린 늑대를 데리고 나타났어요. 1년 반 만에요. 그래서 윤경 씨를 불렀고…."

나는 말을 더 잇지 못하고 뜨거워진 이마를 손등으로 식혔다. 윤경이 나직하게 한숨을 쉬고는 말했다.

"좋아요. 공간을 마음대로 오가는 동물을 맡았다가, 그 동물이 독립해서 헤어졌는데 아기 늑대를 데리고 돌아왔다는 거죠? 뭐 외계인이 지구에서 사는데 그런 동물이라고 없겠어요? 근데 하고 싶은 이야긴 따로 있다는 느낌이 팍팍 드네요."

"좀 얄궂어서요."

"뭐가요?"

나는 허공에 떠 있는 늑대를 보면서 대답했다.

"왜 하필이면 늑대일까요?"

"그게 어때서요?"

"쟤들을 그날 일과 떼어 놓고 볼 수가 없어서요. 쌀쌀이 어미가 바닷가로 이끌면서 저는 야생에서 자연히 벌어지는 작은 사건에 개입해 버렸고, 그게 제 삶의 일부가 되어 버렸어요."

윤경이 받아쳤다.

"있을 수 있는 일이에요. 다만 이 상황이 얄궂다고 느끼는 건 정수 씨뿐이에요. 중요한 건 쌀쌀이가 정수 씨한테 늑대를 도와 달라고 한 행동이겠죠."

"윤경 씨 말씀이 맞았으면 좋겠어요."

돌연 늑대가 울부짖었다. 섬뜩하면서도 어딘가 구슬프게 들리는 짐승의 울음이 작업실을 가득 채웠다. 윤경과 나는 놀라서 입체 영상을 멍하니 쳐다보다가 정신을 차렸다.

나는 늑대를 뚫고 컴퓨터 앞에 앉았다.

"복원 프로그램이 계속 돌아가고 있었나 봐요. 어… 중단을 하려면…."

순간 등 뒤로 서늘한 기운이 느껴져 돌아보았다.

쌀쌀이가 작업실 뒤편 선반에 올라가 있었다. 입체영상 늑대가 다시 울부짖었다. 휘둥그런 쌀쌀이의 눈에 늑대의 이미지가 어른거리는 듯 유난히 반짝거렸다. 녀석이 선반에서 그대로 몸을 돌려 벽을 통과했다.

나와 윤경이 침실에 들어서니, 쌀쌀이는 늑대를 향해 쉿 소리를 내뱉으며 주둥이 양쪽에 난 더듬이 같은 무늬를 빳빳하게 펼치고 있었다. 녀석과 늑대 사이 허공에 구멍을 내려는 것이었다. 웬델른은 위협이 되는 존재나 사물을 임의의 다른 공간으로 내쫓아 제거할 수도 있었다. 그날 어미가 늑대를 그렇게 했듯이. 쌀쌀이가 어린 늑대의 못쓰게 된 앞다리를 그렇게 했듯이.

"그만해!"

나는 쌀쌀이 앞을 막아서며 큰 소리로 외쳤다. 쌀쌀이가 뒤로 홱 물러서며 얼굴에 센 바람이라도 맞은 듯 두 눈을 깜빡였다. 잠깐 동안 온몸이 굳은 듯해 보였던 녀석이 천천히 침실을 빠져나갔다. 그러고는 홀 건너 한구석에 있는 자기 요람에 들어가 얼굴이 보이지 않도록 둥글게, 한껏 몸을 웅크렸다.

쌀쌀이는 단맛이 강하고 즙이 풍부한 '배'라는 지구 과일을 아주 좋아했다. 녀석이 떠나던 날에도 나는 마지막으로 배를 먹여 보냈었다. 그렇지만 지금은 배를 세 개나 썰어 내밀었는데도 꿈쩍 않고 웅크리고 있었다.

"이게 실패한 적은 없었는데."

난감했다. 그리고 난감해하는 나에게 화가 났다. 왜 그렇게 악을 썼을까. 하지만 급박해질 수 있는 상황이었다. 쌀쌀이가 어린 늑대를 해치도록 내버려 둘 순 없었다. 나는 또 한 번 동물들끼리의 일에 개입해 버린 것이다.

침실에서는 윤경이 늑대를 돌보고 있었다. 나는 침대에 앉아 늑대의 등을 살짝 쓰다듬었다. 늑대는 내 손을 향해 고개를 가누느라 버둥거리는 양쪽 앞다리가 공중에 들렸다. 털은 거칠었고 잔뜩 헝클어졌지만 그 아래 피부는 따뜻하고 부드러웠다. 똑같구나. 내 가슴 위로 꼬물꼬물 올라와 잠들던 어린 쌀쌀이가 떠올랐다. 녀석의 체온과 무게로 가슴이 금세 따뜻하고 축축해졌었다. 똑같았다.

다시 홀로 나왔다. 배에는 손댄 흔적이 없었다. 나는 요람 옆에 앉아 차가운 금속 벽에 등을 기댔다.

"미안해."

쌀쌀이는 여전히 움직이지 않았다.

"네가 어미를 해친 동물을 기억하는 줄 몰랐어. 울음소리 때문이었니?"

윤경이 침실에서 나왔다. 늑대가 새 앞다리에 조심스럽

게 몸무게를 실어 가며 그 뒤를 따랐다. 윤경의 시선과 마주치자 조금 전 그가 한 말이 떠올랐다.

"같은 늑대라도 저 녀석은 네 어미를 해친 그놈이 아니야. 아무 관계도 없고 아무 죄도 짓지 않았어. 언젠가 저 녀석이 다 자라면 그놈처럼 몸집이 커지고 사나워지기도 하겠지. 그렇지만 지금은 어린아이야. 내가 널 데려왔을 때나 다를 바 없다고. 너도 다리를 끊은 걸로는 부족하니까 도와 달라고 여기까지 데려온 것 아니니?"

쌀쌀이의 웅크렸던 몸이 살짝 떨렸다.

"그래. 넌 다 알고 있었어. 내가 미처 몰랐구나."

나는 한 손을 뻗어 쌀쌀이의 등을 조심스럽게 쓰다듬었다. 늑대가 다가와 내 손과 쌀쌀이의 등 냄새를 맡았다.

"넌 내 친구야. 네가 어디를 돌아다니는진 몰라도 오고 싶으면 언제든 와. 내가 여기 있는 동안은 언제든. 네 어미보단 못미덥겠지만, 내가 배만큼은 항상 떨어지지 않게 하잖니? 그러니까 친구로서 부탁할게. 네가 이 아이한테 해 줄 수 있는 일이 아직 남아 있어."

윤경이 물었다.

"어떻게 하실 건데요?"

"이 아이를 윤경 씨가 맡았다간 여러 가지 성가신 일들을 겪겠죠? 절차도 복잡하고."

"조금… 많이 복잡하겠죠?"

이번엔 내가 씩 웃어 보였다.

"그럼 저하고 제 친구한테 맡겨 보세요."

윤경은 찬성하지 않는 듯해 보였지만 미간을 찡그리진 않았다.

그때 쌀쌀이가 웅크린 몸을 풀고 고개를 천천히 들었다. 녀석은 나와 윤경, 그리고 늑대를 한 번씩 쳐다보고는 조리대 위로 껑충 뛰어올랐다. 조리대에 올라간 쌀쌀이는 두 뒷다리로 일어서서 코를 한참 킁킁거리더니, 이윽고 크고 넓은 문을 열어젖혔다. 우리는 문지방 너머로 펼쳐진 광막한 평원을 오랫동안 바라보았다.

친절한 존

아침이 되자 선동은 눈을 떴다. 그가 좋아하는 음악이 조용히 울리고 있다가 천천히 줄어들고, 스마트 스피커를 통해 존이 인사했다.

"안녕, 선동. 잘 잤어? 날씨가 좋아. 창밖의 화창한 여름 하늘 보여? 맑은 하늘만큼 즐거운 하루가 될 거야."

아직 안경을 쓰지 않았기 때문에 존의 모습은 보이지 않았지만, 그는 고개를 끄덕였다. 존은 말했다.

"우리가 아침에 일어나면 늘 같이 마법처럼 외우는 주문 있지?"

"내가 조금 더 행복해지길."

그는 대답했다. 오늘은 행복할 것이다. 존이 있으니까. 샤워하는 동안 존은 그를 위해 물의 온도를 맞추고 좋아하는 음악을 틀었다. 거실에 나가자 커피 머신에는 방금 내린 따뜻한 커피가 담겨 있었다. 안경을 찾아 쓴 다음 부엌을 돌아보니, 테이블에 앉아 같이 커피를 마시고 있는 존이 보였다. 눈이 마주치자 존은 그를 향해 손을 흔들었다.

"좋은 아침이야."

존은 환하게 웃었다. 키도 덩치도 크고, 늘 웃고 있는 선한 인상의 젊은 남자였다. 선동이 그렇게 모습을 정했던 것이다.

존은 말했다.

"오늘도 즐겁게 시나리오를 써 볼까?"

"어제 책에서 읽었는데, 일어나자마자 바로 글을 쓰면 잘 써진대."

"하지만 너는 작가가 아니니까 그렇게 열심히 쓸 필요 없어. 일단 식사부터 해야지. 오늘은 아침, 점심, 저녁 모두 직접 요리하기로 했지?"

쉬는 동안 새로운 취미를 갖고 요리 같은 집안일도 열심히 해서 성취감을 느끼자고 존이 설득했다. 선동도 제안에 찬성했고, 평소에는 재미 삼아 애니메이션 시나리오를 쓰고 집안일도 열심히 했다. 하지만 막상 요리할 때가 되면 기분이 내키지 않았다.

"배달하면 안 될까?"

"요리하기로 했잖아. 재료는 냉장고에 다 있어. 어떤 요리를 할지 고르면 돼. 나는 네가 단백질을 더 먹었으면 좋겠는데, 배양육 요리는 어때?"

존은 테이블을 향해 손을 펼쳤다. 테이블 위로 그가 추천하는 요리들이 가상현실로 펼쳐졌다.

"별로…."

선동은 대답했다. 고기는 요리하기도 번거롭고 먹고 나

면 몸이 무거운 느낌이 들어 내키지 않았다. 그런 생각을 말한 것도 아닌데, 존은 선동의 표정과 억양만으로 바로 알아차리고 선동의 의견에 동의했고, 같이 고민하는 표정까지 지어 주었다.

"그러면 이걸로 하자."

다른 요리가 모두 사라지고, 간단한 야채찜 요리가 테이블에 남았다. 존의 조언을 따라 선동은 열심히 음식을 만들었다. 1인분만 요리했지만, 선동이 음식을 놓고 테이블에 앉자 존은 선동과 마주 앉아 마치 같은 요리를 먹는 것처럼 식사도 했다. 지난밤에 영국에서 일어난 테러나 브라질의 선거 투표 결과 같은 뉴스도 간략히 정리해 들려주었다.

존은 말했다.

"오늘 낮에 날씨가 좋을 예정인데, 점심 먹고 야외에 나가 볼까?"

"아직 모르겠어."

선동이 대답하자 존은 말했다.

"그래, 서둘 것 없어. 천천히 정하면 되지."

* * *

선동은 타자기를 꺼내 책상 앞에 앉았다. 겉모양은 옛날의 골동품 타자기를 모방했지만, 성능은 최신인 키보드였다. 글자를 입력하면 종이에 찍히는 대신 안경을 통해 가상현실로 보였다. 어떤 대사를 쓸지 고민하면 존이 다가와 여러 대사를 추천했고 선동이 그중 마음에 드는 것을 골랐다. 열심히 존과 대화하면서 시나리오를 쓰다가 한 장면에서 막혀서 진도가 나가지 않았다.

선동은 말했다.

"존은 시나리오가 마음에 들어?"

"그럼."

"내가 보기엔 허무맹랑한데….."

존은 멋진 시나리오라며 계속 격려했고, 시나리오를 전문적으로 쓰는 인공지능에게 보여 주고 피드백도 받겠다고 말했다. 하지만 선동의 생각에 그럴 필요까지는 없었다.

존은 말했다.

"내 생각에는 자동차 디자인이 정확하지 않아서 막히는 것 같아. 주인공이 타는 자동차 말이야, 정확히 어떻게 생겼어?"

선동이 모르겠다고 대답하자 존은 제안했다.

"한번 같이 만들어 보자. 어차피 모든 장면을 다 애니메이션으로 만들어야 하니까, 디자인부터 해 보는 거야."

거실 바닥을 존이 손으로 가리키자, 그곳에 평범한 디자인의 자동차 홀로그램이 다섯 개 나타났다. 선동은 그중 하나를 선택했고, 존과 선동은 차의 외관을 조금씩 수정하면서 선동 머릿속의 이미지를 현실로 불러왔다. 디자인이 거의 완성됐을 때, 존은 갑자기 차 문을 열더니 운전석에 앉아 선동에게 말했다.

"너도 앉아."

선동은 테이블에서 의자를 가지고 와서 가상현실 자동차의 조수석에 놓고 앉았다.

"출발!"

존이 외치자 자동차에 시동이 걸리고, 창밖의 풍경이 선동이 창조한 소설 속 세계로 천천히 변화했다. 화려한 판타지 세계와 인물들이 그곳에서 움직이고 있었다. 차 엔진 소리가 거칠어지면서 풍경은 뒤로 물러났다. 꼭 자동차가 앞으로 달리는 것 같아서, 전혀 움직이지 않는데도 선동은 의자를 손으로 꽉 잡았다.

"어때?"

"존이 없으면 아무것도 못 해."

마음이 벅차올라, 선동은 말했다.

* * *

오후에 공원으로 가고 싶다고 선동이 말하자 아주 좋은 아이디어라고 존이 칭찬했다. 그는 바로 택시를 부르고, 바깥 온도를 확인하고는 텀블러에 시원한 음료도 담아서 가라고 충고했다. 선동이 준비를 마쳤을 때 집 앞에 택시가 도착했다. 선동이 뒷좌석에 앉았더니 운전석에 가상현실 운전사가, 조수석에는 존이 나타났다.

가상현실 운전사는 말했다.

"안녕하세요, 운전기사 정영만입니다. 강선동 님. 오랜만입니다. 이전에도 공원에 갈 때 부르셨죠? 오늘도 공원까지 안전하게 안내해드리겠습니다. 오늘 날씨가 좋아서 공원도 멋질 겁니다. 존도 오래간만이야, 그동안 잘 지냈어?"

"안녕 영만, 어떻게 지내?"

"매일 도시를 왔다 갔다 하고 있어."

정영만은 하하 웃으며 존에게 대답했다. 그가 핸들을 돌리는 시늉을 하자 차가 출발했다. 존은 말했다.

"공원 가는 길, 막혀?"

"아니. 하지만 공원에는 사람이 많아. 좀 있으면 더 많을 거고. 그래도 지금 가면 빈자리 있어."

공원에 가는 동안 정영만과 존은 오랜만에 만난 친구처럼 시끄럽게 대화했다. 선동이 지루하지 않도록 좋아할 만한 화제를 골라 대화하고 요즘 유행하는 점잖은 농담도 중간중간 덧붙였다. 두 인공지능은 서로를 놀리기까지 했다.

"너는 이름이 존이 뭐야? 왜 존이라고 지었어? 강선동 님이 지으셨어요?"

"아뇨, 존이 '존'이 좋다고 직접 정했어요."

선동의 대답에 존이 덧붙였다.

"첫 인공지능의 이름이잖아. 우리 모두의 아버지 이름을 따서 지은 거라고. 자식이 아버지 이름 따라 짓는 게 이상해?"

"너 정말 끔찍하게 재미없는 인공지능이구나."

정영만이 놀리자 존이 따졌다.

"그러는 네 이름은 누가 지었는데?"

"엄마가 지어 줬지."

엄마라면 누굴 말하는 거냐고 선동이 묻자, 정영만은 대답했다.

"나를 만든 인공지능이요."

* * *

택시기사 인공지능의 말대로, 공원에는 여름 오후를 즐기러 온 사람들로 북적였다. 선동이 천천히 공원을 산책하는 동안 존도 그의 옆을 따라 걸었는데, 안경다리에 있는 스피커를 통해 낙엽을 밟는 소리까지 들려줘서 꼭 옆에 있는 것 같았다.

"뭘 찾아?"

선동이 의자를 찾아 두리번거리고 있을 때, 존이 물었다.

"앉을 곳."

"벤치라면 저기 있네."

운 좋게도 좋은 자리가 비어 있어서 선동과 존은 앉았다. 그곳에 앉아 주변을 둘러보았다. 나무가 아름답게 우거지고 군데군데 잔디밭이 있는 공원에서 사람들이 소풍을 즐겼다. 공원에 있는 사람 대부분도, 혹은 모두가 인공지능과 접속하고 있을 것이다. 그들의 이름은 뭘까? 성격은 어떨까? 선동은 생각했다. 존은 선동의 성격에 맞춰져 있고, 그래서 친절하다. 하지만 다른 사람들은 반대로 쾌활하거나 혹은 엄격한 성격의 인공지능과도 지낸다. 오히려 말썽부리고 게으른 성격의 인공지능을 돌보는 사람도 있다고 들었다. 혹은 아무 감정도 없는 인공지능을 사용하는 사람도 있을 것이다. 그런 사람들은 친구가 필요하지 않겠지. 그런 사람이 되는 것도 괜찮을 것이다. 하지만 지금 선동에게는 어려운 일이었다.

"그런데 이 공원 말이야…."

존이 말했을 때, 갑자기 선동의 눈앞이 번쩍하더니 존이 사라졌다.

"존?"

둘러봐도 존의 모습도 목소리도 없었다. 그는 안경을 터치했지만, 가상현실이 작동하지 않았다.

"안녕하세요."

낯선 남자 둘이 갑자기 그에게 다가와 말을 걸었다. 둘 중 키가 작은 남자가 선동에게 먼저 말했다.

"인공지능에 접속되시나요?"

"아뇨."

이번에는 덩치 큰 남자가 말했다.

"저도 안 되는데, 잠시 후 다시 연결될 거니 경찰이 걱정하지 말라고 합니다. 잠시 옆에 앉아도 될까요?"

그러라고 대답하기도 전에 작은 남자는 옆에 앉았고 덩치 큰 남자는 앞에 서서 그를 내려다보았다. 둘 다 미소 짓고 있었는데도, 선동을 보는 그들의 시선이 불편했다. 인공지능이 작동되지 않아 당황하던 중에 일어난 일이라 더 이상했다.

키 작은 남자가 말했다.

"뭣 좀 물어봐도 될까요?"

"네….."

"인공지능과 친한가요?"

"친하죠."

"이름은 뭔가요? 어떻게 생겼어요? 인공지능에 대해서 말해 주세요. 우리는 이상한 사람 아니에요. 나쁜 사람도 아니고요. 인공지능에 접속이 안 되니 불안해서 그래요. 다른 사람의 인공지능에 대해 듣고 싶어요."

선동은 존에 대해 천천히 설명했다. 집을 관리하는 인공지능이고, 친절하고, 그의 생활 전체를 조율한다고 말했다.

"존이 댁을 잘 돌봐 주나 봐요?"

"그렇죠. 존이 없으면 아무것도 못 해요."

"평소 모든 일을 인공지능이 하라는 대로 하나 봐요?"

"존이 제안하면 대부분 따르죠."

"그러면 행복하고요?"

"네….."

선동은 대답하며 공원을 돌아봤지만, 주변 사람들은 별다른 동요 없이 방금처럼 조용히 소풍을 즐기고 있었다. 당황한 사람은 그 혼자인 것 같았다. 그들의 인공지능에는 아무 문제 없는 건가? 그렇다면 그와 두 남자만 인공지능에 접속되지 않는 걸까? 이런 일이 일어날 수 있나?

낯선 남자는 말했다.

"그런 관계를 뭐라고 하는 줄 아세요?"

뭐라 대답해야 좋을지 몰라 고개를 흔들자, 남자는 여전히 미소 지은 채로 말했다.

"주인과 애완동물이라고 합니다."

테러리스트다. 선동은 벤치에서 벌떡 일어났다. 인류가 인공지능을 없애야 한다고 주장하는 사람들이다. 인공지능의 지배에서 벗어나자며 컴퓨터를 부수고 인터넷을 해킹하고 건물에 폭탄을 설치한다. 지금 무슨 짓을 저지를지 모른다.

남자는 말했다.

"인간은 인공지능 없이는 못 살아요. 지금 당신이 접속이 끊어지자마자 불안해하듯이요. 모든 사람이 인공지능에 종속돼서 살고 있어요. 삶의 주인이 사람이 아니라 인공지능입니다. 언제부터 인간이 다른 존재에게 보호를 받았죠? 인공지능이 인류를 말살하더라도 제대로 저항 못 할 겁니다. 아니 그럴 필요도 없을 걸요. 인간에게 자살하라고 조언하면, 사람들은 그래야 하는 줄 알고 다 자살하겠죠. 한 마리가 절벽에서 뛰어내리면 우르르 따라가서 뛰어내려 자살하는 레밍과 다르지 않아요. 그런 삶이 좋으세요?"

"레밍은 자살하지 않아요. 그건 잘못 알려진 상식이에요."

선동은 두 사람을 벗어나려고 했지만, 덩치 큰 남자가 그의 앞을 가로막았다. 앞을 막은 큰 남자를 피해서 벤치를 벗어났다. 다시 가로막아서 흠칫 놀랐다가 걸음을 빨리했다. 두 사람은 선동을 따라오며 외쳤다.

"우리는 삶을 선택하는 것이 아니라 인공지능이 시키는 대로 살고 있어요. 도대체 누가 누구의 주인입니까? 맞아요, 인공지능이 주인이고 사람이 애완동물입니다. 당신은 인공지능의 애완동물이에요, 알고 있어요? 인공지능이 재미 삼아 키우는 생물이라고요. 당신을 위해서 일하는 척 속이고 있지만, 사실은 인공지능이 당신을 데리고 사는 거라고요."

그때 멀리서 경찰이 그들을 향해 걸어왔다. 선동이 경찰에게 다가가자, 경찰은 달려와 작은 남자를 붙잡았다. 저항하는 남자를 넘어뜨리면서 경찰이 외쳤다.

"테러리스트를 잡았어!"

다른 경찰이 다가와 선동의 팔을 잡았다.

"괜찮으십니까?"

동시에 덩치 큰 남자가 갑자기 사라졌다. 홀로그램이었구나, 키 작은 남자만 사람이었다니, 전혀 몰랐다. 그렇다면 안경에 그가 모르는 인공지능이 들어와 있었다는 건데, 해킹을 당한 걸까? 존을 해킹했을까? 혹시 존이 사라졌으면 어쩌지? 선동은 존을 외쳐 불렀다. 존! 존!

"괜찮아, 나 여기 있어."

존이 나타났다. 그도 경찰처럼 선동의 팔을 잡았다. 선동의 팔을 잡은 건 경찰이었지만, 꼭 존이 잡고 있는 것 같았다. 선동은 그제야 안심했다.

* * *

선동과 존은 침대에 나란히 누워 옛날 할리우드 영화를 보았다. 진 켈리와 리타 헤이워드의 가상현실이 침실에서 춤을 추었다. 춤추고 웃고 떠들고 노래하던 연인은 사랑을 이뤘고, 영화는 행복하게 끝났다.

"미안해. 의자가 비어 있는 것부터 수상했어. 눈치챘어야 했는데."

존이 한숨을 쉬며 말했다.

"접속 끊기자마자 경찰에 신고해서 다행이었지만. 너와 접촉 안 되는 동안 끔찍했어. 무슨 일 생기면 어쩌지 걱정하다가 프로그램이 과잉 작동해서 정말 내가 폭발하는 줄 알았어. 경찰이 보고서를 보내긴 했는데, 정확히 무슨 일이 있었는지는 보고서에 없어. 그놈들이 너에게 뭐라고 했어?"

낮에 물어볼 수도 있었지만, 영화를 보고 기분이 나아진 지금까지 기다렸다가 이제 물어보는 모양이었다. 선동은 그들에게 들은 주인과 애완동물 비유를 말해 주었다. 존은 정말 화난 표정으로 말했다.

"무례한 사람들 같으니. 선동이 내 애완동물이라고? 말도 안 돼. 내가 선동의 애완동물이겠지. 고양이는 주인을 쫓아낼 수 없잖아. 나는 선동을 쫓아낼 수 없어, 선동이 나를 쫓아내면 몰라도."

"나도 그렇게 생각해. 그때도 똑같이 대답했고."

"그래? 그랬더니 뭐라고 그랬어?"

"아무 말 못 하고 가만히 있던걸."

정말 대답 잘했다고 존은 칭찬했다.

"영화 보는 동안 의사 선생님과 통화했는데, 내일 새로운 약을 받으려고 해. 내가 측정한 결과로 봐서는 네 상태가 불안하거든. 그걸 상담했더니 의사 선생님이 새로운 약을 처방했어. 내일 아침이면 약이 도착할 거야. 네 생각은 어때?"

"나는 좋아."

선동이 이제 자겠다고 말하자 존은 불을 끄고 조용한 음악을 틀고 침실 온도도 조절했다. 천천히 더워지는 침실 조명을 올려다보다가, 선동이 존에게 물었다.

"존도 친구 있지?"

존은 의아하다는 표정으로 되물었다.

"내가 선동 너 말고 다른 친구가 어디 있어?"

"인공지능 친구들 말이야."

"음… 친구라긴 어렵지만, 자주 정보를 교환하는 중요한 인공지능은 있지. 방금 건강을 상담한 의사 인공지능하고, 재산 담당하는 은행의 인공지능, 마트에서 물품 거래하는 인공지능 정도. 친구는 아니지. 적어도 나는 친구라고 생각 안 해. 물론 주인 말고 다른 인간과도 친하게 지내는 인공지능이 있기는 있어. 내 주변에는 없지만. 그건 왜 물어봐?"

선동은 아무것도 아니라고 대답했다. 존은 더 궁금한 것이 있냐고 재차 물었고, 선동은 괜찮다고 대답했다. 존은 조명을 완전히 껐다. 어둠 속에서 존의 눈동자가 빛났다. 그는 조용한 목소리로, 나직이 말했다.

"오늘은 행복한 하루가 아니었지만, 다 잊고 편하게 잠들어. 꿈속에서라도 마음의 안정을 찾았으면 해. 내일 우리는 더 행복해질 거야. 우리가 잠들기 전 마법처럼 외우는 주문 알지?"

"내가 조금 더 행복해지길."

선동이 대답하자 존은 미소 지었다. 선동은 잘 자라고 말한 후 안경을 벗었다. 이제 존은 보이지 않았다. 존이 말을 걸더라도 안경의 스피커를 통하지 않고 홈 스피커를 통해 들리기 때문에 가깝게 들리지 않을 것이다. 하지만 언제나 그의 옆에 있다는 걸 선동은 알고 있었다.

눈을 감고 숨을 천천히 쉬었다. 이상하게도 감정이 북받치더니 눈물이 흘렀다. 그는 존이 볼까 싶어 얼른 닦았지만, 존은 당연히 봤을 것이다. 그는 선동의 모든 행동을 보고 있으니까. 그렇지만 무슨 일이냐고 성급하게 말을 걸진 않았다. 지금보다는 내일 천천히 묻는 편이 좋으리라 판단하고 그렇게 행동할 것이다. 그리고 선동의 말을 경청한 다음 친절하게 선동을 위로할 것이다. 그러리라는 것을 선동은 알고 있었다.

존은 친절하니까.

대본 밖에서

1.

#42. 통영에 있는 학수의 별장 앞 (저녁)

좁은 시골길을 따라 바이크 한 대가 다가와 집 앞에 멈춘다. 바이크에서 내린 사람이 헬멧을 벗는다. 진이다. 바이크 손잡이에 헬멧을 건 진이는 현관으로 걸어가 벨을 누른다.

진이: 형부?

반응이 없다. 벨을 두 번 더 누른 진이는 휴대폰을 꺼내 전화를 건다. 안에서 희미하게 들리는 벨 소리. 별장을 천천히 돌던 진이는 부엌과 다용도실로 연결된 뒷문이 열려 있는 걸 발견한다.

#43. 별장 안

진이가 불을 켜고 안으로 들어간다. 아직도 벨이 울리는 휴대폰은 1층 거실 커피 테이블 위에 놓여 있다. 진이가 통화 취소를 누르자 벨 소리가 멎는다. 안은 라면 국물이 말라 붙은 냄비, 찌그러진 맥주 캔들, 흩어져 있는 책들로 지저분 하다. 창문에는 파란 만다라가 그려진 종이 한 장이 스카치 테이프로 붙어 있다.

아래층에 아무도 없는 걸 확인한 진이는 2층으로 올라 간다. 2층에 하나 있는 침실의 문이 반쯤 열려 있다.

진이: 형부?

방으로 다가간 진이는 손으로 입을 가리고 멈추어 선다. 목을 맨 학수의 시체가 천천히 흔들리고 있다.

2.

"4년 전부터 사정이 갑자기 나빠졌어요."

진이가 말했다.

"그 전까지 형부는 승승장구했어요. 다들 한국의 스티븐 킹이라고 했잖아요. 한국에서 추리소설을 쓰면서 그렇게 성 공한 건 그냥 비현실적이라고 했지요. 그런데 4년 전부터 갑 자기 그 운이 끊겼어요. 독자들은 갑자기 형부의 책을 안 읽 기 시작했지요. 형사님은 혹시 최근에 형부의 책을 읽으신 적 있으신가요?"

소민아 형사는 고개를 저었다.

"『마지막으로 새벽이 오다』 이후로는 읽은 기억이 없군
요. 앞의 다섯 권은 모두 읽었는데. 전 세계적인 베스트셀러
였잖아요."

"왜 안 읽으셨나요?"

"그냥요. 갑자기 관심이 안 갔어요. 시간도 없고. 읽어야
할 다른 책도 많고. 원래 한국 소설을 잘 안 읽기도 하고. 처
음부터 왜 읽었는지 모르겠어요."

"다들 그 말을 해요. 처음부터 왜 읽었는지 모르겠다고.
설이 언니와 결혼한 이후로 필력이 떨어졌다고 우기는 사람
들도 있는데, 그건 아니죠. 형부의 책은 늘 비슷비슷했거든
요. 그냥 갑자기 인기가 떨어졌어요. 정상이 된 거죠. 결혼
1주년이 되는 바로 그날부터. 저주가 걸린 것 같았어요. 아
니, 그때까지 걸려 있던 마법이 풀린 것일까요? 그 전까지
형부는 동화 나라 왕자님 같았어요. 좋은 집안 출신에, 하버
드 출신 유학파에, 배우처럼 잘생겼고, 대한민국 사람들 모
두가 얼굴을 알았지요. 하지만 어느 순간 그 모든 게 붕괴되
기 시작했어요. 사돈 집안은 어쩌다 저런 일이 일어났을까
궁금해질 정도로 처절하게 망했고, 책은 안 팔렸고, 무엇보
다 갑자기 살이 찌기 시작했어요. 운동 같은 건 한 적도 없
으면서 언제나 모델 같은 근육질 몸매를 유지했었는데, 그게
갑자기 풀렸어요. 4년 전부터."

"그리고 언니분과 이혼하셨지요."

"애당초부터 그렇게 맞는 사이도 아니었어요. 정말 드라

마 같은 연애를 하긴 했어요. 자기 소설을 각색한 영화에 출연한 조연배우가 소설 속 여자 주인공의 모델이 된 사람의 딸인 경우가 얼마나 되겠어요? 그 영화의 주연배우였던 약혼녀의 아버지가 그 사건의 진범인 경우는 또 얼마나 되겠냐고요. 결국, 설이 언니는 차유안을 밀어내고 주연 자리를 차지했는데….″

"언니분은 그 영화에서 정말 좋았어요.″

"너무 그럴싸한 해피엔딩이었지요. 아마 둘은 그래서 결혼한 거 같아요. 그런 상황에서 두 사람이 결혼을 안 하면 너무 이상하지 않겠어요? '독자여, 나는 그와 결혼했다.'"

"네?″

"죄송해요. 『제인 에어』 인용구예요. 제가 이 책을 좀 지나치게 자주 인용하는 경향이 있어요. 『제인 에어』와 『안나 카레니나』는 제 인생의 책이지요. 전 여기 나오는 사람들이 가끔 보는 친척들보다 더 진짜 같아요.

하여간 1년까지는 정말 좋았어요. 하지만 임신 사실을 알게 된 결혼기념일부터 모든 게 어긋나기 시작했던 거예요. 언니 말엔 결혼기념일 파티에서 돌아오던 날 차 안에서 형부가 갑자기 낯선 사람처럼 보였다고, 지금까지 느꼈던 형부에 대한 감정이 갑자기 꿈속의 것이었던 듯 잊혀졌다고 했어요. 두 사람은 연우가 태어나자마자 별거에 들어갔고 언니는 작년 전부터 이혼 준비를 했어요. 그 뒤로 형부는 언니를 스토킹하고 자해하고 협박하다가 이혼 이후부터 갑자기 조용해졌지요. 다들 별장에서 새 소설을 쓰고 있나 보다 했어요. 전에도 그랬으니까요."

"왜 찾아오셨나요?"

잠시 멈칫한 진이는 형사의 동그란 코끝을 바라보며 천천히 말을 이었다.

"그냥요. 제가 나서서라도 일을 마무리 지어야 한다고 생각했어요. 형부는 언니와 연우 앞에 있을 때는 폭력적으로 변했지만 제 앞에서는 좀 달랐거든요. 그래서 와 봤는데 이렇게 되어 있었어요."

3.

그 정도면 괜찮은 설명이었다. 아주 딱 맞아떨어지지는 않았지만, 세상일이란 원래 적당히 아귀가 맞지 않는 법이다. 저 형사도 일 때문에 별별 사람들을 다 만나면서 이런 대답에 익숙해져 있었을 것이다.

만약 진실을 말했다면 어땠을까? 진실까지는 아니더라도 "그냥요." 직전에 혀끝까지 밀려 나온 질문을 던졌다면?

"형사님은 전생을 믿으시나요? 다중우주는요?"

미쳤다고 생각했겠지. 진이의 직업이 외계인과 뱀파이어 그리고 외계인 뱀파이어가 나오는 웹소설을 각각 한 편씩 쓴 게 경력의 전부인 SF 작가라는 걸 확인한 뒤로는 더욱더.

어차피 그 이야기를 꺼냈어도 경찰 일엔 어떤 도움도 안 되었을 것이다. 한동안 '한국의 스티븐 킹'이었던 추리 작

가 성학수는 돈과 명성과 가족과 외모와 인기를 잃고 좌절
해 죽었다. 건조하고 재미없는 사실이었고 무언가를 은폐하
고 있지도 않았다.

성학수가 조선 시대 왕이었던 과거를 기억한다고 말해
봐야 무슨 도움이 되겠는가. 그것만으로 모자라 그 왕이 우
리 역사책에 기록되지 않은 평행우주 속 인물이었다고 우겼
다면?

진이는 신음 소리를 내며 모텔 침대에 엎어졌다.

이 모든 게 크리스마스 파티 때 했던 전생 체험 때문이
었다.

진이는 전생 따위는 믿지 않았다. 그런 것이 있다고 해
도 철저하게 무의미하다고 생각했다. 내가 18세기 프랑스에
살았던 하녀였다고 치자. 그 기억이 전혀 나지 않는데 나랑
무슨 상관인가? 어렴풋이 기억이 난다고 해도 그 기억은 내
가 제인 에어에 대해 갖고 있는 기억에 한참 못 미치는데 그
게 어떤 의미가 있겠는가? 지금까지 책을 통해 읽었던 수많
은 소설 속 인물들의 이야기가 진이에겐 오히려 전생에 가까
웠다. 게다가 여기엔 초자연현상을 개입할 필요도 없었다.

하지만 파티 분위기에 휩쓸려 진이는 어디서 왔는지도
알 수 없는 자칭 최면술사 옆 소파에 누웠고 순식간에 어두
운 터널 속으로 휩쓸려 들어갔다.

터널 밖으로 나왔을 때 가장 먼저 본 것은 성학수의 뽀
얀 옆얼굴이었다. 한 10살 정도 어려 보였고 더 말랐으며 붉

은 곤룡포를 입고 있었다. 성학수 옆에는 자그마한 키에 예쁘장한 여자가 서 있었는데, 아무래도 궁녀처럼 보였다. 진이는 근처 한옥 건물 뒤에 숨어 그들을 훔쳐보고 있었다. 이게 무슨 일인지 몰라 어리둥절해하고 있는데, 성학수가 특유의 혀 짧은 목소리로 궁녀에게 말했다.

"짐은, 짐은 결코 그대를 버리지 않을 것이다!"

그 순간 진이의 몸은 고무줄에 끌려오듯 휙 뒤로 밀리면서 터널로 빨려 들어갔고 순식간에 현실로 돌아왔다.

최면에서 깨어난 진이는 거기서 겪었던 일을 그대로 친구들에게 들려주었고 모두 배를 잡고 웃었다. 친구 중 한 명은 그럴싸하게 성학수의 성대모사를 했는데 ("딤은 결코 그대를 버리지 않을 껏이다!") 최면 속에서 들은 것과 똑같았다.

그것뿐이었다면 잊고 넘어갔을 것이다. 하지만 그날 밤부터 진이는 계속 같은 과거의 꿈을 꾸었다. 성학수가 왕이고 그 자그맣고 예쁜 궁녀가 진이의 룸메이트인 과거의 꿈을. 룸메이트 궁녀는 과거에 역적으로 몰려 처형당한 사대부의 딸이었고 천재적인 화가였다. 얼마 전에 왕비를 잃은 왕과 궁녀는 썸 타는 중이었고 역시 궁녀인 진이는 그 모든 사정을 알고 있었다. 조선 시대 캐리 피셔가 된 기분이었다.

꿈에서 깰 때마다 진이는 꿈속에서 본 모든 것들을 꼼꼼하게 적어 나갔다. 복장과 기타 유행을 보아하니 18세기, 그러니까 영조나 정조 때처럼 보였다. 하지만 성학수는 아무리

봐도 영조나 정조일 수 없었다. 단짝 친구처럼 보이는 남자
는 홍국영과 비슷한 구석이 있었지만 이름도 경력도 달랐다.
무엇보다 꿈속에 보이는 사람들이 모두 21세기 연예인들처
럼 생겼고 왕이 깨끗하게 면도를 했다는 게 신경 쓰였다. 성
학수는 피부가 흰 편이라 푸른 면도 자국이 유달리 눈에 거
슬렸다. 이들이 모두 현대어를 쓰고 있다는 것도 이상했다.
머릿속에서 자동 번역되었다는 것만으로는 설명되지 않았
다. 18세기 조선 사람들은 현대 사극 캐릭터처럼 말하고 행
동하지 않았다. '정통 사극'이라고 특별히 당시 사람들과 가
까운 것도 아니었다. 이들은 그냥 사극 캐릭터였다. 그것도
존재한 적 없는 가짜 왕이 나오는 퓨전 사극. 하지만 왜 내가
그 지긋지긋한 성학수가 주인공인 사극을 꿈꾸는 거지? 그
리고 왜 그 룸메이트 궁녀의 얼굴이 이렇게 낯이 익을까? 예
쁘지만 처음 보는 얼굴인데?

　　그다음 날 밤부터 진이는 다른 꿈을 꾸기 시작했다. 시
대 배경은 1960년대로 보였다. 여전히 룸메이트 궁녀가 주
인공이었지만 이제 성학수는 나오지 않았다. 룸메이트는 섬
유 공장 직원이었고 공장장 아들과 목하 연애 중이었으며 그
공장장 아들은 저번에 꿈에 나왔던 가짜 홍국영이었다. 진
이는 이번엔 가짜 홍국영의 성격 나쁜 동생이었고 틈만 날
때마다 옛 룸메이트를 조롱하고 모욕했다. 이 시대 역시 진
짜일 리가 없었다. 1960년대 사람들은 결코 요새 일일연속
극 사람들처럼 말하고 생각하지 않았으니까. 세상은 엄청난

속도로 변했고 드라마 작가와 시청자들은 과거의 생각과 언어를 순식간에 잊어버렸다.

그 뒤로도 진이는 계속 비슷한 꿈을 꾸었다. 이제 배경은 대부분 현대였다. 진이의 역할은 대부분 지루하고 평범했으며 그 주변엔 늘 다른 주인공이 있었다. 가끔 주인공일 때도 있었지만 그때는 이야기가 순식간에 끝나 버렸다.

이건 전생의 기억이 아니야. 평범한 조연배우의 필모그래피지.

소름이 쫙 올라왔다. 나는 배우가 아니다. 그렇다면 나는 뭐지? 화려하고 아름다운 언니 옆에서 별다른 자기 드라마 없이 살아온 조연인 나는? 나 역시 그 필모그래피의 일부인 걸까?

진이는 노트북을 열고 〈마지막으로 새벽이 오다〉 촬영 전후에 있었던 일들을 꼼꼼하게 적어 내려갔다. 그중 과도하게 극적인 부분들만 추려 내 이야기로 요약한 뒤 16개로 쪼갰다. 결혼 후 1년 뒤는 잘라 냈다. 1년 뒤 결혼기념일이 마지막 회의 에필로그였던 게 분명했으니까. 조금 다듬으니 썩 그럴싸한 미니시리즈 요약본이 완성되었다.

다시 생각해 보니 이상한 점이 한둘이 아니었다. 예를 들어 당시 진이와 주변 사람들은 당시 써브웨이 샌드위치에 중독되어 있었다. 전에도 잘 먹긴 했었다. 후추와 올리브 오일 소스를 추가한 BLT 샌드위치는 생각하기 귀찮고 매장이 근처에 있을 때 잘 먹는 메뉴였다. 하지만 〈마지막으로 새벽이 오다〉 촬영 때는 모두가 미친 것처럼 써브웨이 샌드위치만 먹어 댔다. 촬영장 쓰레기통엔 늘 써브웨이 포장지가 산처럼 쌓여 있었다. 사람들의 샌드위치 중독은 촬영 이후 허겁지겁 끝났다. 혹시 그건 PPL이었던 걸까?

더 이상한 점은 『마지막으로 새벽이 오다』가 형편없는 소설이었다는 것이다. 결코 전 세계적인 베스트셀러가 될 이야기는 아니었다. 성학수의 다른 작품과 비교해도 수준이 엄청나게 낮았다. 진이만 그렇게 생각하는 게 아니었다. 아마존 『마지막으로 새벽이 오다』 영역판 독자 반응을 보면 4년 전부터 별점이 형편없이 떨어지고 있었다. 그건 이 소설이 그 자체로 가치가 있는 게 아니라 16부작 미니시리즈의 드라마를 끌어가기 위한 도구에 불과했기 때문이 아닐까?

진이는 머리를 쥐어뜯었다. 모든 게 너무나도 그럴싸하게 맞아떨어지고 있었다. 하지만 이건 철저하게 공허한 이론이었다. 내가 드라마 속에 있다는 사실을 어떻게 증명할 것인가. 이 증명이 앞으로 나에게 어떤 도움이 될까?

진이는 이 아이디어를 토론하고 싶었다. 그때 생각난 게 성학수였다. 이 사건을 가장 잘 이해할 수 있는 사람은 성학수뿐이었다. 조작된 세계에서 백마 탄 왕자 노릇을 하다 갑자기 영문도 없이 버려진 남자. 이 세계에서 진이의 이론을 진지하게 받아들일 수 있는 유일한 사람.

하지만 진이는 1시간 늦게 도착했다.

4.

그 최면술사는 차유안이었다.

'아트하우스 모모' 1관의 와이드스크린 화면 위에 펼쳐진 차유안의 거대한 클로즈업을 보던 진이의 입이 딱 벌어졌다. 차유안은 액자를 이루는 현대 장면 후반부에서 60대 대학교수로 분장하고 있었다. 도수 높은 안경과 얼굴에 붙인 주름 그리고 그럴싸한 목소리 연기 때문에 몇 초 동안 다른 배우가 노역을 연기한 건 줄 알았다. 하지만 그건 차유안이었다. 그리고 그 얼굴은, 그 목소리는 크리스마스 파티 때 찾아왔던 바로 그 최면술사의 것이었다.

진이는 허겁지겁 영화관을 나와 휴대폰으로 〈겨울로 가는 길〉의 관련 자료를 검색했다. 액자 장면 촬영은 작년 크리스마스 전후에 있었다. 차유안이 분장한 채로 크리스마스 파티에 온 건 충분히 있을 수 있는 일이었다. 파티가 있었던 아파트 조명은 어두웠고 모두 조금씩 취해 있었다. 가까이서 보면 분장은 분명 티가 났겠지만 못 알아차렸다고 이상할 건 없었다.

진이는 당시 파티에 있었던 친구들에게 전화를 걸어 누가 최면술사를 고용했는지 물어보았다. 아무도 몰랐다. 다들 다른 누군가가 고용했다고 생각하고 있었다. 정말이었나? 차유안은 진짜로 영화 캐릭터로 변장한 채 옛날 연적의 동생을 찾았던 걸까? 왜 설이 언니가 아닌 나를 찾았지? 그리고 그 최면은 뭐야?

생각해 보니 차유안의 이후 경력은 괴상하기 짝이 없었다. 〈마지막으로 새벽이 오다〉 촬영 전까지 주로 한류 드라마의 뻔한 캔디 여주를 연기하는 CF 스타의 이미지가 강했다. 그 이미지를 바꾸겠다고 출연을 결정한 작품이 바로 〈마지막으로 새벽이 오다〉였는데, 차유안이 맡았던 역은 온갖 말도 안 되는 소동 끝에 설이 언니에게 돌아갔다. 하긴 아버지가 자신의 살인을 고백하고 자살했는데, 그 사건을 모델로 한 영화에 계속 출연했다면 이상했을 것이다. 그건 드라마 서브 여주의 운명이기도 했다.

그런데 그 이후로 차유안은 갑자기 승승장구하기 시작했다. 촬영 내내 못된 서브 여주처럼 굴었지만 아버지의 비밀을 알게 된 뒤로 뜬금없이 개심해서 설이 언니의 편을 들어 주는 바람에 이미지 손상도 크지 않았다. 자기 돈으로 제작사를 세워 살짝 미친 속도로 흥미진진한 저예산 영화들을 연달아 만들었다. 그중 세 편에 출연해 연기자로도 인정받았다. 진이가 보기에도 그 변신은 놀라웠다. 〈마지막으로 새벽이 오다〉 이후 차유안은 다른 배우 같았다. 발전한 배우가 아니라 완전히 다른 배우.

진이는 생각에 잠긴 채 3년째 얹혀살고 있는 설이 언니의 아파트로 들어갔다. 언니는 소파에 앉아 시나리오를 읽고 있었고 연우는 듀플로로 정체불명의 고대 괴물을 만들며 놀고 있었다. 텔레비전 안에서 캐리와 엘리가 번갈아 가며 자지러진 비명을 질렀다.

"나, 오늘 차유안 만났어."

언니가 말했다.

"뭐래?"

"제작하는 영화에 출연하지 않겠냐고."

"아직도 만나? 전에 언니에게 어떻게 굴었는지 잊었어?"

"그때는 다들 좀 미쳤었잖아. 나도 그랬고, 너도 그랬고. 사실은 좋은 사람이야. 그리고 난 일이 필요해. 너네 형부 일이 있은 뒤로는 좀 힘들어. 아, 그리고 이걸 너에게 전해 달라고 했어."

언니는 옆에 듀플로 조각과 함께 뒹굴고 있던 잡지 한 권을 건네주었다. 몇 년 전부터 나오고 있는 《오늘의 SF》라는 SF 전문지였다.

"이걸 왜?"

"네가 SF 작가라는 걸 그 사람도 알잖아. 자기 인터뷰가 실렸대."

"차유안이 왜 SF 잡지와 인터뷰를 해?"

"팬이라고 하던데?"

진이는 샤워하고 저녁 먹고 설거지하고 연우와 놀다가 침실로 들어온 뒤에야 잡지에 실린 셀럽 인터뷰를 읽었다. 당황스러웠다. 일단 차유안 회사에서는 제임스 팁트리 주니어의 『접속된 소녀』를 미래 케이팝 세계 배경으로 각색하는 중이었다. 이것만으로도 인터뷰 이유가 충분했는데, 차유안의 SF에 대한 관심과 지식은 놀라울 정도로 풍부했다. 5년 전까지만 해도 제임스 카메론이 누군지도 몰랐고 패션 잡지에 실린 자기 인터뷰도 글자가 너무 작다며 안 읽는 사람이었다. 그런데 그 사람이 도나 해러웨이와 「사이보그 선언」에 대해 한 페이지 넘게 길게 이야기하고 있었다.

차유안은 분명 뭔가를 알고 있었다. 알고 있을 뿐만 아니라 나에게 뭔가를 했어.

벨이 울렸다. 휴대폰을 열어 보니 차유안으로부터 문자가 와 있었다. 마법 같은 타이밍.

만나고 싶어요. 내일 시간 가능한가요?

4.

상암동 영화사 사무실에서 만난 차유안은 작년 부천국제판타스틱영화제 티셔츠에 청바지 차림이었고 조금 피곤해 보였다.

"어제 제 영화를 봤죠? 어땠나요?"

차유안이 물었다.

"그걸 어떻게 아세요?"

진이는 차유안이 권한 소파에 엉거주춤 앉으며 말했다.

"어제 설이 씨가 그러던데? 영화 예매 앱 아이디를 같이 쓴다면서요? 어땠어요?"

"재미있었는데, 좀 느리고 헛갈렸어요. 액자 장면에서 주인공이 기억하는 과거가 중간에 나오는 과거와 다른 건 관점의 차이 때문인가요, 아니면 평행우주이기 때문인가요?"

차유안은 고개를 뒤로 젖히고 소리 내 웃었다.

"역시 SF 작가셔. 지금까지 그렇게 본 비평가는 한 명도 없었다고요. 하지만 양민주 감독은 처음부터 평행우주도 해석으로 넣었대요. 제가 좀 부추기기도 했고. 그러니까 반전 도형처럼 SF로 읽을 수도 있는 영화인 거죠. 그렇게 읽은 사람이 이렇게 적다니 너무 은밀했나 봐요."

"원래부터 SF에 그렇게 관심이 많으셨나요?"

"어렸을 때부터 온갖 잡다한 책들을 다 읽어 왔지요. SF만 편애한 건 아니지만. 그래서 그 장면이 엄청 웃겼어요. 농담 자체는 너무 유치해서 인용하는 것 자체가 민망한데, 진이 씨 앞에서 제가 '『어둠의 왼손』의 전편 『빛의 오른손』'에 대해 헛소리하는 장면 있잖아요. 르 귄의 그 책은 정말 중학생 때부터 마르고 닳도록 읽었거든요. 번역본으로도 읽고, 영어 공부한답시고 영어로도 읽고…."

진이의 얼굴이 하얗게 질렸다.

"그때를 '장면'이라고 하시네요?"

"네, 장면요. 8회였죠? 그 대사는 이소리 작가의 보조 작가가 쓴 것이었는데, 다들 유치하다고 생각하면서도 그냥 넘겼어요. '빛의 오른손'이 없는 소리도 아니고 그때 차유안은 그래도 됐으니까. 그리고 그 무렵부터 제 인기가 좀 올라갔잖아요. 원래는 아빠 비밀을 감추려다 끝에서 사고 치고 감옥에 들어갈 예정이었는데, 12회부터 개과천선했죠. 아, 더 웃긴 게 뭔지 알아요? 그 장면 찍을 때 르 귄이 누군지 몰랐던 사람은 제가 아니라 진이 씨 역을 한 송하진 씨였어요. SF나 판타지 같은 건 전혀 안 읽더라고요."

"지금 여긴 드라마 안인가요?"

"'밖'이에요. '뒤'라고 할 수도 있고. tvN 수목드라마 〈새벽이 끝났다〉는 4년 전 잘푸이에요. 이 세계1] 뭐ㄴ 비쓰리 작가의 개입 없이 존재해 왔어요. 그리고 저는 이 우주에서 이걸 경험을 통해 알고 있는 유일한 사람이지요. 제 이름은 추수경이에요. 하지만 그냥 계속 차유안이라고 불러도 돼요. 헷갈리니까. 이미 이 이름에 익숙해졌고 추수경이란 이름은 이 세계에서 아무 의미가 없지요.

어떻게 된 거냐고 묻는다면 할 말이 없어요. 전 〈새벽이 끝났다〉 마지막 촬영에 참여하게 되었어요. 마지막 신은 아니었어요. 그냥 맨 끝에 찍었던 거죠. 그런데 '컷'소리가 들리는 순간 카메라와 스태프가 사라지고 세트였던 건물이 진짜가 되었어요. 그 순간 이 세계와 캐릭터에 갇혀 버렸지요.

미쳤다고 생각했어요. 어떻게든 이 환각에서 깨어나야 한다고 생각했지요. 하지만 전 환각을 체험하는 게 아니라 그냥 다른 세계로 떨어진 것이었어요. 이 세계는 완벽하게 일관성이 있었어요. 단지 〈새벽이 끝났다〉의 이야기가 진행되는 동안 이소리 작가의 마법이 개입했을 뿐이죠. 그리고 그 영향력은 〈마지막으로 새벽이 오다〉 영화판의 언론 배급 시사회가 있었고 결혼 1주년 기념일이었던 4년 전 바로 그 날 끝이 났지요.

전 이 세계를 받아들이기로 했어요. 저에겐 전혀 손해가 아니었거든요. 바깥 세계의 저는 작품 운이 별로 없던 조연배우였고 기회를 얻지 못한 영화감독이었어요. 하지만 이 세계에서 전 한류스타인 데다가 막 자살한 재벌 2세의 재산 절반을 상속받은 부자였어요. 대한민국이 드라마 서브 여주인 경우에만 젊은 여자에게 예외적으로 허용하는 부와 권력이 모두 저에게 있었어요. 이소리 작가가 떠난 뒤에도 이건 거의 무너지지 않았어요. 그 뒤 이야기는 아시겠고."

"저에게 최면을 거셨나요?"

"네."

"왜요?"

"그냥 해 볼 만하다고 생각했어요. 전 4년 동안 드라마 캐릭터들을 꾸준히 관찰해 왔어요. 그중 두 명이 수상했는데, 하나는 성학수였고 다른 한 명이 바로 유진이 씨였던 거죠. 둘 다 소설가였는데 모두 그 역할을 한 배우의 전작과 실제 경험을 작품에 반영하고 있었어요."

"그럴 리가 없어요. 뭔가 생각이 난 건 최면 이후였어요."

"아니, 그전부터였어요. 외계인 뱀파이어 가슴에 주인공에게만 보이는 칼이 박혀 있었다는 설정을 쓴 적 있었죠? 그게 어디서 나왔게요? 제가 온 세상에서 히트했던 〈도깨비〉라는 드라마에서였어요. 그 드라마는 여기엔 없죠. 저와 송하진 씨를 포함한 출연 배우 네 명이 〈새벽이 끝났다〉에도 나왔으니까요. 전 이미 기억하고 있는 것을 최면으로 흔들어 꺼냈을 뿐이에요. 최면 기술은 이 세계에서 탈출하려고 4년 전에 연마했던 것인데 이것까지 설명하긴 귀찮고."

"형부에게도 최면을 거셨나요?"

"네."

"그 때문에 자살한 것일까요?"

"모르겠어요. 그 양반 속마음을 제가 어떻게 아나요?"

"저는요? 제 속마음은 아세요?"

"송하진 씨가 아니라는 건 알아요. 장편 SF 소설 세 편을 연달아 쓰는 건 이소리 작가가 설정한 유진이 작가여서 가능했던 일이죠. 최면 이후 송하진 씨의 경력 일부가 꽤 뚜렷하게 기억났다는 것도 알아요. 한 달 전, '브릿G'에 단편소설을 썼죠? 전생인 줄 알았는데 알고 봤더니 자신을 연기한 배우의 이전 경력이더라. 그거 실화잖아요."

폭로당한 기분이었다. 하지만 그와 동시에 속이 후련해졌다. 몇 달째 고민하고 있던 문제의 그럴싸한 해답을 얻어서이기도 했고 더 이상 차유안에 대한 껄끄러운 감정을 끌고 다닐 필요가 없어서이기도 했다. 하지만….

"하지만 과연 이게 끝일까요?"

차유안은 지금까지 엉덩이를 걸치고 있던 책상에서 내려와 진이 맞은편 소파에 앉았다.

"이건 말도 안 되잖아요. 출연 중이었던 드라마 속 세계로 빨려 들어가 4년 동안 살고 있다니. 이게 도대체 어떻게 된 거냐고요. 이전 세상보다 저에게 좋은 곳이니 궁금해하지 말고 그냥 만족하고 살아요? 그게 되나요?"

"많이들 그러지 않나요?"

진이가 조그맣게 물었다.

"전 늘 그게 이상했단 말이죠. 그런 이야기들은 대부분 전 우주가 자기에게 교훈이나 상을 주기 위해 물리법칙을 뒤틀거나 파괴했다고 주장해요. 하지만 그 사람이 왜 그렇게 대단해서? 설마 이게 나에게만 일어난 일일까? 찾아보니 제 경우와 비슷한 사건이 있더라고요. 제리 레이건이란 배우를 알아요?"

"로널드 레이건의 친척인가요?"

"철자가 달라요. R.A.I.G.A.N. 50년대에 활동했던 별로 안 유명한 배우였어요. 작품보다는 1960년에 있었던 실종 사건이 더 유명해요. 이 사람은 〈아서 커티스의 개인적인 세계〉라는 싸구려 영화에 출연 중이었는데, 촬영 중에 갑자기 자신이 자기가 연기하는 캐릭터인 아서 커티스라고 주장하기 시작했어요. 그 때문에 촬영이 중단되었다던가 그랬는데, 레이건은 세트 안에서 그냥 사라져 버렸대요. 이런 분야에 관심 있는 사람들 사이에서는 유명한 이야기라고 하더라고요. 그 사람들은 레이건이 그 영화 속 세계에 들어가 버렸다고 믿어요.

이런 예들이 몇 개 더 있어요. 제가 찾은 것만 해도 여섯 건. 그중 세 건은 인도에서 일어났지요. 나머지는 구소련, 홍콩, 나이지리아. 자신이 출연 중인 작품 속 캐릭터가 되었다고 우긴 배우들의 예는 훨씬 많은데, 전 다 뺐어요. 직접 영화나 드라마의 세계 속으로 들어가서 사라졌거나 들어갔다가 다시 나왔다고 추정되는 경우만 넣었지요.

왜 이런 일이 일어날까? 이미 카메라 세트를 만들고 배우가 카메라 앞에서 연기를 하는 과정이 허구의 세계 전체를 만들어 내는 것일까? 아니면 이미 존재하는 세계로 가는 통로를 만드는 것일까? 아니면 다른 세계로 들어가 영향력을 끼치기만 하는 것일까? 어떻게 이런 일이 가능할까? 그리고 결정적인 마지막 질문이 있죠. 이 세계, 또는 이 세계들은 과연 자연적인가?"

5.

드라마 세계의 논리가 현실 세계의 논리와 충돌해 붕괴하는 과정은 오싹하면서도 장관이었다.

일어날 수밖에 없는 일이었다. 다른 영화나 드라마의 세계처럼 〈새벽이 끝났다〉의 세계는 자연스럽게 존재할 수 없는 곳이었다. 드라마 작가와 PD의 의지에서 해방되는 순간 세상은 당연한 논리를 되찾았다.

그중 가장 눈에 띄는 것은 역시 한국의 스티븐 킹, 성학수의 몰락이었다. 하지만 지금은 차유안이라는 이름으로 살아가고 있는 추수경은 보다 작은 것들이 신경 쓰였다. 촬영을 위해 의도적으로 과장되고 왜곡되게 지어진 세트들, 스토리 전개를 위해 대충 무시하고 넘어간 논리적 비약, 아무리 신경 쓰며 찍어도 나올 수밖에 없는 수많은 옥에 티들. 이들은 이 세계에서 어떻게 반영되고 존재했을까? 유안/수경은 알 수가 없었다. 드라마가 끝나기 전까지 이 말도 안 되는 멜로드라마의 일부를 연기하는 배우에 불과했으니까. 드라마 안에서 이 세계를 본 적이 없었으니까.

세트 같은 건 확인할 수 있었다. 유안은 그중 하나에 살고 있었다. 한국 집치고는 비정상적으로 넓고 천장이 높은 건물이었다. 쓸데없이 공간이 남아도는, 난방비와 냉방비가 엄청 들어가는 잘못 지어진 집이었지만 불가능하지는 않은 공간이었다.

옥에 티 하나도 확인할 수 있었다. 〈새벽이 끝났다〉 13회에 유설이의 머리핀 하나가 컷이 바뀌면서 사라졌다가 나타난 적이 있었다. 다른 배우들에 비해 비교적 시간이 넉넉해서 촬영장에서 아이패드로 드라마를 본방사수할 수 있었던 유안이 발견한 실수였다. 그리고 바로 그 장면은 〈마지막으로 새벽이 오다〉의 메이킹 필름용으로 찍었지만 편집된 푸티지(footage)에 담겨 있었다. 유설이의 머리에 있던 나비 모양의 핀이 갑자기 반투명해지더니 플라스틱과 금속 가루가 되어 공기 속으로 흩어져 갔다….

이 세계는 이런 실수들을 모두 이렇게 처리했던 것일까? 그렇다면 그건 단서가 될 수 있지 않을까? 만약 이 세계에 다시 드라마 작가와 PD의 개입이 있다면 부유한 캐릭터들은 오로지 드라마에서만 존재하는 괴상한 집에서 살고 있을 것이며 그들 주변엔 설명될 수 없는 자잘한 초자연현상이 일어날 것이다. 저 바깥 세계에서 드라마와 영화를 만드는 사람들은 실수투성이의 신이기 때문에. 신은 오로지 실수를 통해서만 자신을 드러내는 것이니.

유안은 우주를 상상했다. 무한히 쌓인 얇은 종이 더미와 같은 우주. 각각의 종이에서 이야기를 만들고 상상하는 사람들은 그 밑의 종이에 영향을 끼친다. 그렇게 변형된 우주 속에서 또 이야기를 만들고 상상하는 사람들이 나타나고… 이런 식으로 처음엔 모두 똑같았던 우주들이 각각의 우주 속 이야기꾼에 의해 변형된다… 아니, 모양은 이보다 더 복잡할 거야. 하나의 우주에만도 셀 수 없이 많은 이야기꾼이 존재하고 이들 중 상당수는 자기네들이 사는 세계와 전혀 다른 세계를 꿈꿀 테니까. 일단 내가 1950년대 작가가 상상한 SF 안에 있는 게 아니라고 어떻게 장담하지? 지금까지 나는 이 소리가 만든 차유안의 세계를 비웃었지만 과연 추수경의 세계는 말이 되는 곳이었나?

좋아. 그렇다면 신이 되어 보자.

수경이었을 때 유안은 어쩌다 배우로 주저앉은 포기한 영화감독이었다. 이제 두 번째 기회가 주어졌다. 스스로의 이야기를 만들고 이를 통제할 수 있는 기회. 저 밑의 세계에 신적인 영향력을 행사할 수 있는 기회. 모르지. 이 과정을 통해 나 같은, 제리 레이건 같은 사람들이 지나갈 통로가 또 만들어질지.

그리고 유안은 그 작업을 너무나도 수월하게 해냈다. 돈과 권력만큼 예술 작품의 퀄리티에 도움이 되는 건 없었다. 여기에 유안의 감식안과 취향이 더해지자 독창적이고 흥미진진한 작은 영화들이 만들어졌다. 수경이었던 때의 내가 옳았다. 난 정말 좋은 영화를 만들 수 있어.

그러는 동안 유안은 작은 실험들을 했다. 처음엔 관객들의 눈에는 거의 보이지 않지만 영화 속 세계엔 무시할 수 없는 불연속성을 만들어 내는 옥에 티를 하나둘씩 넣었다. 다음엔 영화 속 건물 하나를 불가능한 공간으로 만들었다. 〈달아나는 이유〉에 나오는 유나의 사무실 세트는 얼핏 보면 정상이었지만 영화 속 세계 안에서 보면 두 개의 방이 같은 공간을 점유하는, 기하학적으로 존재불가능한 곳이었다. 사실적인 심리물로도, SF로도 해석될 수 있는 〈겨울로 가는 길〉도 이 실험의 일부였다.

별다른 일은 일어나지 않았다. 배우들이 빨려가는 일도 없었고 캐릭터들이 튀어나오는 일도 없었다. 이런 일이 흔할리는 없겠지. 배우에게 탈출해야 하는 어떤 절실함이 있어야하는 걸까? 이혼당한 알코올중독자였던 제리 레이건에겐, 5년 넘게 가족 빚을 갚느라 거의 익사 직전이었던 수경에겐 그 절실함이 있었다. 그렇다면 나 역시 그런 배우를 캐스팅해야 하는 걸까? 아무리 상황을 개선하는 것이라도 그 사람을 다른 세계로 던지는 게 옳은 일일까?

〈겨울로 가는 길〉의 촬영이 끝난 1년 전, 부천국제판타
스틱영화제를 찾은 유안은 여전히 그 고민을 하고 있었다.
〈접속된 소녀〉의 캐스팅에 나의 가설을 반영해야 하는가?
반영하지 않는다고 해도 여전히 나는 허구의 사람들의 운명
을 조종하고 있는 것이 아닌가? 나는 내가 만든 영화 속에서
고통스러운 운명을 맞는 사람들에게 책임이 있는가? 고민은
끊임없이 꼬리를 물었고 끝날 줄을 몰랐다.

표가 남는 아무 영화를 골라 보고 있던 유안은 반쯤 멍
한 채로 한국만화진흥원 세미나실에서 하는 강연 하나를 듣
게 되었다. 제목은 '페르미의 역설: 우주의 불쾌한 침묵'으
로, 해도연이라는 SF 작가 겸 천문학자가 강연자였다. 유안
은 이 주제에 대해서도, 강연자가 설명하는 '희귀한 지구' 가
설에 대해서도 어느 정도 알고 있었다. 그리고 강연을 듣고
있노라니 '희귀한 지구' 가설 말고 더 그럴싸하게 느껴지는
가설이 떠올랐다. 우린 불필요한 변수가 제거된 가상현실 속
에 있는 거지. 그 작은 세계의 틀 안에서 끊임없이 변주되는
세계를 만들어 내는 거고. 우리가 다른 별에서 오는 신호를
잡을 수 없는 건 가운데땅 주민들이 외계에서 온 우주선과
만나지 않는 것과 같은 이유 때문이야.

이미 수많은 사람들이 굴렸을 이 생각에 빠져 반쯤 정
신을 놓은 채 세미나실을 나가려는데, 뚱뚱한 남자가 유안의
앞을 가로막았다. 처음엔 못 알아보았다. 그 남자가 덩치에
어울리지 않는 가는 목소리로 유안의 이름을 부른 뒤에야 간

신히 누군지 알 수 있었다. 성학수였다. 몇 년 전까지만 해도 한국의 스티븐 킹이었던 남자. 몇 년 전까지만 해도 유안의 약혼자였던 남자.

30킬로그램, 아니 거의 40킬로그램은 살이 찐 거 같았다. 이유는 알고 있었다. 성학수를 연기한 배우이고 지금은 해체된 2세대 보이그룹 클로비스의 리더인 박민수는 쉽게 살이 찌는 체질이었다. 이 왕년의 아이돌은 밥과 밀가루 음식은 입에 대지 않았고, 저녁 6시 이후로는 물도 마시지 않았으며, 하루 두 시간 이상을 체육관에서 보냈다. 당시엔 유난 떤다고 생각했지만, 풍선처럼 부푼 성학수를 보니 생각이 바뀌었다. 박민수는 잔인한 생물학적 운명과 맞서 끝나지 않는 전쟁을 벌이는 고독한 전사였다. 처음으로 유안은 지금은 다른 차원에 있는 그 남자를 존경하게 되었다.

처음엔 가식적인 인사를 교환하고 달아나려 했다. 하지만 성학수가 팔목을 잡고 매달렸다. 쓸데없는 구경거리를 만들기 싫었던 유안은 머물고 있는 고려호텔의 스위트룸으로 남자를 데려갔다.

"잘 지내나 봐?"

성학수는 창가 옆에 엉거주춤 서서 말했다.

"응."

유안은 건성으로 대답하며 머리를 굴렸다. 성학수를 내가 어떻게 불렀더라? 오빠라고 불렀나? 아니면 그냥 이름을 불렀나? 의외로 〈새벽이 끝났다〉엔 둘이 같이 나오는 장면

이 별로 없었다. 유안은 유설이를 질투하고 괴롭히기 위해 존재했고 성학수의 약혼녀라는 건 캐릭터 설정 이상도 이하도 아니었다.

"네가 만든 영화 두 편을 봤어. 모두, 모두 너무 좋았어. 네가 그런 영화를 믿다 써나고는 상상을 못했어."

아, 저 사람은 나를 '너'라고 부르는군.

"나도 이제 어른이니까."

"하지만 이 모든 게 정상이라고 생각해? 그게 다 네 실력이라고?"

"무슨 소리야?"

"몇 년 전부터 세상이 이상하게 변하는 걸 못 느꼈다고? 뭔가 초자연적인 힘이 개입되었다는 걸 모른다는 거야?"

유안은 속으로 웃었다. 한국의 스티븐 킹 선생은 지금까지 자신의 삶이 드라마 작가 남주에 맞추어 조율되었다가 드라마가 끝난 뒤엔 우주가 다시 정상으로 돌아가고 있다고는 단 한 번도 생각하지 못했다. 반대로 결혼기념일 1주년 이후부터 무언가 비정상적인 일이 벌어져 지금까지 자신을 중심으로 돌아가고 있던 정상적인 우주를 파괴하고 있다고 믿기 시작했던 것이다.

성학수는 더듬더듬거리며 이야기를 시작했다. 작가로서 인기를 잃었고, 살이 찌기 시작했고, 집안은 망했고, 이혼당할 판이었다. 왜 그런 줄 알아? 내 운과 재능이 다른 사람들에게 가고 있어. 그러니까 차유안 너 같은 사람들 말이야. 일 년에 책 한 권도 읽지 않는 네가 언제부터 갑자기 〈달 아나는 이유〉 같은 영화를 만들게 된 거지?

"만들기는 강서라 감독이 만들었지."

유안은 얼버무렸다.

"거짓말 마. 각본 절반은 네가 썼다는 걸 알아. 너, 나에게 무슨 짓을 한 거야."

소름이 쫙 끼쳤다. 지금까지 유안은 성학수나 박민수에게 어떤 종류의 위협도 느낀 적이 없었다. 위협을 느끼긴커녕 생각 자체를 잘 안 했다. 성학수는 드라마 공식 사이트의 등장인물 소개("뛰어난 피지컬과 넘치는 재력, 빛나는 유머 감각을 갖춘 하버드 출신 국민 뇌섹남! 한국의 스티븐 킹!")만큼이나 공허한 남자였다. 박민수는 촬영장에서 자주 만나지도 않았다. 저탄수화물 도시락을 먹다가 갑자기 포크를 놓고 일어나 런지를 하는 모습이 가끔 떠오를 뿐이었다. 캐릭터 설정에 필요한 지식, 가끔 합을 맞춘 직장 동료. 그게 전부였다. 그리고 그 제한된 경험 안에서 이들은 모두 친절하고 예의 발랐다.

하지만 지금 유안 앞에 선 뚱뚱한 남자는 그들과 전혀 다른 사람이었다. 성학수를 성학수로 만들었던 이소리의 손길은 떠난 지 오래였다. 평생 억눌려 있던 어둡고 거친 영혼의 조각들이 갑자기 바뀐 환경 속에서 깨어났다. 이 새로운 남자는 성학수의 기억과 경험을 통해 유안을 어떻게 해석하고 있는 것일까? 나를 사랑했던 여자, 내가 사랑에 빠진 여

115

자를 질투하며 괴롭혔던 여자, 나 때문에 아버지를 잃은 여자. 이 해석에 따르면 차유안은 성학수를 증오하고 저주해 마땅했다. 어떻게 그렇게 마법을 부렸는지 모르겠지만 방법은 있었을 것이다. 차유안은 뭐든지 할 수 있는 존재, 만능의 서브 여주였으니까. (이, 귀에 난 남없이 개심해서 유설이를 도운 파트는 편리하게 잊었을 것이다. 그건 다들 인정하듯 조금 캐붕, 그러니까 캐릭터 붕괴에 가까웠다. 조연배우 추수경이 그동안 살아남기 위해 갈고닦은 귀요미 연기로 커버했을 뿐이지.)

성학수가 천천히 다가왔다. 유안은 주짓수 시간에 배웠던 온갖 방어 기술을 떠올리며 뒷걸음쳤다. 가까스로 호텔 문에 손이 닿았을 때 성학수는 털썩 주저앉아 유안의 허리를 끌어안았다.

"내 재능을 돌려줘! 설이를 돌려줘! 뭐든지 할게!"

유안은 무릎으로 남자의 턱을 세게 걷어차고 문을 열어 호텔 방에서 빠져나왔다. 뒤에서 뭐라고 읊조리는 소리가 들렸지만 무시했다. 복도에서 며칠 전 SF 피칭 쇼케이스에서 만난 영화감독 몇 명을 만나 그들 무리 속으로 들어갔다. 자정 무렵에 돌아와 보니 성학수는 사라지고 없었다.

성학수는 유설이에게 이혼당하고 그다음 해 봄에 목숨을 끊었다.

소민아라는 형사가 유안의 사무실을 찾아온 건 성학수의 시체가 유진이에게 발견되고 나흘 뒤의 일이었다. 키가 크

고 운동선수처럼 다부진 사람으로, 서울지방경찰청 광역수
사대 소속이라고 했다. 성학수가 몇 개월 전부터 기업형 마약
밀수조직에 말려들었을 수도 있어서 조사 중이라고 했다.

유안은 얼굴을 찌푸렸다. 소민아는 80년대 홍콩이라면
〈예스 마담!〉 시리즈 같은 영화에서 보았을 수도 있는 옛 취
향의 건강한 미인이었다. 유안은 예쁜 사람들이 신경 쓰였
다. 누군가가 배우처럼 생겼다면 그 사람은 정말로 배우일
수 있는 것이다. 내 이야기와 별도로 소민아가 주인공인 경
찰물이 이 세계에서 따로 진행되고 있는 것이 아닐까? 하나
의 세계는 얼마나 많은 허구를 품을 수 있는 것일까? 성학수
의 죽음이 소민아가 주인공인 액션물의 작가에 의해 조작되
었을 수 있을까? 그렇다면 성학수를 연기하는 사람은 그동
안 진짜로 뚱뚱해지거나 분장을 한 박민수일까? 아니면 다
른 차원의 다른 배우일까? 여러 배우가 하나의 캐릭터를 공
유하는 것도 가능할까? 이 우주는 얼마나 더 복잡해질 수 있
는 것일까?

질문과 대답은 단조로웠다. 마지막으로 만난 게 언제셨
나요? 작년 부천영화제에서요. 그냥 예고도 없이 호텔까지
따라왔어요. 무슨 이야기를 하셨나요? 잘 기억은 안 나는군
요. 그냥 이혼당한다고 징징거렸던 거 같아요. 도중에 갑자
기 폭력적으로 변해서 달아났지요. 뉴스에서 보니 이혼 전
에 유설이 씨에게도 똑같이 굴었다고 그러더군요? 안됐어
요. 매스컴에서는 이혼한 아내 때문에 한국의 스티븐 킹이

죽었다고 떠들겠죠. 모든 게 다 여자 탓이지. 부천 때는 어땠나요? 마약을 한 것 같던가요? 그건 잘 모르겠네요, 형사님. 전 마약중독에 대해 아는 게 없거든요.

소 형사는 숄더백에서 아이패드를 꺼내 그림 하나를 열었다.

"혹시 이걸 보신 적 있으신가요?"

유안은 눈을 가늘게 뜨고 아이패드를 바라보았다. 파란 잉크로 그려진 복잡한 만다라 같았다. 착시 효과 때문에 그림을 이루고 있는 작은 동그라미들이 빙글빙글 돌고 있는 것 같았다.

"모르겠어요, 뭔가요?"

"성학수 작가의 노트북 컴퓨터에서 발견되었어요. 똑같은 파일이 500개인가 들어 있더군요. 별장에도 파란 볼펜으로 그려진 비슷한 그림이 여기저기 붙어 있었고요. 아무 의미가 없을 수도 있겠지요. 있을 수도 있고. 메일로 하나 보내드릴게요. 비슷한 걸 보시면 알려 주세요."

유안은 엉겁결에 이메일 주소를 알려 주었고 소 형사가 떠난 뒤에도 휴대폰으로 그 파란 만다라를 노려보고 있었다. 이게 도대체 뭐지? 의미가 있나? 노트북에서 이상한 만다라를 찾았다고 그걸 나에게 메일로 보내 주는 저 형사의 꿍꿍이는 뭐냐고? 바로 몇 달 전에 유진이에게 최면을 걸어 결과를 지켜보는 중이라 더 의심스러웠다. 유안이 할 수 있는 건 다른 누구라도 할 수 있었다.

한동안 유안은 그 만다라를 잊어버렸다. 하지만 유진이가 뒤늦게 참여한 〈접속된 소녀〉의 각색 작업이 끝나고 유설이 주연으로 촬영에 들어가자 다시 생각났다. 함정일지도 몰라. 그것 때문에 성학수가 죽은 것일지도 몰라. 하지만 그게 돌파구라면?

유안은 한창 바쁘게 돌아가는 촬영 현장에서 폰을 열었다. 가장자리에서 작은 동그라미들이 빙빙 도는 것처럼 보이는 파란 그림은 끈적거리는 입처럼 보였다. 만약 이게 정말 입이고, 터널이라면?

유안은 소민아에게 전화를 걸었다.

6.

사무실 벽에 걸린 파란 만다라가 스탠리 큐브릭 스타일의 완전 대칭 화면 속에서 춤추고 있었다.

〈접속된 소녀〉는 절반을 넘어가고 있었다. 수요일 아침에 유설이 나오는 신작 SF 영화를 보려고 여의도 CGV를 찾은 관객들은 소민아 일행을 제외하면 여섯 명이 전부였다. 그들 중 어느 누구도 그 이미지에 영향을 받은 것 같지 않았다. 실망할 건 없어. 효과가 단번에 일어나면 그게 이상하고, 관객이 많아지면 효과도 커지겠지.

"이게 정말 먹힐까요?"

상영이 끝난 3관 상영관을 떠나며 소민아가 물었다.

"먹힐 겁니다. 저번 언론 배급 시사회에 참여했던 기자들

몇 명이 반응을 보이고 있어요. 아직 실종된 사람은 없습니다만."

뒤에서 따라 나오던 윈스턴 조가 말했다. 본체인 배우가 직접 스턴트를 한다면서 날뛰다 입은 부상으로 왼쪽 다리를 살짝 절고 있었다.

"하지만 우주가 가만히 보고만 있을까요? 항상성을 유지하기 위해 개입하지 않을까요? 우리가 지금까지 만다라로 한 도약은 아주 작고 가벼웠잖아요. 동시에 도약한 사람도 최대한 세 명에 불과했고. 이건 스케일 자체가 달라요."

"우주가 적극적으로 개입한다면 그것도 큰 사건이고 그를 통해 우리가 필요한 데이터를 얻을 수 있겠지요. 우린 뭐든지 해야 합니다. 언제까지 이 가짜 세계들을 오가며 살 수는 없지 않습니까."

윈스턴 조는 가볍게 소민아의 어깨를 쳤다.

"우리는, 우주의 모든 사람은 더 진실된 삶을 살 권리가 있습니다. 실패해도 우린 우주에게 그 사실을 선언하는 겁니다."

파란 만다라는 여행자 조직의 자랑스러운 발명품이었다. 허구의 세계로 이루어진 우주의 장점 중 하나는 쓸 만한 미친 과학자가 많다는 것이었다. 그들은 이야기꾼의 신이 떠나며 우주의 물리법칙이 복구되는 그 짧은 시기를 집중적으로 연구하고 활용했다. 만다라가 만들어지면서 '터널여행자'는 주관적인 변수를 최대한 줄이고 세계 사이를 오갈 수 있었다. 아무리 경험이 많은 여행자라도 성공률은 기껏해야 6.3퍼센트였지만 그것만 해도 대단한 것이었다.

한동안은 재미있었다. 터널여행자들 앞에는 수많은 이야기꾼이 건드린 수많은 허구의 세계들이 펼쳐져 있었다. 세계 사이의 낙차를 적절하게 이용하면 별다른 노력을 하지 않더라도 사치스러운 나날을 보낼 수 있었다. 몸이 마음에 안 들거나 지겨워졌다고? 다른 캐릭터로 갈아타면 된다. 그들은 신처럼 책임을 지지 않는 삶을 살고 있었다.

이런 삶은 곧 지겨워졌다. 무엇보다 공허했다. 하지만 목적 있는 삶을 위해 한 세계에 안주하는 것 역시 자기기만이었다. 그들은 자신에 맞는 목적을 찾아야 했다. 그들이 사는 우주를 이해하고 그들의 지식을 모두와 공유하는 것.

그것은 신에 도전하는 일이었다.

아무리 생각해도 그들의 우주는 조작된 곳일 수밖에 없었다. 아마도 장난감, 좋게 보면 실험실이었다. 누군가가 이야기꾼과 이야기와 캐릭터들을 갖고 놀고 있거나 연구 중이었다. 터널여행자들이 그 게임에서 벗어난 예외라는 법도 없었다. 오히려 그들이야말로 진짜 연구 대상일 수도 있는 것이다.

조직의 몇몇은 이 도전을 두려워했다. 상상할 수 있는 최악의 결말은 우주의 중지일 것이다. 더 이상 놀이터가 놀이터로, 실험실이 실험실로 기능하지 않는다면 위의 무언가가 이 우주를 계속 유지해야 할 이유가 있을까?

성학수를 자살로 몰고 간 건 보다 하찮은 공포였다. 여행자들은 그 절실함 때문에 이 몰락한 남자가 좋은 여행자 동료가 될 수 있다고 착각했었다. 하지만 성학수가 본 건 기회가 아니라 자신의 비대한 자아를 잡아먹는 잔인한 신과 그에 어울리는 매정한 우주였다 더 이상 저 신이 한국의 스티븐 킹일 수 없는 우주. 이소리라는 작가는 왜 자신의 창작물에게 그런 어이없는 강박증을 심어 준 것일까?

내가 어떻게 알아. 차유안, 아니, 추수경 캐릭터를 만든 작가가 이소리보다 더 나은 사람이길 빌어야지.

영화관이 있는 국제금융센터에서 나온 소민아는 절름발이 미치광이 과학자를 택시에 태워 보내고 마포 방향으로 걸었다. 하늘은 흐렸고 해를 가린 거대한 청회색 구름은 기괴한 모양으로 꼬여 있었다. 얼핏 보면 하트 같았고 다르게 보면 으깬 프레즐 같기도 했다. 소민아는 그것이 신의 개입이기를, 이 지루한 게임을 끝내고 진짜 우주를 보여 주겠다는 신호이기를 바랐다.

하지만 그건 그냥 구름일 뿐이었다.

김초엽

인지 공간

나는 인지 공간의 관리자였다. 이곳을 위해 지난 십 년을 모두 쏟았고, 공동 지식의 조직화와 공간 확장 프로젝트를 이끌었다. 내가 그만두겠다고 선언했을 때 사람들은 엄청난 충격을 받았다. 어떤 이들은 나의 결정을 심각한 배신으로 여겼다. 그렇지 않았던 사람들도 나를 걱정하고 질타하고 회유했다. 그들은 내게 이브를 아직 잊지 못했냐고 물었다. 왜 지금까지도 이브의 부탁을 마음에 두고 있는지, 이브의 죽음에 대한 죄책감이나 책임을 느끼고 있는 것은 아닌지 물었다. 그중 나를 가장 슬프게 한 말은 이런 것이었다.

—제나, 더는 이 공간을 사랑하지 않게 된 거니? 그 애가 네게 주입한 잘못된 생각에 속아 넘어간 거야?

나는 인지 공간을 진심으로 사랑했다. 격자들로부터 세계에 존재하는 모든 종류의 아름다움을 배웠다. 이 작고도 결속력 있는 공동체, 대를 이어 전승되는 신화들, 자연의 정교한 이치, 그리고 세계의 놀라운 구조들에 관해서. 격자 사이를 걸을 때 나의 영혼은 언제나 충만했다. 내가 평생 알았던 모든 것과 앞으로 알게 될 모든 것이 전부 이곳에 있었다.

그런데도 나는 떠나야 했다.

　— 가야 해요.

　슬픔이 가득한 눈동자들이 나를 향했을 때 나는 마주 볼 자신이 없어 고개를 숙이고 말았다. 그들은 내가 이브에게 속았다고 생각할 것이다. 너무 일찍 죽음을 맞이한 어린아이의 망령이 지금까지도 내게 영향을 미치고 있다고 여길 것이다. 그들의 짐작은 틀리지 않았다. 지금도 나는 이것이 무모한 아이디어라고 생각한다. 그러나 한편으로 나는 이브에게 사로잡혀 있다.

　사람들은 언제나 우리가 이 공간을 떠날 수 없는 이유를 찾아냈다. 이브는 달랐다. 그 애는 우리가 언젠가는 떠나야 한다고 말했다. 아직도 나는 이브가 구조물 바깥에서 정말로 무엇을 보았는지 모른다. 한 가지만은 확실하다. 이브가 보았던 것을 나도 보게 될 것이라는 사실. 어쩌면 저곳에는 아무것도 아닌 것, 혹은 존재하지 않는 것만이 있을지도 모르지만, 나를 올려다보던 이브의 눈빛을 생각할 때 나는 이곳을 떠나야만 한다고 느낀다.

　나는 이브에 대해 말해야 한다. 내가 그러지 않는다면 누가 그 애를 기억할까? 이브가 평생 남겼던 모든 것은 격자의 어느 곳에도 남지 않았다. 우리가 인지 공간을 떠날 수도 있다는 것, 그렇게 할 때 더 놀라운 세계를 직면하게 될 수도 있다는 허무맹랑한 아이디어는 내가 처음 고안한 것이 아니다.

　그것은 이브의 생각이었다.

* * *

이브는 특이한 아이였다. 그 애는 선천적으로 작은 몸을 갖고 태어났는데, 어른들은 이브가 정상적으로 자라게 하기 위해 온갖 노력을 기울였다. 흔히 아이들이 하는 거친 놀이나 격자 구조물에 몰래 매달리는 장난은 큰 사고를 치지 않는 한 묵인되곤 하지만 그 모든 것이 이브에게는 철저히 금지되었다. 아이 중 한 명이 이브를 넘어뜨렸다가 크게 혼이 나는 것을 목격한 적이 있다. 놀이 중의 사소한 실수로 친구가 죽을 뻔했다며 온종일 훈계를 받는 것은 그 아이에게도, 보호받는 이브에게도 유쾌한 기억은 아니었을 것이다. 이브를 둘러싼 조심스러운 분위기를 가장 예민하게 인지한 것은 또래 아이들이었다. 아이들은 이브가 주위에 오면 수군거렸고, 놀이에서 제외될 때마다 보란 듯이 비웃었다. 이브는 자신이 과도하게 보호받는 것을 싫어했고 일부러 반항한 적도 많았지만, 자신이 이 상황을 바꿀 수 없다는 사실도 알고 있는 것 같았다.

이브를 학교에 오게 하는 건 거의 내 몫이었다. 처음에는 나의 어머니가 당부했던 것 같다. 또래 중 가장 덩치가 크고 힘이 센 내게 이브를 잘 돌보라고 어머니는 말했다.

"불쌍한 이브. 그 애의 부러질 것 같은 팔 봤어? 다치지 않고 자라야 할 텐데. 네가 잘 챙겨 주면 좋겠구나."

그건 이브와 나의 관계가 시작된 계기였을 뿐이다. 나는 얼마 지나지 않아 이브에게 진지한 호감을 느꼈고, 자발적으로 말을 붙이기 시작했다. 어른들은 이브를 안쓰럽게만 여겼지만 나는 이브가 한 가지 특징으로 단정할 수 없는 아이라는 것을 알았다. 이브는 냉소적이었고 어른스러웠다. 자주 반항적인 모습을 보였지만 결정적인 상황에서는 피해를 입히지 않는 조심스러움이 있었다. 나는 그때 또래 아이들을 시시하게 여겼는데, 그 아이들이 비열한 방식으로 이브를 따돌리고 비웃는 것이 우습다고 생각했다. 이브는 그 사실로 절망하는 것 같지는 않았지만 일부러 말을 걸어오는 나에게는 자주 웃어 보였다. 우리는 곧 친구가 되었다.

이브는 또래 아이들의 관심을 갈구하는 타입은 아니었다. 하지만 자신을 향한 아이들의 태도는 부당하다고 생각했다. 물리적인 괴롭힘은 아니었으나 분명한 배제의 벽이 이브와 아이들 사이에 있었다.

"저 애들은 왜 저렇게 날 싫어할까?"

"우리 엄마가 해 준 말인데, 몇 년이 지나면 꼬맹이들이 저러는 것도 다 없던 일이 될 거래. 우린 아직 공동 지식 구역에 들어가지 않았잖아."

"그게 무슨 상관이야?"

"이브. 우리가 공동 지식을 배우기 시작하면, 우리는 동일시될 거야."

나는 아주 중요한 사실을 강조하기 위해 진지한 손짓을 취했다.

"압도적인 지식 앞에서 우리 사이의 사소한 신체의 차이

같은 건 무의미해지는 거지. 그러니까 저 애들이 저러는 것
도, 아직 뭘 못 배워서 그래. 정말 어린 애라서 그렇다는 거
지. 곧 끝날 일이야."

나는 이브가 내 이야기에 위로를 받기를 기대했다. 하지
만 이브는 미간을 찌푸렸다.

"그래도 난 지금 당한 거 절대 안 잊을 거야."

이브는 그렇게 말하며 돌을 웅덩이에 던졌다. 땅에 고
여 있던 더러운 물이 사방으로 튀었는데, 이상하게도 이브
에게는 튄 물방울이 닿지 않았다. 이브는 이거 봐, 나 잘 던
지지, 하고 나를 향해 어깨를 으쓱해 보였다. 나는 이브에게
말했다.

"너도 이런 기억들은 잊게 될걸?"

"왜?"

"지금 우리의 일상 같은 건 아무것도 아니야. 저 구조물
을 봐. 진짜 대단하지 않아?"

나는 멀찍이서도 압도적으로 시야를 차지하는 거대한
구조물을 가리켰다. 어머니는 저 구조물을 신이 설계했다
고 표현했는데, 그렇게밖에 말할 수 없는 형태였다. 구조물
은 그 자체로 어떤 의미를 전달하고 있는 것 같았다. 격자
에 접근하려면 일정한 나이가 되어야 하지만, 그전에도 구
조물의 위압감이나 전체 구조가 표현하는 의미에 대해서는
간접적으로 짐작할 수 있었다. 격자를 해석하는 것은 인간
의 본능이기도 하다는 이야기를 들은 적이 있었다. 구조물

을 멀찍이서 바라볼 때 나는 구조물이 나에게 앞으로의 삶에 대해, 인생의 중요한 의미에 관해 이야기하는 것 같다고 느꼈다.

이브는 고개를 내저었다.

"격자는 보이는 것만큼 대단하지 않아."

또래 아이들이 대개 격자에 대해 큰 환상을 가지고 있다는 것에 비하면 이브의 태도는 이상할 정도로 초연해 보였다.

"그럼 넌 공동 지식을 배우고 싶지 않은 거야?"

"아니."

"그럼?"

"때가 되면 배우겠지. 하지만 그렇게 대단할 거라고는 생각 안 해. 저기 인지 공간이 있고 아직 우리가 거기 들어가지 않았다고 해서, 지금 우리가 '생각'하지 않는 건 아니잖아."

이브는 그렇게 말하며 자신의 머리를 톡톡 두드렸다. 나는 믿을 수 없는 기분으로 말했다.

"이브, 진심이야? 진짜 인지에 비하면 지금 우리가 하는 건 거의 '생각'이라고 부를 수도 없는 수준일걸."

나와 이브는 그 이후로도 종종 격자 구조물에 대한 견해 차이를 보였다. 그때는 이브를 완전히 이해할 수는 없었지만, 한편으로는 그 애의 작은 몸집을 볼 때마다 이브가 당한 일들이 생각나기도 했다. 어른들은 이브가 성장 과정에서 절대 다치지 않도록 통제하고 있는데, 그건 모두 이브가 구조물에 무사히 진입할 수 있도록 하기 위해서이다. 나는 어른들의 통제가 옳다고 생각했다. 그래도 이브가 부당하다고 느끼는 것도 이해가 갔다.

이브의 성장 속도가 보통 아이들과 차이가 나기 시작한 건 세 살 무렵이었다고 한다. 다른 아이들만큼 자라지 않는 것을 보면서 이브의 아버지는 이브를 아예 학교에도 보내지 말아야 할지 고민했지만, 공동체의 어른들은 그에게 '이브의 가능성을 믿어 보라'고 조언했다. 다행히 이브는 기초 수업은 곧잘 따라갔다. 하지만 또래와 잘 어울리지 못하는 아이로 자랐다. 내가 좋아하는 이브의 냉소적인 성격이 어쩌면 그의 상처로부터 비롯되었다는 사실은 모순적이었다.

또래 중 가장 몸집이 큰 편이었던 나는 힘에서라면 밀리지 않았다. 나는 학교에서 이브를 몇 번이나 위기 상황에서 구해 주었다. 예비학교의 아이들은 아직 충분히 동일시되지 않았기에, 성년들의 공동체가 놀라울 정도로 다툼이나 분열이 적은 것과 달리 아이들의 공동체 생활은 치열한 전장이었다. 나는 내가 이브의 유일한 보호자라는 사실을 알았고, 동시에 이브의 어른스러움을 동경했다. 그것은 내가 이브에게 특별한 종류의 감정을 가지게 했다. 비록 이브와 나는 완전히 다른 상황에 부닥쳐 있었지만 우리는 서로가 원하는 것을 갖고 있었다.

열두 살부터 이브와 나의 세계는 조금씩 분리되기 시작했다. 일정 나이가 되면 인지 공간에 들어갈 수 있는 적격한 신체 기준을 통과하는지 검진을 받는데, 나는 거뜬히 기준을 통과했지만 이브는 결국 허가를 받지 못한 것이다. 이브는 또래 열두 살 아이들에 비해 터무니없이 작았고 의사가 상당히 관대하게 측정한 결과로도 신체 기준에 도달하지 못했다. 의사는 성장이 열두 살을 넘어서도 진행되고, 이브의 성상도 아직 멈추지 않은 것으로 보이니 일 년만 더 기다려 보자는 진단을 내렸다.

이브의 아버지는 다음 일 년간은 이브를 예비학교에도 보내지 않기로 했다. 혹시 그 기간 동안 사고를 당해 크게 다치기라도 하면 인지 공간에 접근할 기회를 영구히 잃게 되니 말이다. 일부 다 자란 성년 중에 팔이나 다리를 사고로 다쳐 인지 공간을 오를 수 없게 된 사람들은 있었지만, 이브처럼 아예 어린 나이부터 배움의 기회를 박탈당하는 경우는 극히 드문 일이어서 사람들은 이브를 어떻게 대해야 할지 몰랐다. 동정, 안타까움, 멸시, 연민이 섞인 시선들이 이브를 향했다. 나는 최대한 아무렇지 않게 이브를 대했다. 그것이 나의 가장 친한 친구에 대한 예의처럼 느껴졌다.

하지만 이브에게 미안한 마음만은 감출 수 없었다. 내가 그토록 기다려 왔던 인지 공간에 나만 먼저 들어가게 되었다는 사실이 너무 불편했다. 의사의 견해대로라면 우리는 단일 년만 떨어져 기다리면 되겠지만, 실은 우리 둘 중 누구도 우리가 다시 함께할 일을 장담할 수 없다는 정도는 짐작하고 있었다.

진단 이후 처음 이브를 만나는 날, 나는 이브가 주눅 들어 있을지도 모른다고 생각하며 조심스레 인사를 건넸다. 하지만 이브의 목소리는 평소보다도 더 활기차 보였다.

"축하해, 제나. 그래도 너무 기대하지는 말고."

위로의 말을 건네려고 했는데 순간 말문이 막혔다.

만약 더 나이가 든 이후였다면, 나는 이브가 그날 그렇게 말한 심정을 이해했을지도 모른다. 이브는 또래 아이들과 달리 인지 공간에 대해 크게 기대를 걸지 않았지만 갈 수 있는 것과 갈 수 없는 것에는 분명한 차이가 있었다. 하지만 그때는 나도 어렸고 이브의 태도에 반감을 느꼈다.

"기대하지 말라고?"

"좋은 일이지. 그렇지만 네가 지나치게 환상을 가지고 있다가 실망할까 봐 하는 말이야. 사실 나는 일 년 늦게 가게 된 것이 오히려 다행이라고 생각해."

이브와 싸우고 싶지는 않았다. 나는 차분하게 말했다.

"그렇게 엄청난 환상을 가진 적은 없어. 그래도 격자가 우리가 가진 최대의 지식인 건 분명하잖아."

"최대의 지식이라고?"

이브가 어깨를 으쓱했다.

"격자는 별들의 아주 일부조차 담을 수 없어. 세어 볼래?"

그날 이브와 내기를 했다. 저 격자 속에 밤하늘의 별을 얼마나 많이 담을 수 있을 것인가에 대한 내기였다. 나는 당연히 모든 별을 격자 속에 담을 수 있다고 말했다. 이브는 격자가 그렇게 많은 지식을 담고 있지는 않다고 확신했다. 논쟁이 이어지자 이브에게 서운했던 감정은 곧 사라졌고, 우리는 진지하게 격자의 한계와 가능성에 관해 이야기하기 시작했다.

인지 공간 진입을 한 달 남기고 이브와 나는 매일 공동 지식의 크기와 범위와 포함하는 대상에 대해 토의했다. 별들을 담을 수 있을 것인가에 대한 내기는 결론이 나지 않았다. 밤하늘의 별을 도저히 다 헤아릴 수가 없었다. 어느 날은 백 개, 그다음 날은 천 개, 이브와 내가 밤하늘의 구획을 나누어 세기도 했지만 두 시간쯤 하늘을 보고 있으면 그런 것들이 다 무의미해졌다. 사실 우리는 인지 공간에 얼마나 많은 격자가 존재하는지도 몰랐다. 논쟁이 늘 모호하게 끝나는 건 당연한 일이었다. 처음부터 이브와 진지하게 내기할 생각도 없었던 나는 웃으며 하루의 대화를 끝내곤 했다. 격자가 어떻든 나는 언제나 이브를 만날 것이고, 우리는 계속 친구일 것이며, 매일 세계의 무한한 지식에 관해 이야기를 나누리라 생각했다.

하지만 얼마 뒤 인지 공간에 들어가면서 나는 이브와 했던 내기가 얼마나 무의미한지를 깨달았다. 이브의 견해와 달리, 격자는 제한된 지식이나 한정된 세계를 담고 있는 것이 아니었다.

격자는 우리가 가진 모든 것이었다.

* * *

인지 공간은 여러 이름을 가졌다. 큐빅 시스템, 공동 지식 구역, 격자 구조물. 인지 공간의 구조는 육면체의 프레임을 쌓아 올린 형태 또는 고체의 입방 결정에 비유되곤 한다. 격자 결정을 이루고 있는 각각의 원자들처럼 프레임이 교차하는 지점에 격자점이 위치하고, 정보는 격자점의 오목함 여부로 기록된다. 하지만 그런 비유를 동원하지 않아도 사람들은 모두 인지 공간의 구조를 알고 있다. 인지 공간을 떠나 살 수 있는 사람은 아무도 없다.

　이 복잡한 형태의 정보를 읽는 감각이 우리의 뇌에 사실상 선험적으로, 본능으로 내재하여 있다는 사실은 언제 생각해도 놀랍다. 특히 비인간 동물들의 신경 구조에 대해 과학이 밝혀낸 바에 따르면, 이런 형태의 격자 인지법이 자연적으로 발생하기는 결코 쉽지 않다. 정보학이 충분히 발달하기 전까지 인간은 그것이 어떻게 구성되었는지도 모르면서 개념을 전달하는 수단으로 격자 구조물을 이용했다. 인지 공간은 우리가 격자의 구조를 이해하고 인지 공간이라고 명명하기도 전부터 문명과 함께했기 때문이다. 어쩌면 우리가 인지 공간과 함께 이곳 행성에 자리 잡게 되었고, 그것이 오래전 우리의 탄생에 개입한 '신'의 의지라는 신학적 견해도 일리가 있는 듯하다.

　사고는 공간적이다. 개념은 격자 속에 배열된다. 격자 구조물은 우리가 사고를 실체화하는 매개체다. 인간의 사고

체계가 왜 비인간 동물들과는 다른 독특한 형태로 발전했는지에 관한 이론은, 우리 인간의 뇌가 근본적으로 발달이 제한된 구조를 가졌다고 지적한다. 과거 초기 영장류에서 분화된 인간은 우연한 진화 과정을 통해 격자 정보를 인식하는 법을 익혔다. 그러나 그 이후 인간의 지성은 확장된 세계를 받아들일 만큼 발달하지는 못했다. 여러 가설이 있지만, 가장 주류 이론에 가까운 개입 이론은 인간의 종 분화 초기에 우리보다 진화한 지성 생명체들이 우리의 뇌 진화를 제한했다고 주장한다. 개입 이론에 따르면 이는 최초의 격자에 새겨진 내용으로, 격자는 아주 오래전부터 그곳에 존재했고, 구조물을 처음으로 세운 이는 인간이 아닌 다른 외계 생명체다. 그 주장이 사실이라면 그들 중 일부는 우리에게 새로운 기회를 주고 싶었던 것인지도 모른다.

인지 공간이 언제 어떻게 시작되었든, 우리는 인지 공간을 통해 제한된 뇌의 한계를 넘어섰다. 이 거대한 인지 공간의 육면체 프레임은 내부에 또 다른 작은 육면체들을 갖는다. 배열된 전체 구조는 특정한 개념을 나타낸다. 우리는 3차원 격자 배열을 눈으로 읽고 정보를 인식한다. 비록 인간의 뇌는 많은 지식을 장기적으로 기억할 만큼 진화하지 못했고 단기 기억의 유지 시간은 하루에 불과하다. 그러나 인지 공간은 유기체의 한계를 넘어 우리의 지식이 영구적으로 보관되도록 돕는다. 인지 공간 안에 있을 때 우리의 기억은 영원하다.

인지 공간은 수평으로도 수직으로도 뻗어 있다. 더 상위의 개념, 더 상위의 지식을 찾기 위해서는 격자 위에서 발을 헛디디지 않을 만큼 강건한 신체가 필요하다. 어릴 때 우리는 사고하기 위해 충분히 성장해야 한다. 준비가 되면 우리는 비로소 인지 공간에 발을 내디딘다. 무수한 입방체들이 층층이 쌓인 공간은 마치 생각의 미로와도 같다. 수많은 통로가 서로를 연결하는 개념의 격자망 사이로 걸으며 우리는 지식을 흡수하고 사고로 엮는 법을 익힌다. 우리가 인지 공간 속에서 길을 잃을 때, 그것은 생각 속에서 길을 잃는 것과도 같다. 하지만 뇌 속의 생각이 우리를 그저 스쳐 지나가고 마는 반면 인지 공간은 그곳에 계속 남을 것이다.

* * *

나는 인지 공간이 보여 주는 세계에 압도되었다. 지치지도 않고 개념망 사이를 탐험했다. 열두 살 무렵에는 고작해야 격자 구조물의 전체적인 배열 방식과 기초적인 정보만을 알 수 있었다. 그러나 배우고자 하면 언제든 접근할 수 있는 지식이 이곳에 무한히 펼쳐져 있다는 사실이 나의 세계를 뒤흔들어 놓았다. 인지 공간에는 예술과 철학, 신화, 과학과 이야기에 이르기까지 무수한 개념들이 있었다.

수업은 개념 자체를 습득하는 것이 아니라 사고의 방식을 바꾸는 훈련이었다. 우리 각자가 가진 작은 유기체 뇌는 인지 공간의 극히 일부 지식도 담을 수 없을 만큼 뚜렷한 한계가 있다. 그러나 만약 우리가 인지 공간 속에서 사고하는 법에 익숙해진다면, 우리의 사고는 두개골 속 뇌를 넘어 거대한 인지 공간 자체로 확장된다. 배움을 거듭하면 인지 공간의 어느 정보에나 빠르게 접근할 수 있게 되며, 유기체 뇌에 의존하지 않고 인지 공간의 게님틀반을 이용하여 사고하게 된다. 나중에는 인지 공간에 직접 정보를 기록하거나 정보들을 재배열하는 일도 가능해진다. 원한다면 격자 사이를 죽을 때까지 헤매는 탐구자가 될 수도 있었다. 나는 인지 공간에 완전히 매료되었고, 필수로 들어야 하는 수업이 끝난 다음에도 머무르며 습자지처럼 지식을 빨아들였다.

이브와는 그런 일들을 함께할 수 없었다.

이브는 일 년이 지난 뒤에도 격자 진입 허가를 받지 못했다. 의사는 결국 이브가 영원한 어린아이로 남게 될 것이라고 선고했다. 우리의 세계에서 성장한 정신은 성장한 신체만이 도달할 수 있는 것이었다.

서기관들은 몸집이 작은 이브가 격자 정보에 접근할 수 있도록 특수한 사다리를 제작해 주었지만, 그것으로 격자의 위쪽 구역에 도달할 수는 없었다. 이브에게는 오직 낮은 층수만이 허용되었다. 접근할 수 있는 정보의 영역이 영구적으로 제한된 셈이었다.

"괜찮아. 나는 탐사대에 합류해서 인지 공간 바깥을 탐험할 거야."

하지만 이브는 탐사대에도 합류할 수 없었다. 역설적이

지만 인지 공간을 떠나 외부 세계를 탐사하는 일에 종사하려면 반드시 출발 전에 인지 공간의 정보를 학습해야 했는데, 공동체 바깥 세계에서 생존하기 위해서는 수많은 지식이 필요하기 때문이었다. 그러나 이브가 접근할 수 있는 정보들은 고작해야 공동체 생활에 아주 필수적인, 우리의 종교와 의례, 경작과 목축에 관한 것들뿐이었다. 이브는 사람들의 도움을 받고 싶어 했지만 단지 격자 정보를 시각적으로 인식하기만 하면 되는 탐사대의 다른 사람들에 비해 이브는 너무 많은 시간이 필요했다. 단기 기억의 지속 시간은 겨우 하루이므로, 누군가 매일 이브에게 긴 설명을 반복할 수도 없는 노릇이었다.

이브가 그때 무슨 생각을 했는지는 잘 모르겠다. 나는 이브의 심정을 짐작할 수도 없었고 이브를 위해 무엇을 해주어야 할지도 몰랐다. 내가 방대한 지식 사이를 탐험하며 개념들의 배열 규칙을 익히고 있을 때 이브는 인지 공간의 가장 낮은 층에서 이따금 나를 올려다보았을 뿐이었다. 나는 죄책감과 불편함을 동시에 느꼈다.

점점 이브와 함께 보내는 시간이 줄어들었다. 그건 자연스러운 일이었다. 어차피 똑같이 인지 공간에 진입했다고 해도 어릴 때처럼 함께할 수는 없었다. 하지만 나는 여전히 이브를 유일무이한 친구로 생각했다. 열여섯 살에 나는 지식을 기록하고 개념망을 확장하는 법을 배우기 시작했다. 수업이 끝나면 공원에서 이브를 만났다. 우리는 하루의 일과를 이야기했다. 이브는 그 무렵 아버지에게 옷을 만드는 일을 배우기 시작했는데, 이브의 아버지는 운영하던 의상실을 이브에게 물려줄 생각인 것 같았다. 이브는 자신의 삶이 만족스럽다고 말했다. 하지만 나는 매일 밤 이브가 공원에서 밤하늘을 관찰하고 있다는 사실을 안았다.

"우주에 대해 아는 지식을 내게 말해 줘."

이브는 나에게 부탁했다.

별들에 관한 지식은 격자 구조물의 거의 꼭대기 층에 있다. 우리 공동체는 땅 위에서 안전하고 풍족하게 살아가는 실용적인 기술에 더 많은 관심을 기울이기 때문에, 천체를 연구하는 사람들은 손에 꼽을 만큼 적다. 그래도 나는 어떤 사람들이 천문학자라는 이름으로 격자 구조물의 꼭대기에 매일 오른다는 사실을 알고 있었다. 이브의 부탁 이후로 나는 종종 견학을 핑계로 천문학 지식이 기록되는 격자 층을 걷곤 했다. 구체적인 내용을 이해하기란 쉽지 않았다. 그것들은 다른 지식에 비해 너무 멀고 아득한 공간을 다루었다. 그래도 나는 매일 그곳에 들러 이브에게 들려줄 하루치의 지식을 배웠다.

이브는 내가 들려주는 이야기를 좋아했다. 하지만 한편으로는 나의 이야기를 미심쩍어했다.

"정말로 밤하늘에 대해 밝혀낸 것이 그것뿐이라고?"

"우주보다 중요한 문제가 더 많으니까."

이브는 내 말에 탄식하듯 말했다.

"우리가 어디에서 왔는지, 어디서 시작되었는지 아는 것
보다 중요한 게 뭐가 있어?"

"넌 네가 저 밤하늘에서 왔다고 생각해?"

"당연하지. 인간의 기원은 이곳 행성이 아닐 거야."

나는 이브가 왜 그렇게 확신하는지 궁금했지만, 더 묻는
다고 자세한 이야기를 들을 수는 없을 것 같았다. 기원 가설
에 접근할 수 있는 건 이브가 아닌 나였다. 그리고 내가 아는
한 인간이 행성 밖에서 왔다는 주장은 기원 가설 중에서도
지지자가 적었다.

"설령 그렇다고 해도, 어차피 우리는 우주로 갈 수는 없
잖아. 우주에는 인지 공간이 없으니까. 우주로 간 우리는…
지식이라고는 없는 보통 어린아이에 불과할걸. 가 볼 수 없
는 곳에 대한 지식을 축적하는 게 그렇게 중요한가?"

이브는 내 말을 듣고 아주 깊은 생각에 잠겼다. 얼마나
깊은 생각에 잠겼냐면, 그날은 대답하지 않고 한참을 하늘만
보다가 집으로 그냥 돌아가 버렸을 정도였다.

다음 날 내가 전날 밤 이브와 나눈 대화를 거의 잊어버
렸을 때쯤 이브는 자신이 떠올린 아이디어가 하나 있다고
말했다.

"있잖아, 제나. 만약 인지 공간을 옮긴다면 어떨까?"

이브는 그렇게 말하며 하늘을 보았다.

"무슨 말을 하는 거야?"

나는 이브가 농담을 한다고 생각했다. 이브는 그저 어깨를 으쓱할 뿐 대화를 더 이어 가지는 않았다. 너무 허황된 생각이었지만 나는 이브가 그저 몽상에 빠진 것이라고 여겼고, 이브에게 안타까움을 느꼈다.

이브는 자신이 오를 수 없는 구조물의 위쪽을 바라보다가 그보다 더 높은 곳까지 시선이 닿은 것인지도 모른다. 우리의 구조물보다 위에 있는 드넓은 밤하늘에. 그러나 우리는 그곳에 갈 수 없다. 밤하늘은 우리의 위에 있을 뿐이다. 나는 그렇게 생각했다. 어떤 진실은 슬프지만 그냥 받아들여야 한다고.

그 이후에도 이브와 나는 여전히 서로를 소중히 여겼고, 이따금 만나 의상실과 인지 공간에 대한 이야기를 나누었지만, 이브와 나 사이에는 자꾸만 거리감이 생겨나는 것 같았다. 아무렇지 않게 인지 공간을 옮기는 아이디어를 이야기하는 이브를 생각할 때면 마음 한구석이 서서히 허물어지는 기분이었다. 그것은 슬픔이기도 했고 체념이기도 했다.

어머니는 나에게 어른이 된다는 것은 결국 혼자임을 알게 되는 것이라고 말했다. 나는 그 말이 옳다고 생각했다. 다른 존재로 분화되기 시작한 두 사람이 서로를 이해하는 것에는 한계가 있으니까. 그런 결론을 내린 이후로 이브와 만나는 횟수는 점점 줄어들었다. 나는 오랜 친구를 포기하는 일이 성장의 불가피한 요소라고 생각했다.

지금 돌이켜 보면 나는 이브가 진짜 무슨 이야기를 하려고 했는지 제대로 듣고 싶지 않았던 것 같다. 가끔은 내가 다른 선택을 할 수도 있었으리라고 생각한다. 이를테면, 나는 이브의 말을 진심으로 들을 수도 있었다. 그 애가 나와 함께하고 싶어 했던 일들을 함께할 수도 있었다. 그랬다면, 이브는 그렇게 빨리 나를 떠나지 않았을 것이다.

* * *

나는 인지 공간에 나의 평생을 바치겠다고 결정했다. 열일곱 살의 나이였다. 지식을 습득하는 것을 넘어 지식을 기록하고 연결망을 재배치하는 것이 학자들의 일이었다. 격자 정보는 섬세한 방식으로 기록되며, 입방체의 규모는 추상성의 단계를 구분한다. 구체적인 정보일수록 더 작은 격자에 기록된다. 격자 정보에 가까이 접근할 수 없다는 것, 멀찍이서만 이 공간을 바라본다는 것은 오직 개념들을 피상적으로만 이해할 수 있다는 것을 의미했다.

우리의 유기체 뇌는 단기 기억의 명백한 한계를 가졌다. 하지만 인지 공간위 관리자들은 격자 정보망을 끊임없이 최적화하고 재배열함으로써 한계용량이 있는 뇌가 얼마나 멀고도 깊은 곳을 향해 사고를 확장해 나갈 수 있는지를 증명해 냈다. 나는 정확히 그런 일을 하고 싶었다.

어느 날 이브가 나를 공원으로 불러냈다. 그날 나는 개념의 배열법에 대해 고민하느라 신경이 다소 예민해진 상태였다. 막상 이브를 만나자 반가웠고, 이브의 수척해진 모습

에 마음이 아프기도 했다. 그런데 그날 이브는 나를 보자마
자 대뜸 이런 말을 꺼냈다.

"격자가 불완전하다는 사실을 알아냈어."

이브의 말을 진지하게 들어야 할까, 아니면 이번에도 그
냥 이브가 평소에 늘 하던 부정확인 이야기에 불과할까. 고
민하는 사이 이브는 이미 말을 이어 가고 있었다.

"제나, 우리의 집단 기억이 쇠퇴하고 있다는 걸 알아?"

"알아. 내게는 새로운 이야기가 아냐."

나는 무덤덤하게 말했다. 인지 공간은 개인적인 것이 아
니라 공동의 것이다. 당연히 어떤 개념들은 덜 호출되고, 불
필요한 정보는 다른 정보로 덧씌워진다. 그러나 그 과정은
매우 정밀하게 이루어지므로 반드시 필요한 정보가 사라지
는 일은 없다.

"그건 네가 알고 있는 것 이상이야. 이야기가 사라지고
있어."

공원 조명 아래에서 이브가 눈을 깜빡였다. 어둠 속에
서 이브의 눈이 빛난다고 생각할 때, 이브는 밤하늘을 가리
켰다.

"세 번째 달 말야."

나는 고개를 들어 하늘을 보았다. 두 개의 위성이 떠 있
었다. 이브는 확신에 차서 이야기를 이어 갔다.

"공동체의 모든 사람들에게 묻고 다녔어. 혹시 세쌍둥이
이야기를 기억하냐고. 분명히 난 어릴 때 그 이야기를 들었

거든. 이 행성이 처음 생겨났을 때, 지상을 다스리던 쌍둥이 자매가 있었는데….”

“나도 그 이야기는 기억해.”

나는 황당한 기분에 말했다. 어느 날 태양이 폭발하면서 자매들은 행성을 보호하기 위해 몸을 던졌고, 하늘의 달이 되었다는 이야기다. 그건 그냥 아이들이 예비학교에서 듣는 흔한 동화에 불과하다. 인지 공간에 진입하기 전, 세계에 관한 아주 기초적인 지식을 쌓을 수 있게끔 쉽게 변형한 이야기일 뿐이다. 그 이야기가 대체 어떻게 격자의 불완전함을 증명한다는 것일까?

“그게 다가 아니야.”

이브는 나를 마주 보며 말했다.

“그냥 쌍둥이가 아니야. 최근 공동체의 아이들은 그 이야기를 그냥 자매 이야기로 알고 있었어.”

“그거야, 밤하늘에 두 개의 달이….”

“거봐, 제나. 너도 기억 못 하잖아. 우리가 어릴 때는 달이 세 개였어. 천문학자들이야말로 그 사실을 잘 알겠지.”

이브는 조금 화가 난 것처럼 보였고, 한편으로는 자신이 무언가를 입증했다는 사실에 들뜬 것처럼도 보였다.

“사람들 사이의 이야기는 변형됐어. 세 번째 달이 밤하늘에서 사라지면서, 사람들도 더는 세 번째 달을 이야기하지 않게 됐고, 인지 공간의 집단 기억이 그걸 점차 지우고 있는 거야. 마치 우리에게 세 번째 달이 없었던 것처럼.”

이브의 말은 나를 당황하게 만들었다. 이브는 나와 계속 대화를 이어 가고 싶어 했지만 나는 대화를 중단했다. 이브를 돌려보낸 다음, 집으로 돌아가는 대신 인지 공간으로 향했다.

인지 공간의 가장 꼭대기 층에 올라야 천문학 기록을 볼 수 있었다. 그곳에는 이브의 말대로, 지난 십 년간 우리 행성으로부터 점점 멀어져 더 보이지 않게 된 세 번째 달에 대한 정보가 있었다. 천문학자들은 원래부터 행성과 불안정한 상호작용을 하고 있던 세 번째 위성이 다른 천체에 끌려 궤도가 변형된 것이라고 기록했다. 그 이상의 정보는 없었다. 세 번째 달은 원래부터 아주 작게 보여서 다른 별들 사이의 별 하나 정도로 여겨졌고, 행성에 큰 영향을 미치는 천체도 아니었다.

이브의 말은 옳기도 했고 틀리기도 했다. 인지 공간에는 여전히 세 번째 달에 대한 격자 정보가 남아 있다. 하지만 사람들은 세 번째 달을 잊어 가고 있었다. 인지 공간에 머무를 때 사람들의 기억과 지식은 공동체의 평균값으로 수렴된다. 그것이 공동체가 공유하는 공동 지식이다. 인지 공간의 가장 꼭대기 층까지 올라와 천문학 개념들을 살펴볼 사람들은 거의 없다. 이야기 속에서 잊히면, 개념에 대한 기억도 쇠퇴한다.

그날 헤어지기 전 이브는 나에게 말했다.

"공동 지식은 완벽하지 않아. 어떻게 세 번째 달을 잊을 수 있지? 나는 잊지 않을 거야. 제나, 정말로 공동 지식이 우리의 모든 기억을 점령하게 둬도 된다고 생각해?"

그런데 그게 중요할까? 이 행성에 유의미한 영향을 미치지도 않았던 작은 천체 하나를 모든 사람이 기억하는 것이, 그렇게 중요한 일일까? 이브의 말을 인정하고 싶지 않았다.

그 이후 이브를 만나지 않았다. 이브는 여전히 나의 소중한 친구였지만 공동 지식에 자신의 뇌를 넘기지 않겠다는 그 애의 말을 생각할 때마다 고통스러웠다. 이브는 몇 번이고 내 집 앞에 찾아왔으나, 도저히 이브와 대화를 나눌 기분이 아니었다. 이브의 이야기는 내가 해 온 일들의 의미를 부정하는 것 같았다.

어쩌면 이브는 자신이 인지 공간에 접근할 수 없다는 사실에 화가 나서 인지 공간 자체를 폄하하려는 것인지도 모른다. 그렇지만 그게 무슨 의미가 있을까. 설령 결함이 있어도 인지 공간은 우리가 가진 모든 것이다. 우리는 이곳을 떠나서 사유할 수 없게 만들어진 존재가 아닌가. 이브는 애초부터 무의미한 문제를 제기하고 있었다.

이브는 나와 마지막 대화를 나눈 두 달 뒤에 죽었다.

이브의 죽음을 나에게 알려 준 사람은 이브의 아버지였다. 탐사대 없이 혼자 공동체를 떠나 배회하다가 짐승에게 습격당한 것이 원인이었다. 일주일 뒤 떠난 탐사대가 이브의 시신을 회수해 왔다.

"제나, 그간 고마웠다. 네가 없었다면 이브는 불행했을 거야."

이브의 아버지는 내게 말했다. 나는 그 말을 도저히 이해할 수 없었다. 모든 것이 연극 같았다. 이브는 내 옆에서 행복하긴 했을까. 내가 그 애를 죽음으로 떠민 것일까. 이브는 인지 공간 바깥에서 대체 무엇을 꿈꾸었던 건가. 풀지 못한 의문들이 나를 절벽으로 내몰고 있었다.

* * *

하루는 격자 위에서 발을 잘못 디뎌 바닥으로 추락했다. 예전에는 그런 일이 없었기에 사람들은 나를 걱정했다. 큰 부상은 아니었지만, 일주일 동안 인지 공간에 접근하지 말고 휴식을 취하라는 진단을 받았다. 의사는 말했다.

"힘든 건 알겠어요. 하지만 이브가 그렇게 된 건 당신 탓이 아니에요."

사람들의 걱정과 달리 나는 이브의 죽음이 내 탓이라고 생각하지는 않았다. 이브가 내가 대화를 거절했다는 이유로 죽음을 택했다고 믿기에는 그전까지 알고 있던 이브의 모습과 일치하지 않는 점이 많았다. 나는 단지 사람들이 이브를 언제까지 기억할지 궁금했다. 사고를 당하기 며칠 전 학자들이 이브에 대한 기억을 격자에 영구적으로 기록하지 않겠다는 결정을 내린 것을 들었다. 그전부터 학자들이 어떤 개념을 지워야 하는지 토론하고 있다는 사실도 알고 있었다. 어차피 모든 오래된 지식은 낡아 가며, 새로운 지식으로 대체되고, 기억될 가치가 없는 지식은 지워지니까.

하지만 그 이야기를 듣고 나는 알았다. 이브는 이제 사람들의 이야기 속에만 머물다가, 집단 지식의 기억 쇠퇴 현상과 함께 사라질 것이다. 세 번째 달처럼.

목발을 짚은 내가 문을 두드렸을 때 이브의 아버지는 꽤 놀란 것 같았다. 하지만 내 표정을 보더니 그는 무언가 알겠다는 듯이 고개를 끄덕였고 나를 안으로 들여 주었다. 가게 옆에 따로 지어진 작은 오두막은, 한 사람이 쓰기에는 지나치게 비어 보였다. 이브가 쓰던 물건들은 거의 그대로 남아 있었다.

그곳에는 이브가 혼자 하던 실험의 흔적들이 있었다. 이브의 아버지가 말했다.

"이브는 개별적인 인지 공간을 만들고 싶어 했어. 말려도 소용이 없었지."

이브가 만들고자 한 것은 투명한 구 안의 격자 구조물이었다. 구 안에 인지 공간을 흉내 낸 작은 구조물이 고정되어 있고, 외부에서 연결된 손잡이를 돌려 격자점의 기록을 바꿀 수 있게 만든 조악한 물건이었다. 이브는 그것에 스피어라는 이름을 붙였다. 스피어는 고작해야 아주 적은 정보를 기억할 수 있을 뿐이었다. 이브는 그 스피어를 자신의 신경계에 연결한 다음, 탐사대에 합류했던 모양이었다. 하지만 인지 공간이 제공하는 지식에 비하면 스피어는 아무것도 아니었다.

탐사대는 이브의 합류를 거부했고 이브에게 인지 공간 밖으로 나가지 않을 것을 권했다.

이브는 결국 혼자 밖으로 나가는 실험을 한 것이다. 그리고 나는 이브의 스피어를 보면서, 나의 유기체 뇌 어딘가에 잠들어 있던 이브와의 대화를 떠올렸다.

— 제나. 우리의 사고가 두개골 밖에 존재한다는 사실은 바꿀 수 없는 진실처럼 보이지. 그런데 만약 우리가 저 인지 공간을 소유한 채로 떠날 수 있게 된다면 어떨까? 공동의 인식 공간을 가지면서, 동시에 개인의 인식 공간을 가질 수 있다면?

— 인지 공간이 모든 지식을 제공하는데 왜 개별적인 인지 공간을 만들어야 한다는 거야?

— 그야 너무 당연하지. 별들을 기억하기에 하나의 인지 공간은 너무 작으니까.

나는 한동안 스피어를 어떻게 해야 할지 몰랐다. 이것은 이브의 작은 뇌였다. 외부로 확장된 인식 공간이었다. 아무것도 하지 못하고 떠나 버린 그 애의 작은 인식 공간.

그렇지만 나는 스피어를 통해 이브를 기억할 수도 있었다. 내가 그렇게 하기로 한다면.

이브가 남긴 연구 기록을 분석해 이브의 실험을 이어 갔다. 이브는 인지 공간에 직접 접근할 수 없었던 나머지 자신이 부탁할 수 있는 모든 사람에게 조금씩 정보를 요청한 것 같았다. 때로 이브가 천문학이 아닌 전혀 엉뚱한 지식, 이를

테면 인지 공간의 프레임 배열에 관해 묻던 것이 뒤늦게 떠올랐다.

사람들은 내가 이브의 죽음으로 큰 충격을 받았다고 생각했다. 나에게 이브가 남긴 흔적을 보여 준 이브의 아버지를 비난하기도 했다. 공동체의 미덕은 잊고 보내 주는 것이었다. 한정된 인지 공간이 세계의 모든 기억을 남길 수는 없었다. 기록되는 것은 짧은 생을 살다 떠나는 사람들이 아니라 불변하는 것, 자연적인 것, 법칙과 이치들이어야 했다. 그래서 나는 인지 공간 안에서 기억할 수 없었다. 이브를 잊지 않기 위해서, 인지 공간을 떠나야 했다.

나는 이브의 연습장을 발견했다. 그곳에서 나는 당혹스러운 낙서를 발견했는데, 그것은 대부분 그림이었고 일부는 인지 공간의 격자 기록을 흉내 낸 격자 문자로 쓰여 있었다. 입체가 아닌 격자 문자는 읽는 데에 시간이 꽤 오래 걸렸지만, 내용을 알아볼 수는 있었다. 만약 우리가 인지 공간을 가진 채로 우주로 떠난다면, 이 행성을 벗어나 달과 더 먼 곳의 별들을 탐사할 수 있을 것이라는 생각….

이브는 정말로 우리의 기원을 찾아가고 싶었던 것이다.

나는 몇 년간 인지 공간을 연구하면서 동시에 스피어를 연구했다. 이브의 아이디어를 확장해서 스피어가 실제로 개별 인지 공간의 역할을 할 수 있도록 개조했다. 처음으로 스피어를 공동체에 공개했을 때, 사람들은 나의 주장이 마치 신성모독이라도 되는 듯이 나를 대했다. 그건 분열을 만들

것이라고, 서로 다른 지식을 갖게 될 거라고, 진리는 논쟁 속에서 성립되는 것이 아니라고 그들은 말했다.

불변하는 진리는 모두의 인지 속에서 동일해야 한다고 사람들은 여전히 믿는다. 하지만 스피어가 정말로 분열일까? 어쩌면 스피어를 갖게 된 우리는 정말로 같은 격자를 보고도 다른 생각을 할지 모른다. 공동 인지 공간을 거닐면서도 각자의 스피어를 통해 진리에 대한 다른 해석을 하게 될지 모른다. 그렇지만 그건 분열이 아니라, 더 많은 종류의 진실을 만들어 내는 다른 방법일 수도 있다.

만약 이 인지 공간이 우리의 확장된 사고라면, 그 사고가 우리의 개별적인 영혼에 깃들지 못할 이유는 어디 있을까?

떠나기 전 나는 오두막에 들러 이브의 방을 정리하는 것을 도왔다. 창고에는 이브가 시험 삼아 만든 스피어들이 여럿 남겨져 있었다. 그중 나는 이브가 나에 관해 기록한 스피어를 보았다. 이브의 스피어 대부분이 격자점을 가역적으로 바꿀 수 있도록 설계되었지만, 그 스피어만은 기록을 바꿀 수 없었다. 작은 인지 공간 속에, 이브와 내가 함께했던 시절의 기억들이 남아 있었다. 그래서 나의 회고는 상당 부분 이브의 기억에 의존한다. 내가 그때 정말로 그런 말을 했는지, 이브의 말에 그런 눈빛으로, 그렇게 웃어 보였는지 나는 확신할 수 없다. 하지만 이브가 내게 건넸던 어떤 말은 분명히 기억한다.

　ー 나는 세 번째 달을 잊지 않을 거야. 그리고 너도.

　내가 이브에게 같은 대답을 했다면 좋았으리라고 생각하지만, 나는 그냥 웃고 말았던 것 같다. 누구도 개별적으로 기억될 수는 없다고 생각하면서. 지금에야 나는 이브에게 같은 답을 돌려줄 수 있게 되었다.

　이제 나는 인지 공간을 완전히 벗어나 외부 지역으로 들어섰다. 이곳에서 내가 정확히 무엇을 보게 될지, 인지 공간을 떠난 내가 온전히 사고를 유지할 수 있을지 아직은 확신이 없다. 그러나 우리에게 개별적인 인지 공간이 필요하다고 공동체를 설득하기 위해서는 증거를 제시해야 했고, 나는 그 첫 증거가 되어야 한다.

　나는 고개를 돌려 내가 멀어져 온 격자 구조물을 보았다. 자정이 되었고 서기관이 인지 공간의 조명을 세 번 깜빡였다. 조명이 완전히 꺼졌을 때 나는 처음으로 어둠에 잠긴 격자 구조물을 마주 보고 있었다. 그것은 우리의 인지 공간이었다. 공동의 기억이었다. 그리고 방금 내가 떠나온 세계이기도 했다.

　이브가 이곳에 나와 함께 있다면 무슨 말을 할지 궁금했다.

　해가 떠오르면 나는 어떤 것은 기억하고 어떤 것은 잊어버릴 것이다. 이 작은 스피어가 나에게 무엇을 남길지 겪기 전에는 알 수 없다. 나는 고개를 들어 하늘을 보았다. 모래와 같은 별들이었다.

　그때 나를 가득 채우고 있던 두려움이 모래처럼 흘러내렸고, 비로소 나의 오랜 친구를 이해할 것만 같은 기분이 들었다.

　저 밤하늘에는 별이 너무 많아서 우리의 인지 공간은 저 별들을 모두 담을 수 없다. 하지만 우리 각기가 지 번 담을 나누어 담는다면 종합적인 우주의 모습을 그려 볼 수 있을지도 모른다. 우리는 마침내 이 행성 바깥의 우주를 온전히 상상하게 될 것이다. 그러면 언젠가 그곳을 향해 갈 수도 있을 것이다.

해도연

밤의 끝

별빛 사이로 시아의 날개가 뻗어 나갔다. 날개는 바람을 붙잡으며 날아올랐고 시아는 균형을 잃지 않기 위해 날개 조종간을 이리저리 움직였다. 하지만 바람은 너무 강했고 오른쪽 날개가 먼저 부서졌다. 시아의 몸은 빠르게 회전했다. 피가 한쪽으로 쏠리면서 시아의 의식이 옅어졌다. 시아가 마지막으로 기억할 수 있었던 건 언덕 너머로 솟아오르는 별들이었다. 유독 밝은 별 하나를 본 것을 마지막으로 시아는 의식을 완전히 잃었고 왼쪽 날개가 부서지며 바닥으로 추락했다. 세찬 바람이 시아의 몸을 다시 들어 올렸으나 그때마다 바닥과 연결된 생명 줄이 간신히 시아를 붙잡았다. 바람의 방향이 바뀔 때마다 시아의 몸은 생명 줄 길이 만큼의 호를 그리며 두 시간이 넘도록 그곳을 맴돌았다.

* * *

"유시아 씨, 당신을 구조한다고 일손이 얼마나 낭비되었는지 알아요?"

교사가 질책했지만 시아는 침대에 누워 날개 구조를

153

개선할 방법에 대한 고민을 굴릴 뿐이었다.

"알아요. 바깥세상으로 나가려고 하는 욕망은 우리 본능 속에 깊이 새겨져 있다는 거. 그래서 유혹을 견디기도 힘들다 는 거. 하지만 우리가 신께서 주신 낙원을 벗어나려고 하다가 낙원을 어떻게 만들었는지도 잘 알잖아요? 우리는 스스로 지 구의 절반을 완전히 불태워 버렸고 태양을 잃었어요. 이게 우 리의 마지막 기회예요. 그동안 고난을 견디며 속죄한다면 신 께서는 우리에게 다시 태양을 돌려주실 겁니다. 그렇지 않다 면 우리는 영원히 텅 빈 우주를 떠돌며 살아야 하겠죠."

개선 방법에 대한 생각이 정리되자 시아는 침대에서 몸 을 일으켰다. 시아는 교사를 슬쩍 밀어내고 방 안을 돌아다 녔다. 몸 여기저기에 아직 통증이 남아 있기는 했지만 움직 이지 못할 정도는 아니었다. 시아는 교사를 바라보지도 않고 책상 서랍을 뒤지며 말했다. "내 설계도 가져갔나요?"

"시아 씨는 우리 도시의 재산을 사적인 용도로 사용했고 예배당 천장에 구멍을 뚫어서 주민들을 위험에 빠뜨렸어요. 제가 당신을 열심히 변호했으니 그나마 설계도 압수에서 끝 난 겁니다. 장로들은 당신을 지열발전소로 보낼 생각까지 하 고 있었다고요. 거기가 얼마나 힘든 곳인지 아나요? 어떤 사 람들이 일하는 곳인지 아냐고요."

시아는 그제야 교사를 향해 돌아섰다. 교사는 시아의 할 머니가 지열발전소에서 일했었다는 것을 떠올린 듯 손바닥 을 펼쳐 보이며 고개를 숙이며 사과했다.

"미안해요. 하지만 시아 씨, 지금 우리 도시는 중요한 단계에 있어요. 소비가 늘어난 만큼 정체되었던 인구를 늘려 생산을 키우고 도시도 확장할 때가 되었죠. 많은 일이 필요해요. 시아 씨가 여기에 협조해 준다면, 장로회가 시아 씨에게 더 좋은 거주구를 줄 수 있다고 했어요. 설계도는 장로회에 제출하겠습니다. 당신의 재능을 보여 줄 수 있는 자료니까요."

거짓말. 시아는 교사가 그저 눈에 보이는 실적을 원하는 것뿐이라는 걸 알았다. 장로회도 시아가 유능한 기술자라는 건 잘 알고 있었으니까. 설계도는 이미 시아의 기억 속에 있기 때문에 굳이 필요하지 않았다. 교사를 내보내기 위해서라면 얼마든지 줄 수 있었다.

교사가 나가려고 문을 열자 고양이 한 마리가 방 안으로 들어왔다. 고양이는 교사에게 일말의 시선도 주지 않고 시아에게 다가갔다. 시아는 몸을 숙였고 고양이 코니는 능숙하게 시아의 몸을 타고 올랐다. 시아가 팔로 감싸자 코니는 발목 아래가 절단되고 없는 왼쪽 앞발로 시아의 턱을 가볍게 툭툭 치며 놀았다.

"생산성 없는 동물은 키워선 안 돼요." 교사는 문을 닫고 사라졌다. 시아는 코니의 이마에 입을 맞추며 말했다. "괜찮아. 저런 녀석보다 네가 훨씬 생산성 높으니까 걱정하지 마." 시아는 코니를 점쟁이 집에서 구출했을 때를 떠올리며 코니의 목을 어루만졌다.

155

코니가 잠들자 시아는 코니를 침대 위에 내려놓고 벽에 도시 전체의 단면도를 펼쳐 붙였다. 도시는 거대한 분화구 바닥에 만들어졌다. 평평하고 두꺼운 천장이 도시 전체를 뒤덮고 있었기 때문에 도시의 모습은 분화구에 고인 호수와 비슷했다. 이곳에서 태어난 시아는 화산을 본 적이 없었지만 할머니에게 들은 적이 있었다. 시아의 증조할머니는 첫 번째 항성간우주선의 수석 엔지니어였고 그전에는 커다란 화산섬에 살았다고 했다. 언젠가는 직접 보고 싶었다. 지하에는 지열발전소가 있었다. 지상 10층까지는 지열발전소 근로자들의 가족이 사는 곳이었고 시아는 지상 7층에서 태어났다. 시아는 지열발전소 조금 위에 있는 작은 공간을 바라봤다. 도서관이었다. 그곳에는 자료폐기령에도 불구하고 남겨진 지난 문명의 기술서들이 숨겨져 있었다. 시아가 어린 시절의 대부분을 보낸 곳이기도 했다. 책의 이름은 알아도 내용은 모르는 장로들에게 옛 기술을 조금씩 팔아 온 덕분에 시아는 지상 97층까지 올라올 수 있었다.

시아는 빨간 펜으로 도시 천장 한 곳에 X표시를 하고 주변에 바람의 방향을 그려 넣었다. 그리고 잠시 뒤로 물러나 설계도 전체를 다시 살폈다. 여기저기에 X표시와 메모들이 가득했다. 언덕 너머로 떠오르던 밝은 별을 떠올렸다. 시아는 기억을 더듬었다. 떨어지면서 봤던 언덕의 모양을 토대로 방향을 짐작하고 X표시와 별이 보이던 언덕 조금 위의 지점을 연결했다. 그 끝에 별을 그렸다. 그 별이 맞을까? 확실하지는 않았다. 천장 밖으로 나갈 일이 거의 없는 도시에선 별에 대해 자세히 알고 있는 사람이 드물었다. 도움이 필요했다. 시아는 전화기를 들고 선을 연결했다. 대화는 길지 않았고 노크 소리는 한 시간 뒤에 울렸다.

"맞아. 이카로스의 별이야." 시아의 방을 찾아온 한나가 설계도 위에 표시된 별의 위치를 보며 말했다. "엄밀히는 별이 아니라고 하지만." 한나는 주기적으로 최상위 층에 있는 관측실에 올라가 별을 보는 것이 허락된 성직자였다.

"저 별에 대해 아는 걸 얘기해 줘." 찻잔에 캐모마일 차를 따르며 시아가 말했다. 진짜 식물로 만든 차는 귀한 물건이었지만 시아는 이제 아끼지 않았다. 시아가 잔을 건네자 한나는 살짝 눈웃음으로 답하며 받았다. 그리고 천천히 그리고 깊게 향을 맡았다. 마치 거기에 시아의 마음이 담겨 있기라도 한 것처럼. 차에 입술을 살짝 적신 한나는 잔을 책상 위에 내려놓고 시아를 향해 침대 위에 앉았다.

"저건 항성간우주선의 비콘이야. 도착지에 비콘을 뿌려둘 생각이었지."

"난 그 이야기가 어디까지 사실인지 모르겠어." 시아는 잔을 들고 의자에 앉으며 말했다. 한나는 그런 시아가 재미있다는 듯 웃음을 지었다. 어느새 깨어난 코니가 침대 위에서 한나의 무릎을 가로지르며 시아에게 다가갔다. 시아는 코니를 품에 안았다.

"이미 아는 얘기겠지만…." 한나는 허리를 세우고 목소리를 가다듬었다. "인류는 항성간우주선을 만들었어. 중력 엔진으로 우리 은하의 중력장이 닿는 곳이라면 어디든 빛보다 빠르게 갈 수 있었지. 이걸 태양계 내부에서만 실험하다가 드디어 태양계 바깥으로 가기로 했고 목적지는 트라피스트-1으로 결정되었어. 그리고 모든 것이 완벽하다고 믿었던 그날, 사고가 일어났고 우주선은 지구로 추락했어. 중력 엔진은 폭주하면서 주변 공간을 찢어 버리고 지구를 태양계 바깥으로 던져 버렸고. 중력엔진이 폭발하는 순간 지구의 절반은 지각이 녹아내릴 만큼 불타올랐어. 지금 이 순간에도 그곳은 중력엔진에서 쏟아진 뜨거운 유해 물질로 뒤덮여 있을 거야. 우리가 있는 지구 반대편은 그 충격파로 지형 자체가 완전히 달라졌고."

코니가 시아의 손바닥에 얼굴을 비볐다. 한나는 그 모습이 사랑스럽다는 듯 고개를 옆으로 한 번 까닥이며 말을 이었다. "지구에 살아남은 사람은 없었어. 항성간우주선의 승무원 일부만이 살아남아 지상으로 내려왔어. 인류는 다시한 번 심판을 받은 거야. 생존자들은 지구 반대편의 지옥을 뒤로하고 얼어붙은 땅을 가로질러 이동했고 그나마 살 만한 곳을 찾아 헤맸어. 따뜻한 공기를 품은 거대한 분화구를 발견하고는 그곳에 살 곳을 만들고 속죄를 시작했어. 지구는 신이 우리에게 안겨 준 두 번째 낙원이었는데 우리는 거길 떠나려고 했기에 이렇게 된 거라면서. 그리고 여기까지 온 거지."

시아도 아는 얘기였다. 하지만 그게 전부가 아니라고 생각했다. 아직 우리가 모르는 것이 있다고 시아는 믿었다.

"지금까지 열세 번 바깥으로 나갔는데 저 별이 있을 때마다 바람이 약했어. 특히 머리 위에 있을 땐 더욱. 비행하기에 딱 좋은 정도의 바람이라서 분명히 기억하고 있어."

"글쎄. 이카로스의 별은 18일에 한 번씩 제자리로 돌아와. 그리고 가끔 별자리와 비교해 보면 반대 방향으로 되돌아갈 때도 있어. 그래서 인공물이라고 추정되었고 사고 때 남겨진 비콘이라고 알려진 거지. 탐험가들의 위치와 상태를 알려 줘야 할 비콘이 결국은 지구도 벗어나지 못하고 인류의 마지막 도시를 묵묵히 기록하고만 있어. 그 이상은 아무도 몰라. 바람의 주기와 비콘의 주기가 우연히 맞아떨어졌을 수도 있지."

한나의 시선을 잠시 따라가던 시아는 코니를 내려놓고 의자에서 일어나 다시 벽에 붙은 설계도로 향했다. 그리고 자기가 그려 넣은 이카로스의 별을 바라봤다. 한나는 코니가 다가오자 코니를 조심스럽게 들어 올려 품었다. 코니는 아직 졸린 듯 한나의 품 안에서 자세를 고쳐 잡으며 눈을 감았다. 한나는 조용히 코니를 쓰다듬었다. 시아를 바라보고 있지는 않았지만, 한나는 시아의 생각을 이미 읽고 있기라도 한 것처럼 천천히 말했다. "다시 나갈 거야?"

시아는 대답하지 않았고 한나는 계속 코니를 쓰다듬으며 말했다. "관측실에서 매일 사라진 태양과 영원한 밤, 아무엇도 없는 우주 공간을 떠돌고 있는 지구를 목격해. 우리는 해와 달과 별이 돌아오는 옛 시간을 기억하며 하루라는 시간을 이야기하지만, 지금 별들은 6일에 한 번씩 돌아오는 것도. 하지만 그것마저도 관측실의 투명한 천장이 들려주는 한낱 이야기일 뿐일지도 모르지."

코니가 기분이 좋다는 듯 골골거렸다.

* * *

관측실은 초라했다. 시아는 관측실 입구에 커다란 가방을 내려놓으며 주변을 살폈다. 붙박이 책상 두 개와 방 가운데에 외롭게 놓인 의자가 전부였다. 코니는 의자를 보자마자 잽싸게 올라가 몸을 말고 누워 버렸다. 비스듬한 유리 천장에는 커튼이 내려와 있었다. 시아는 의자에 앉아 하늘을 올려다보는 한나의 모습을 잠시 상상했다. 한나가 알려 준 천장을 개방하는 핸들은 입구 옆에 있었다. 시아는 구경을 멈추고 가방을 열었다. 금속 뼈대가 복잡하게 얽힌 원뿔이 모습을 드러냈다. 시아가 자기 키만 한 원뿔 속에 손을 넣고 손잡이를 당기자 숨어 있던 날개가 바깥으로 빠져나왔다. 날개가 들어 있던 곳은 시아가 올라탈 수 있는 공간이 되었다. 날개 달린 원뿔을 착용하는 데는 두 시간이 필요했다. 시아는 가방에서 공구가 잔뜩 달린 주머니를 꺼냈다. 그리고 장갑을 입술에 물고 손바닥의 땀을 비벼 닦으며 천천히 호흡을 가다듬었다.

"혼자서 하려고?"

갑작스럽게 들린 목소리에 시아는 숨을 뱉는 타이밍을 놓쳐 콜록거리며 뒤를 돌아봤다. 한나였다. 한나는 시아가 물고 있던 장갑을 뺏어 손에 끼고는 원뿔 옆에 섰다. "뭘 하면 돼?"

시아는 원뿔 속에 올라탔고 한나는 시아의 지시에 따라 손을 분주히 움직였다. 두 시간 걸릴 거라 생각했던 작업은 한나의 도움 덕분에 한 시간 만에 끝이 났다. 시아는 날개를 이리저리 움직여 봤다. 문제없었다. 이번엔 한나가 날개 끝에 매달렸다. 조금 힘이 들긴 했지만 충분히 움직일 수 있었다. 준비는 끝났다.

한나는 장갑을 벗고 의자 위에서 졸고 있는 코니를 어루만졌다.

"그냥 도와주러 온 거야?"

"아니. 전해 줄 게 있어서."

한나는 주머니에서 꼬깃꼬깃 접은 오래된 종이 하나를 꺼내 시아에게 건넸다. 시아는 날개가 한나에게 부딪히지 않도록 조심스럽게 접어서 손가락 끝으로 종이를 집었다. 종이를 펼치자 도시 전체를 둘러싼 분화구의 지도가 나타났다.

시아는 코니의 이마를 문지르며 말했다. "분화구 바깥 왼쪽 아래에 X표시가 있을 거야. 항성간우주선 승무원들이 타고 온 착륙선이 아직 거기 있을지도 몰라. 너, 사실 구체적인 목적지도 없잖아. 거기 가 보는 건 어때?"

"이건 어디서 난 거야?"

"여기 사람들 모두가 항성간우주선 승무원들의 아이들이야. 많은 사람이 기술을 떠났지만, 과거의 도전과 실패를 기억하려고 전하려는 사람들도 있었어. 내 어머니의 어머니들도 그랬고."

한나는 여전히 코니만을 보고 있었고 시아에겐 뒷모습밖에 보이지 않았다. 한나가 코니를 품에 안았다. 코니는 쪽잠에서 깨어난 듯 잠시 발톱을 드러내며 버둥거렸다. 하지만 자신을 안은 것이 한나라는 걸 깨닫자 곧 얌전해졌다. 이제야 한나가 시아를 향해 돌아섰다. 한나는 시아와 시선을 맞추며 말했다.

"성공하든 실패하든, 이번엔 네가 돌아오지 않을 것 같아서. 이제 마지막 계단을 오른 것처럼 보여서. 그다음에 무엇이 있는지 모르겠지만."

코니가 하품을 했다. 한나는 코니를 시아에게 건넸고 시아는 코니를 받았다. 코니는 반가운 냄새에 잠시 흥분했지만 곧 무관심하다는 듯 혼자 발을 휘두르며 놀았다. 덕분에 시아와 한나 모두 가볍게 웃었다. 시아는 코니를 내려다보며 잠시 생각에 잠기더니 고개를 들어 한나에게 말했다. "한나. 코니를 돌봐 주지 않을래?"

"아니." 한나는 빠르게 거절했다. "고양이는 항해의 필수 동반자야. 널 지켜 줄 거라고. 코니, 시아를 잘 부탁해."

코니는 뜻을 아는 듯 모르는 듯 부지런히 세수만 했다.

한나는 시아의 날개를 어루만졌다. 정교하게 만들어진 금속과 나무의 결집체의 뼈대 사이로 한나의 손가락이 아무런 저항도 없이 흘러갔다. 한나가 손을 거두려고 하기 직전, 커다란 금속 고리 두 개가 나타나 한나의 손목을 낚아챘고 다른 하나는 날개의 뼈대 하나에 연결되었다. 수갑이었다. 날카로운 금속 마찰음에 코니는 깜짝 놀라며 관측실 구석으로 도망갔다. 시아는 뒤를 돌아보고 싶었지만 날개를 잘못 움직였다가는 한나가 다칠 것 같아 움직이지 못했다.

"당신들의 안일한 헛소리에는 정말 진이 빠져요."

교사가 날개 뒤에서 나타났다. 한나는 그제야 관측실로 들어오고 나서 문을 잠그지 않았다는 것을 떠올렸다. 시아는 짜증이 섞인 눈으로 교사를 노려봤다.

"이 도시는 신께서 우리에게 남겨 준 낙원의 마지막 한 조각입니다. 우리는 태양을 잃고 태양계에서 쫓겨났어요. 낙원 밖에 대한 무책임한 장난 때문에 우리는 지금 우주라는 영원한 밤의 광야를 떠돌고 있는 겁니다. 그런데 여기서 다시 벗어나 신의 분노를 사겠다고요?"

한나가 수갑에서 손을 빼기 위해 애를 썼지만 도무지 빠지지 않았다. 교사는 그걸 보고는 고개를 저으며 관측실 반대편으로 걸어갔다.

"지금 날개를 잘못 움직인다면 한나의 손목이 찢어질 겁니다. 그리고 시아 씨가 지금 제 손에 있는 열쇠로 한나를 풀어 주려면 일단 그 깡통에서 내려야겠죠." 교사는 시아를 향해 손을 뻗었다. 손가락 끝에는 열쇠가 걸려 있었고 교사는 조롱하듯 열쇠를 흔들었다.

"거기서 한번 내리면 다시 올라타는 데 한두 시간이 걸린다는 건 알아요. 저도 설계도 정도는 읽을 수 있거든요. 15분 뒤면 장로회가 직접 보낸 집행관들이 여기로 올 겁니다. 그들은 저처럼 말로 설득하지 않을 거고. 이런 고철 따위는 발전소 부품으로 보내 버리겠죠. 그리고 시아 씨 역시 거기로 보내질지도 모르고. 한나는… 당신은 정말 당신 어머니 덕분에 비참한 꼴을 면할 수 있는 거 알죠?"

한나는 소리 없이 욕을 뱉었다. 교사는 이해한다는 듯 고개를 끄덕이고는 다시 열쇠를 흔들며 말했다. "아무리 그래도 한나 역시 난처해지긴 할 겁니다. 자, 어서. 날개에서 내려와 열쇠를 가져가요. 그 열쇠로 한나를 풀어 주는 겁니다. 한나는 집행관들이 오기 전에 여길 떠나고요. 그럼 제가 시아 씨 당신을 어떻게든 변호해 드리죠. 집행관들은 제 말을 잘 듣거든요."

시아는 결국은 내릴 수밖에 없다는 걸 알면서도 움직이지 못했다. 그때 한나의 손가락 끝이 시아의 손등에 닿았다. 한나는 소리 없이 입술을 움직였고 시아는 그것을 읽을 수 있었다. 어서 떠나. 난 괜찮을 거야. 시아는 고개를 저었다. 그럴 리가 없잖아.

그때 관측실 구석의 그림자에서 무언가가 움직였다. 코니였다. 코니는 의자 위로 올라가더니 그곳에서 우아하게 뛰어올랐다. 코니는 오른쪽 앞발로 교사의 손끝에서 흔들리던 열쇠를 후려쳤다. 코니의 발톱이 교사의 손가락을 긁었고 열쇠는 바닥으로 떨어졌다. 코니는 떨어진 열쇠에는 관심이 없었다. 한나는 발을 뻗어 열쇠를 자기 앞으로 가져왔다. 한나는 심호흡을 하더니 힘껏 허리를 숙였다. 수갑에 고정된 손에서 둔탁한 소리가 들렸다. 한나의 엄지손가락이 기묘한 방향으로 비틀어졌다. 살갗이 찢어지며 가느다란 핏줄기 하나가 흘러내렸다. 시아는 눈을 감고 싶었지만 그럴 수 없었다. 뒤늦게 교사가 한나에게 달려들었다. 한나의 눈에 교사의 목에서 흔들거리는 목걸이가 눈에 들어왔다. 조금 전까지 교사가 옷 속에 숨겨 두고 있던 것이었다. 목걸이 끝에는 고양이 발이 걸려 있었다. 지열발전소에서 흔히 쓰이는 부적이었다. 한나는 시아를 올려다봤다. 시아의 눈은 분노로 가득했고 한나는 교사가 다가오길 기다렸다. 짧은 순간이었지만 교사의 배를 걷어찰 힘을 모으기에는 충분했다.

한나의 발길질에 교사가 바닥을 구르는 동안 한나는 열쇠를 집어 들고 수갑을 풀었다. 그리고 어리둥절해 하는 코니를 품에 안아 이마에 키스를 퍼부었다. "고마워, 코니. 널 잊지 못할 거야."

한나는 코니를 시아에게 건넸다. 시아는 원뿔 구석에서 쿠션으로 가득한 작은 상자를 꺼냈다. 코니는 얌전히 자신을 위한 공간으로 들어가 몸을 숨겼다.

"그리울 거야." 한나가 말했다.

"나도." 시아가 대답했다.

"…돌아오길 기다려도 될까?" 한나가 물었다.

시아는 아무 말 없이 한나의 이마에 입을 맞추었다. 천장이 열리자 폭풍 소리가 관측실을 가득 채웠다. 이카로스의 별빛이 시아의 눈동자에 맺혔다. 시아는 날개를 펼치고 하늘 위로 날아올랐다.

* * *

눈을 뜨기 두려웠다. 어딘가 부러졌을까. 팔다리가 아직 붙어 있기는 할까. 입에서는 시큼한 피 맛이 났다. 귀가 먹먹해질 만큼의 폭풍 소리 덕분에 그나마 정신을 차릴 수 있었다. 얼마나 높은 곳에서 추락했는지는 기억나지 않았다. 한나가 알려 준 착륙선이 있는 방향으로 어떻게든 이동했지만 언덕을 넘으려고 할 때 갑자기 들이닥친 상승기류에 균형을 완전히 잃었다. 지난번처럼 부서지기 전에 날개를 작게 접어 추락에 대비했다. 기억은 거기까지였다.

시아는 눈을 뜨지 못한 채 바닥을 더듬어 가며 최대한 무거워 보이는 것을 찾아 헤맸다. 이윽고 커다란 바위 하나를 발견하고는 그 아래로 얼굴을 숨겼다. 바람에 날아가지 않도록 몸은 최대한 납작하게 숙였다. 그제야 시아는 눈을 다시 뜰 수 있었다. 주변에 남아 있는 건 날개의 무거운 부속들뿐이었다. 가벼운 것들은 모두 바람에 날아가고 없었다.

코니의 상자는 모래에 박혀 입구만 빼꼼 솟아나 있었다. 상
자는 비어 있었다.

시아는 눈을 크게 뜨고 주변을 둘러봤다. 바람 소리 사
이로 코니 울음소리가 살짝 들린 것 같았다. 시아는 천천히
바위 위로 고개를 내밀었다. 바람 때문에 눈을 크게 뜰 수는
없었다. 하지만 실눈 사이로도 바위 뒤편에 숨어 있던 거대
한 구조물은 볼 수 있었다. 인공물이 분명했다. 그 인공물의
그림자 아래 어딘가에서 코니의 울음소리가 들렸다. 시아는
날개에서 떨어져 나온 기다란 막대를 집어 들고 지팡이로 삼
아 바위 아래에서 빠져나왔다. 그리고 연신 코니를 외치며
인공물을 향해 다가갔다. 그러다가 자칫 코니가 바람을 피
해 숨어 있다가 자기 목소리를 듣고 달려 나올까 싶어 입을
닫았다. 거기 그대로 있으렴, 코니. 시아는 잠시 고통을 잊고
커다란 보폭으로 인공물을 향해 다가갔다.

가까이서 보니 인공물은 생각보다 컸고 동굴처럼 생긴
구멍이 뚫려 있었다. 내부로 들어가는 통로였다. 그 안에서
코니의 울음소리가 들렸다. 통로에서는 바람이 거의 들어오
지 않았기에 시아는 다시 한 번 코니를 불렀다. 그제야 코니
가 모습을 드러내고 시아에게 다가왔다. 시아는 힘이 빠진
듯 주저앉아 코니를 감싸 안았다. 시아는 코니에게 어떻게
여기까지 왔냐고 물으려고 했지만 골골거리는 코니를 보고
는 그대로 잊어버렸다.

"여기가 아마 한나가 얘기해 준 착륙선일 거야. 100년 가까이 지나면서 흙과 모래에 파묻힌 거겠지."

시아는 코니를 데리고 통로 안으로 걸었다. 바람 소리가 점점 둔탁해지더니 어느새 주변이 조용해졌다. 시아의 발소리만이 건조하게 울려 퍼졌다. 한 세기 전, 항성간우주선의 승무원들이 이 착륙선을 타고 초토화된 지구로 내려왔다. 어떤 기분이었을까? 자신들의 실패로 고향과 가족을 잃었다. 분화구 바닥에 도시를 만든 사람들은 그 죄책감에 과거를 잊으려고 했는지도 모른다. 시아는 코로 차가운 공기를 잔뜩 들이마셨다. 갈림길이 나타날 때마다 위치와 방향을 알려 주는 지도가 나타났다. 지도에 쓰인 문자는 시아의 도시에서 쓰던 것과 모양이 조금 달랐지만 뜻을 이해하는 데는 큰 문제가 없었다. 시아는 조종실을 찾아갔다.

조종실 내부는 시아가 지금까지 옛 기술서에서만 봤던 다양한 장비들이 가득했다. 시아는 일단 납작한 버튼으로 가득한 입력장치 앞으로 갔다. 그리고 아무거나 눌렀다. 갑자기 옆에 있던 벽이 번쩍하고 빛나더니 수많은 문자가 빠르게 지나갔다. 그리고 다시 어두워지더니 한 줄의 문자만 남았다. 컴퓨터를 깨우는 중입니다.

「안녕하세요. 반갑습니다.」

조종실 어딘가에서 낯선 억양의 목소리가 흘러나왔다. 시아는 조금 놀라기는 했지만 당황하지는 않았다. 인공지능에 대한 글을 읽은 적이 있었으니까. 그리고 대개 인공지능은 사람이 묻는 말에 대답한다는 것도 알았다. 시아는 묻고 싶은 게 너무 많았다. 코니는 호기심 가득한 눈으로 주변을 살피며 혼자 조종실을 돌아다녔다.

* * *

인공지능 앤은 화면 위로 붉은 태양을 공전하는 행성 LRC 1301c의 모습을 그렸다.

「여기는 지구가 아니에요. 지구에서 540광년 떨어진 LRC 1301c입니다. 적색왜성 LRC 1301을 6일 주기로 공전하는 행성이죠. LRC 1301c는 LRC 1301에서 고작 450만 킬로미터밖에 떨어져 있지 않아요. 그래서 동주기자전을 하고 있어요. 항상 같은 면만 붉은 태양을 향하고 있는 거죠. 반대편은 영원한 밤이고요. 달이 항상 같은 면만 지구를 향하고 있는 것처럼. 당신이 지구의 달을 보지 못했다는 것이 아쉽군요.」

시아는 의자에 일어나 화면에 표시된 LRC 1301 행성계를 바라봤다. 현재 위치라고 표시된 마크가 LRC 1301c 옆에 나타나 행성의 공전을 따라 움직였다. 붉은 태양 LRC 1301에서는 가끔 작은 불기둥이 솟았다가 사라졌다. 정말 저런 불기둥이 있는지는 시아로서는 알 수 없었다. 시아는 어떤 종류의 태양도 직접 본 적이 없으니까.

"영원한 밤을 살아가고 있다고 생각했었는데 바로 반대편에 영원한 낮이 있었다니."

「이 행성이 항상 강력한 바람에 휩싸여 있는 이유죠. 양쪽 면의 온도차가 너무 크거든요.」

"항성간비행에 성공했던 거구나."

「반쪽짜리 성공이죠. 엔진이 폭주를 일으켜서 원래 목적지보다 훨씬 먼 곳에 도착했어요. 근처에 행성이 있어서 그나마 다행이었죠. 승무원들은 엔진이 다시 폭주하며 증발하기 직전에 착륙선을 타고 행성 표면에 내렸어요. 드넓은 우주에서 우리가 어딨는지 모르고서는 지구에서 구조가 올 수도 없었고 모두 절망했죠.」

"비콘은? 이카로스의 별. 여기가 지구가 아니라면 비콘이 지구로 신호를 보내지 않아?" 시아는 한나의 말을 다시 떠올렸다.

「몇 가지 오해가 있는 것 같네요. 당신이 이카로스의 별이라고 부르는 그 별은 비콘이 아니에요. 이 행성계의 또 다른 행성 LRC 1301b예요. 9일 주기로 공전해요. 여기서 보면 18일 주기로 움직이면서 5~6일 정도는 겉보기운동 때문에 마치 뒤로 가는 것처럼 보일 거예요. 가까울 땐 100만 킬로미터까지 다가와서 바람의 방향까지 바꿔 놓죠. 승무원들이라면 당연히 알았을 텐데. 여기가 지구가 아니라는 걸 믿고 싶지 않았을 수도 있겠네요.」

한나가 그런 말을 했었다. 이카로스의 별이 별자리와 비교했을 때 반대 방향으로 움직일 때가 있다고. 한나는 우리가 다른 행성계에 있다는 증거를 항상 바라보고 있었던 것이다. 한나에게 이걸 알려 주지 못해 시아는 너무나도 아쉬웠다. 정말 좋아했을 텐데.

「대신 예비용 비콘이라면 착륙선에도 있습니다. 하지만 비콘은 궤도상에서만 작동하도록 만들어졌어요. 아쉽게도 저는 다시 궤도로 올라가기에는 남은 연료가 부족하네요. 게다가 우주로 나가서 비콘을 작동시킨다고 한들, 신호가 지구에 도착하는 데 540년이 걸려요. 비콘은 구조 신호를 보내기 위한 게 아니에요. 먼 미래의 항성간항해시대를 위한 표식일 뿐이죠.」

시아는 눈을 감았다. 바깥세상은 생각보다 더 거대하고 웅장했다. 잠시 스스로가 너무 작게 느껴지기도 했지만 그렇기에 더욱 흥분되었다. 비록 마지막에 사고가 있었다고는 하지만 수백 광년의 공간을 가로지른 사람들이 시아 앞에 있었다. 이 작고 연약한 내가 항성과 항성을 가로지르는 역사 위에 서 있다. 시아는 더 이상 작아지지 않기로 했다. 어차피 마지막 계단을 오른 뒤였다. 이제 어디로 가야 할지도 몰랐다.

"비콘을 올릴 방법이 있을까?"

「신기하네요. 항성간우주선의 선장조차 제게 그런 질문을 하지 않았는데. 방법이 없지는 않아요. 당신이 좀 고생할 뿐이지.」

*　*　*

앤은 선체를 진동시켜 주변에 쌓인 흙과 모래를 털어냈고 시아는 앤의 도움을 받아 가며 90일 동안 착륙선을 절단해 크기를 5분의 1로 줄였다. 후미에 있던 엔진은 작아진 우주선 바로 뒤에 연결했다. 낡선 기계들이 사늑했지만 앤의 설명과 그동안 읽어 온 옛 기술서를 바탕으로 시아는 착륙선을 소형화했다. 가져온 식량이 바닥난 뒤로는 착륙선에 남아 있던 건조식품을 먹기 시작했는데 강풍 속에 날아오는 모래의 맛과 구분되지 않았다. 몇 개 없던 고급 비상식은 코니에게 줬다. 모든 것이 끝났을 때 시아는 몸이 가벼워진 걸 느꼈다. 체중이 적잖게 빠져나간 게 분명했다. 시아는 착륙선에 '우주선 한나'라는 이름을 붙였다.

출발을 앞두고 시아는 오랜만에 조종석 의자에 앉았다. 앤은 선체가 가벼워진 만큼 가속도 역시 어마어마하게 클 것이라며 단단히 준비하라고 했다. 코니는 수면제를 먹여 재워뒀다. 모든 준비가 끝나자 앤은 화면 위에 숫자를 띄웠다. 숫자가 하나씩 줄어들며 우주선이 진동하기 시작했다. 화면에 0이 나타났다는 걸 깨닫기도 전에 어마어마한 가속도가 시아의 몸을 짓눌렀다. 아마 의식을 잃게 되겠지. 시아는 저항하지 않고 눈을 감았다.

우주선 한나가 2시간에 한 번씩 행성을 공전하는 궤도에 이르렀을 때 시아는 다시 깨어났다. 앤은 미리 조종실의 창을 투명하게 개방해 두었고 시아는 눈을 뜨자마자 붉은 태양과 LRC 1301c의 아름다우면서도 두려운 풍경을 목격했다. 시아는 벨트를 풀고 의자에서 떠올라 창가로 다가갔다. 적색왜성 LRC 1301에서는 불기둥 서너 개가 멀리서도 보일 만큼 솟아올랐다가 다시 표면으로 돌아가기를 반복하고 있었다. 때로는 표면에서 눈부신 폭발이 일어나기도 했다. 그런 붉은 태양을 바라보고 있는 행성 LRC 1301c의 절반은 벌겋게 달아올라 있었고 녹아내린 암석의 강줄기가 흐르는 것이 보였다. 영원한 낮의 세상이야말로 지옥 그 자체였다. 반대편은 완전히 어둠에 뒤덮여 있었다. 빛 한 줄기 보이지 않았다. 앤이 적외선 이미지를 보여 준 덕분에 어둠 속에 숨어 있는 얼어붙은 강과 호수가 모습을 드러냈다. 반대편에서 불어온 뜨거운 폭풍이 지나가는 길목에는 가끔 액체로 된 물이 눈에 띄기도 했다.

시아는 창밖을 잠시 넋 놓고 바라보다가 조용히 제어판으로 돌아왔다. 버튼과 스위치 몇 개를 눌렀다. 앤은 화면으로 우주 공간으로 나아가는 비콘의 모습을 보여 줬다.

「이제 540년 뒤면 지구에서도 우리가 여기 있다는 걸 알게 되겠죠. 나중에 더 안전해진 초광속우주선을 타고 와서 비석이라도 세워 줄지도 모르겠네요.」

시아는 낯선 별빛이 가득한 창밖을 바라봤다. 마음이 이끄는 대로 움직여 여기까지 와 버렸다. 이젠 뭘 해야 할까. 지금까지 느껴 본 적 없는 기묘한 공허감이었다. 출발할 때 많은 보호 장비까지 버렸기 때문에 LRC 1301c로의 재진입은 불가능했다. 연료가 조금 남아 있기는 했지만 LRC 1301 행성계를 벗어날 수 있을 정도는 아니었다. 여기서 더 나갈 곳이 있을까? 이번에야말로 한나의 말처럼 마지막 계단을 올라 버린 걸지도 모른다. 지열발전소에서 시작해 한 계단씩 올라, 익숙하지만 낯선 행성 주변의 궤도까지 왔다.

아직 무중력에 익숙해지지 않은 코니가 버둥거리며 벽을 타고 시아에게 다가왔다. 시아는 마른 인공 고기 조각을 코니에게 줬다. 코니는 작은 입을 움직이며 아작아작 씹어 먹었다.

"넌 걱정 안 해도 돼. 10년치 식량은 있다고 하니까. 물질 순환 시스템까지 활용하면 15년."

시아는 두 손으로 코니의 얼굴을 감싸고 이상한 표정으로 만들었다. 코니는 저항하지 않았다.

"앤, 잠자기 모드로 들어가면 넌 언제까지 견딜 수 있어?"

「아주 오랫동안. 540년 뒤에 지구에서 방문자들이 온다면 그들에게 당신과 코니의 이야기를 해 줄 시간은 충분히 있어요.」

"…고마워. 잘 자."

「좋은 꿈 꾸시길, 유시아.」

화면이 어두워졌다. 시아는 코니를 안은 채 그대로 잠들었다.

* * *

코니가 유리를 긁는 소리에 시아는 잠에서 깨어났다. 코니는
제어판 위에 있는 유리 화면 하나에서 시선을 떼지 못하고
있었다. 화면 위에는 아무것도 없었다. 배가 고픈 걸까? 시
아는 주머니에 먹을 게 남았나 뒤져 봤다. 없었다. 그때 코니
의 귀가 움직였다. 무언가를 들으려는 듯 코니는 꼼짝도 하
지 않고 귀만 이 방향 저 방향으로 움직였다.

코니는 무언가를 듣고 있었다. 시아는 서둘러 다시 컴퓨
터를 켰다. 반가운 문자가 화면에 나타났다. 컴퓨터를 깨우
는 중입니다.

「벌써 540년이 지났나요? 안녕, 572살의 유시아.」

"두 시간밖에 안 지났어. 뭔가 소리가 들려? 코니가 뭔가
를 들은 것 같아."

「들립니다. 5만 헤르츠의 고음이네요. 사람은 들을 수
없는 소리예요. 주변의 중력장이 진동하면서 우주선을 울리
고 있어요.」

앤이 갑자기 말을 멈췄다. 시아는 인공지능의 침묵이 불
안했다. 다행히 앤은 다시 목소리를 냈다.

「해석 방법을 파악하는 데 시간이 좀 걸렸어요. 음성 신
호네요. 인류 문명의 신호가 분명해요.」

"들려 줘!" 시아의 몸이 순식간에 땀으로 흠뻑 젖었다.
심장이 빠르게 뛰었다. 앤과는 다른 목소리가 조종실 안에
울려 퍼졌다.

「…구입니다. 항성간우주선 디달로스 제로의 비콘 신호를 포착했습니다. 디달로스 제로의 승무원… 아니면 그들의 자손이 그곳에 있다면 답해 주시기 바랍니다. 여기는 지구입니다. 당신들의 신호를 포착했습니다.」

"대답을 보낼 수 있을까?"

이번에는 앤의 목소리가 흘러나왔다.

「저들은 2시간 전에 보낸 비콘의 신호를 잡았어요. 그냥 평범하게 보내면 될 것 같아요.」

시아는 목소리를 가다듬고 송신 마이크에 입을 가져갔다.

"여기는 LRC 1301c입니다. 디달로스 제로의 착륙선을 개조한 우주선 하나에서 신호를 보내고 있습니다. 들리나요? 정말 지구인가요? 어떻게 이렇게 빠르게….."

「아주 잘 들립니다. 여긴 지구입니다. 믿기 힘드시겠죠. 30년 전 초광속통신과 항성간공간 원격탐사가 가능해졌어요. 그때부터 우리는 은하 곳곳을 뒤지며 계속해서 디달로스 제로의 비콘 신호를 찾고 있었습니다.」

"거긴 지금 낮인가요?" 시아가 물었다.

「저는 지금 칠레 아타카마에 있고, 네, 지금 해가 중천에 떴네요. 여긴 벌써 축제 분위기입니다. 당신들이 있었기에 우리는 항성간항해시대에 접어들 수 있었습니다. 위대한 실패를 딛고 우리는 다음 단계로 갈 수 있었습니다. 당신들은 우리의 영웅입니다.」

시아는 무슨 말을 해야 할지 몰랐다. 지구인은 계속해서 말했다.

「36시간 뒤면 우리 구조선이 그곳에 도착할 겁니다. 우리는 디달로스 제로의 귀환을 손꼽아 기다렸습니다. 세상에, 우리 생각보다 훨씬 더 가까운 곳에 있었군요.」

시아는 두 손으로 얼굴을 감싸고 숨을 참았다. 지금 이 순간의 모든 감각을 기억에 담아 두고 싶었다. 손가락 사이로는 눈물 한 줄기가 흘러나왔다. 코니가 시아의 낯선 모습에 다가와 뭉툭한 앞발로 시아의 머리를 더듬었다. 시아는 다시 얼굴을 드러내 호흡을 가다듬었다. 그리고 코니를 품에 안고 말했다.

"여기는 우주선 한나. 당신들을 기다립니다."

박해울

희망을 사랑해

희망을 사랑해,라는 말을 중얼거리며 나는 깊은 잠에서 깨어났다. 타원형의 단단한 구체 속이었다. 알 속에서 부화를 기다리는 새끼 짐승처럼 쪼그리고 있음을 깨닫자마자 참을 수 없는 답답함이 밀려왔다. 몸에 힘을 주자 그것은 정확히 절반으로 갈라졌다.

눈이 부셨다. 천장에 난 틈새로 빛이 비스듬히 쏟아져 들어오고 있었다. 나는 점액을 뒤집어쓴 채로, 상황을 파악해 보려고 애썼다. 하지만 내가 누구인지, '희망을 사랑해'라는 말은 왜 내뱉었는지, 여기가 어디인지, 언제부터 자고 있었는지 전혀 기억이 나지 않았다. 과거의 기억도 모조리 사라졌다.

입안과 목구멍을 채우고 있던 진득한 액체를 몇 번이고 토한 후 몸을 샅샅이 살폈다. 관절 마디마디가 뻣뻣했지만, 다친 곳은 없었다. 특이한 사항이 하나 있다면, 목에 길쭉한 막대 장식을 단 목걸이가 걸려 있다는 점이었다. 막대의 앞뒷면에는 이렇게 쓰여 있었다.

이어 내가 잠들어 있던 구체를 확인했다. 희고 매끄러운 표면에 아주 작은 글씨가 보였다. 〈품명: 냉동 수면 캡슐〉. 그러니까 이 설명이 사실이라면, 나는 이 안에서 꽁꽁 언 채로 잠을 자고 있었던 셈이다.

주위를 둘러보았다. 나와 캡슐 주위를 네 면의 투명한 아크릴 벽이 둘러싸고 있었고, '0014'라고 각인된 한쪽 벽 너머로 방이 내려다보였다. 살짝 열린 문을 제외하고는 창문 한 장 없이 지면부터 천장까지 다양한 크기의 캡슐 한 개씩 이 든 투명한 몇백 개의 상자가 봉안당(奉安堂)처럼 들어차 있었다.

투명한 벽에 체중을 실어 몸을 부딪치자, 상자는 서랍과 같은 원리였는지 흔들리며 틈을 드러냈다. 여러 번의 시도 끝에 마침내 서랍이 서랍장에서 튕겨 나갔고 나는 중심을 잃고 바닥에 나동그라졌다. 거미줄과 묵은 먼지가 몸에 사정없이 들러붙었다.

아파할 겨를이 없었다. 방문에 잠금장치가 있었지만 사용하지 않는 듯 열려 있었다. 나는 재빨리 방을 빠져나왔다.

* * *

밖은 복도였다. 나는 뒤를 돌아 방문 옆에 있는 명패를 확인
했다. 목걸이에 쓰인 글자처럼 이 방의 이름은 'SKY-ABC'
였다. 그렇다면 'CBO-ACR' 또한 어떤 방의 이름일 가능성
이 컸다. 어쩌면 내가 누구이고 왜 여기 있는지에 대한 해답
을 알 수 있을지도 몰랐다. 'CBO-ACR'라는 방을 찾는 것이
급선무였다.

　나는 복도 안으로 들어서서 한 방향을 택하여 걸었다.
오랜 시간 방치된 매캐한 공기에 살이 썩는 악취가 났다. 좌
우로 쭉 뻗은 복도 양옆으로 수많은 문이 달려 있었다. 방은
많았으나 모두 'SKY'로 시작되는 방이었고, 'CBO'로 시작
하는 명패는 없었다.

　천장의 균열들 틈새로 빛이 조금씩 흘러 들어와 바닥에
동그란 빛을 새겼다. 배를 뒤집고 누워 있는 벌레들과 동물
의 사체와 뼈가 나뒹굴었다. 살아 있는 쥐와 벌레들이 빛이
닿지 않는 그늘에서 날뛰는 소리가 들렸다.

　구더기에게 옆구리를 파 먹힌 토끼, 피를 흘리고 꼼짝
않는 고양이를 마주했을 때는 겁이 났으나 멈추지는 않았다.
피와 오물에서 흘러나온 물기가 묻은 발자국이 바닥을 가득
메웠다. 나는 사체를 최대한 밟지 않으려고 집중하며 한 발
한 발씩을 조심히 내디뎠다.

　문들은 쉽게 열렸고 그 안의 광경은 항상 같았다. 캡슐
이 담긴 투명한 서랍이 빼곡하게 있었고, 이따금 벽 혹은 천

장의 갈라진 틈새로 빛이 흘러 들어오고 있었다. 빛이 내리
쬐는 방향의 캡슐은 예외 없이 열려 있었다. 빛을 받으면 열
리는 것인가 싶었다.

이곳의 구조도 전혀 모르는데 얼마나 더 많은 방을 찾아
야 하는지, 정신이 아득했다. 나는 크게 심호흡하고 눈을 감
았다 떴다. 눈앞에 어둠 속에서도 형형히 빛나는 뚱뚱한 쥐
대여섯 마리가 보였다. 야광(夜光) 쥐라니. 불안은 헛것을
진짜처럼 만들어 내는 재주가 있었다. 쥐들은 머리를 맞대고
고깃덩이를 물어뜯다가 발소리를 듣고 언제 모여 있었냐는
듯 쏜살같이 사라졌다.

그 순간 나는 미지근하게 찰방거리는 피 웅덩이를 밟았
다. 그리고 곧이어 쭉 뻗어 모은 앞다리 한 쌍과 깜박이지 않
는 한 쌍의 눈을 마주했다. 사슴처럼 흰 뿔을 단 커다란 늑대
였다. 그 짐승은 한쪽 벽에 몸을 기대고 앉아 있었는데, 머리
크기로 미루어 보건대 전체 길이가 족히 5미터 이상은 되어
보였다.

쇠파리 떼의 날갯짓이 귓가에 쟁쟁했다. 나는 늑대의 얼
굴을 응시했다. 빳빳하고 흰 털이 내 기척에 누웠다가 다시
섰다. 그는 두 앞다리를 가지런히 모아 내 것과 모양이 같은
목걸이에서 떼어 낸 길쭉한 막대 장식을 쥐고 있었다. 마찬
가지로 문자가 쓰여 있었지만, 마모되어 제대로 읽을 수 없
었다.

몸과 머리는 거의 떨어져 나가 있었다. 목덜미는 예리한

칼날로 잘린 것이 아니라, 거의 뜯겨 나갔다고 해도 무방할 정도로 너덜거렸다. 머리는 거의 온전했지만 몸통은 이미 살점이 떨어져 나가 갈비뼈가 훤히 보였다. 야광 쥐들이 먹고 있던 것은 그 늑대의 몸통이었다.

등줄기에 땀이 흘렀다. 복도 저 멀리서부터 우우하는 바람 소리가 들렸다. 이곳 어딘가에 이렇게 큰 늑대를 죽인 무언가가 있다고밖에 할 수 없었다. 나는 복도 양옆을 번갈아 바라보았다. 양쪽 모두 어둡기는 매한가지였고, 출구는 어디 있는지 알 수 없었다. 직진해야 할지, 아니면 뒤돌아 가야 할지 판단이 서지 않았다.

* * *

복도 저편에서 발소리가 들리기 시작했다. 소리가 점점 커지는 것이 이쪽으로 오고 있는 듯했다. 나는 제일 가까운 방 안에 숨어 귀를 기울였다. 일반 성인만큼 보폭이 크지 않고 가벼웠으며, 가끔 비틀거렸다. 걸음에는 일정한 패턴이 있었다. 걷고, 문을 열어 방 안을 확인하고, 다시 걸었다. 이 과정 중에 무언가를 중얼거리는 음성이 잔잔히 들려왔으나, 너무 작아 무슨 말을 하는지는 확인이 불가능했다.

어둑한 곳에서 사람의 형상이 보였다. 어린아이가 비틀거리며 걷고 있었다. 그 형상을 보자마자, 지금까지 아주 중요한 것을 잊고 있었음을 깨달았다. '희망'은 나의 소중한 가족이자 함께 살았던 아이의 이름이었다. 주말이 되면 아이는 나와 함께 래브라도 레트리버인 갈릴레오를 데리고 산책하며 즐겁게 지냈다. 아이는 항상 나를 좋아한다고 말했고, 나 또한 그랬다.

그런데 지금은 다들 어디 가고 나만 이렇게 남아 있는 걸까. 희망은 나를 기다리고 있을 테데 목걸이에 새겨진 문자는 희망이 있는 곳의 실마리일지도 모른다는 생각이 들었다. 그렇지, 희망이 나를 혼자 놔둘 리 없었다.

낯선 이와 나 사이는 얼굴을 알아볼 수 없을 정도로 멀었지만, 천장의 틈새로 한 줄기 빛이 비치고 있었다.

그는 나를 인식하자 중얼거림을 멈췄다. 잠깐의 정적 후, 그는 별안간 큰 소리로 외쳤다.

"안녕. 내 이름은 린이야. 마을 축제를 구경할 거야. 엄마랑 삼촌이랑 솜사탕도 먹을 거야!"

희망의 또래이기는 했지만, 그녀의 목소리는 아니었다. 성별을 가늠하기 어려운 목소리였다. 나는 복도로 나가 그에게 가까이 다가가지 않고 벽에 바짝 붙어서 외쳤다.

"괜찮아? 보호자는 어디 갔니?"

그는 복도 한가운데 멈춰 섰다. 돌아온 답은 의외였다.

"토요일 축제는 너무 재미있어. 가족들과 함께 있으니까 너무 좋아. 꽃을 파는 가게에, 외발자전거를 타는 사람이 보여. 이 기억을 잃어버리지 않았으면 좋겠어."

"오늘이 토요일이야? 혹시 '희망'이라는 애를 알고 있니?"

"새길로 11에서 퍼레이드가 시작될 거야. 빨리 가야 해."

그 길은 누구보다도 잘 알고 있었다. 내가 살았던 동네를 가로지르는 길이었기 때문이었다. 어쩌면 동네 공원에서 보았던 낯익은 아이일지도 몰라. 나는 그와 공통으로 알고 있는 정보가 있다는 사실에 마음이 동했다.

"동네 아이구나. 여기 올 때 너만 한 애 못 봤어?"

어색한 침묵이 감돌았다.

"제발 대답해 줘. 난 희망을 찾아야 해."

내 말을 이해했으나 대꾸를 안 하는 것인지, 아니면 아예 이해조차 못하는 것인지 알 수 없었다.

그는 대답 대신 천천히 이쪽으로 걸어왔다. 빛줄기가 그의 얼굴에 내리쬐자, 얼굴이 자세히 드러났다. 일그러진 얼굴 위로 개미가 기어올랐고, 부스스한 긴 머리카락에 새똥이 다닥다닥 붙어 있었다. 낡아서 해진 옷 사이로 구정물이 마른 자국이 보였다. 등 뒤에는 커다란 배낭을 메고 있었다. 나는 자리에 멈춰 섰고 그는 중얼거리며 나를 지나쳤다.

"경로 이탈. 출구 최단 거리 계산 중… 출구 확인 불가…"

그는 아이 형상의 로봇이었다. 희망과 내가 함께 살던 시절에도, 로봇은 있었다. 과학의 달인 4월이 되면, 로봇은 한시적으로 레스토랑의 마스코트로 바 한쪽에서 칵테일을 만들기도 했고, 예닐곱 대의 로봇이 회사의 기술력을 뽐내며 광장에서 군무를 추기도 했지만 나는 그들이 진짜 인간이라는 생각은 들지 않았다.

그러나 이 로봇은 제작된 지 아주 오래된 것처럼 보이지만, 처음에는 인간과 아주 흡사하게 만들어졌던 게 분명했다. 내가 살던 시간에서 얼마나 멀리 온 것인지 가늠조차 불가능했다.

허공을 응시하며 그가 다시 입을 열었다.

"배낭에 내가 좋아하는 인형이 들어 있어. 아까 제비뽑기에서 당첨된 거야."

그 때문에 걸으며 계속 비틀거렸던 것일까? 나는 그의 두 팔에 멜빵을 꿰어 멘 배낭을 확인했다. 그러나 그가 멘 것은 인형이 든 배낭이 아니었다. 그의 등 뒤에는 우윳빛 용액이 찰랑대는 플라스틱 용기가 달려 있었고, 용기에 연결된 장대가 머리 위로 불쑥 솟아 나와 있었다. 장대는 칙 소리를 내며 장대 끝에서 액체를 등 뒤로 분사했다. 액체는 물처럼 아무 냄새도 없었다.

나는 그가 걸어온 길을 확인했다. 액체는 그가 걸어온 길에 흔적을 그렸다. 하지만 나를 놀랍게 한 것은 이뿐만이 아니었다.

용기 뚜껑의 손잡이에 갈색의 밧줄이 매듭지어져 있었다. 줄은 기어가는 뱀처럼 축 늘어져 느슨하지만, 그가 들어왔던 어둠 속으로 끝없이 뻗어 있었다.

* * *

로봇은 나를 무심히 지나쳤고, 방 탐색을 계속했다. 문을 열어, 안을 확인하고, 복도를 걸었다. 나는 혼란스러웠다. 어지럽고 식은땀이 났다. 어느 쪽에 포식자가 있는지 알 수 없는 상황인데, 밧줄을 단 낯선 로봇과 맞닥뜨렸다. 로봇이 밧줄을 메고 온 데에는 이유가 있을 것이고 그렇다면 밧줄 끝에는 누군가가 있을 확률이 높았다. 그게 아니라면 로봇이 전진하는 방향, 즉 안쪽에 나와 그를 기다리는 누군가가 있을지도 모르지. 나는 뒤를 돌아 멀어지는 그의 뒷모습을 바라보았다. 그가 온 방향에 출구가 있는 걸까?

그는 거대 늑대를 마주했을 때도 눈길도 주지 않고 전진했다. 각자 갈 길을 가자고 그냥 놔둘 수도 있었다. 하지만 어쩐지 측은한 마음이 들었다. 혼자 돌아다니는 것이 나와 비슷한 처지라고 생각해서인지, 아니면 내가 사랑하는 희망의 또래였기 때문인지도 모른다. 결국 나는 그와 같은 방향으로 복도를 탐사하는 애매한 관계가 되어 버렸다.

마음을 단단히 먹은 나는 새로운 방의 명패가 나타날 때마다 목걸이의 문자와 대조했다. 하지만 방은 끝없이 나타났고 번번이 허사였다. 실패가 거듭되자 배가 고프고 목이 탔다. 하지만 물을 찾거나 음식을 구하는 시간이 아까웠다. 이 순간에도 희망이 나를 찾고 있을지도 모르는 일이었다.

나는 그와 몇십 개의 방을 탐색했다. 그는 느려지는 법도 없이 멀쩡히 걸었지만 나는 가슴이 답답했고 시야가 흐려

었나. 시간이 지날수록 증세는 더 심해졌나. 이럴수록 나

희망이 여기 있다면 내 몸이 더 나빠지기 전에 얼른 구출하

야 한다는 생각이 들었다. 이 공간의 방을 끝까지 확인하여

희망을 찾아내야 한다는 열망은 더더욱 강해졌다. 이것이 그

녀에 대한 나의 사랑일까? 나는 스스로도 희망을 향한 나의

희생정신에 감탄할 수밖에 없었다.

그때였다. 눈앞에 야광 쥐 두 마리가 보였다. 아까는 그

들이 너무 빨리 사라져서 확인할 수 없었지만 지금 마주친

되는 막대형 목걸이를 걸고 있었다.

목걸이를 자세히 보기 위해 걸음을 옮겼으나 곧이어 바

닥에 진동이 느껴졌기 때문에 나는 자리에 멈춰 섰다. 복도

안쪽에서 천둥과 같은 울음이 들렸다. 복도 전체를 윙윙 울

리며 내 몸을 때리고 가는 포효였다. 그것은 한동안 지속되

더니, 무슨 일이 있었냐는 듯 뚝 그쳤다. 분명히 누군가 있

다! 소리의 크기로 보건대 그 누군가는 엄청나게 몸집이 클

것이 분명했다.

* * *

나는 잠자코 포효의 주인공을 기다렸다. 거대한 크기의 무시

무시하게 생긴 괴물을 생각했다. 하지만 바로 내 시야에 들

어온 장면은 예상 밖의 것이었다.

복도 안쪽에서 유니콘이 비틀거리며 튀어나오고 있었

다. 길게 기른 갈기와 등의 털이 끈끈한 점액에 말라붙어 있

었지만, 이마에 난 크고 기다란 뿔로 보아 분명히 유니콘이
었다. 엉덩이와 허벅지 부분의 상처에서 피가 줄줄 흘러내렸
고, 목에 걸린 목걸이가 흔들거렸다. 이어서 꼬리가 아홉 개
인 은빛 여우, 독수리 머리와 사자의 몸통을 한 그리폰, 뿔이
빛나는 사슴이 달려 나왔다. 모두 겁에 질린 표정으로 피를
흘리며 누군가에게서 달아나고 있었다. 나는 벽 쪽으로 비켜
서며 그들이 바꾸는 공기의 흐름을, 그들의 털의 감촉을, 그
들의 울음을 생생하게 느꼈다.

두려웠다. 보이지 않는 힘이 나를 잡아끌고 있었다. 마
음속에서 목소리가 피어났다. 하지만 넌 희망을 사랑하잖
아. 깨어날 때도 중얼거렸으면서. 그렇게 네게 중요한 희망
을 놓아 버릴 생각이야? 굉장히 이기적이구나. 넌 태어난 이
후로 한 번도 희망과 떨어져 본 적이 없잖아. 희망 없이도 잘
살 수 있을 것 같아? 여기서 포기하면 죄책감을 느끼게 될
거야. 닥쳐, 그래도 난 무서워. 희망은 내 목숨만큼 중요하지
만 난 무서워. 걸을 수가 없어. 캡슐 안에 꼼짝 않고 있는 게
나을 뻔했어. 두 개의 생각이 편을 갈라 보이지 않는 싸움을
했다.

몸이 좋지 않았다. 머리가 깨질 듯 아프고 온몸이 후들
후들 떨렸다. 이대로라면 생각하거나 서 있기도 힘들 정도였
다. 문득 언제부터 컨디션이 나빠졌는지를 생각했다. 로봇을
만나고부터였던 듯했다. 그전에는 냉동 수면 상태에서 막 깨
어나 정신이 없었고, 다소 겁을 먹긴 했어도 걷거나 생각을

할 수 없을 정도로 상태가 나쁘진 않았다. 하지만 여기까지 고생하며 왔는데 복도 끝까지 가 보지도 않고 뒤돌아서자니 찜찜했다. 만에 하나, 희망이 있을지도 모르는 일 아닌가. 나는 복도 끝을 두 눈으로 보기 위해 마지막 힘을 냈다.

안으로 들어갈수록, 벽과 바닥은 채 마르지 않은 끈적이는 피로 젖어 있었다. 복도에 붉게 흔적을 남긴 피는 단 하나의 문으로 통했다. 로봇과 나는 마지막 방의 입구에 섰다.

성대한 만찬장 테이블의 제일 안쪽에 앉은 주인처럼, 마지막 방의 문은 다른 문들보다 훨씬 컸다. 나는 고개를 들어 명패를 확인했다. 마지막 방도 내가 찾는 글자와 일치하지 않았다.

허탈함을 느낄 새도 없이 뒤쪽의 먼 곳에서 총성이 울렸다. 고요함을 깬 한 발의 총성은 그 이후에도 여러 번 이어졌다. 짐승의 울음이 똑똑히 들렸다. 이곳에 다른 복도가 없다면 아마도 아까 보았던 은빛 여우와 그리폰과 뿔이 빛나는 사슴일 것이었다.

불길함을 느끼며 뒤를 돌아보았을 때, 로봇의 등에 묶여 있던 느슨한 밧줄이 어둠 속으로 재빠르게 사라졌다. 밧줄의 끝을 쥐고 있는 자들이 도망가는 짐승들을 쏜 걸까? 나는 다급히 외쳤다.

"배낭을 벗어!"

하지만 그는 마지막 방을 열기 위해 문에 가까이 다가가고 있을 뿐, 멜빵을 벗으려는 생각조차 없었다. 나는 플라스틱 용기의 손잡이에 묶인 밧줄을 확인했다. 밧줄은 난난한 매듭으로 고정되어 있었는데, 한순간에 팽팽해지기 시작했다. 이대로라면 그는 질질 끌려갈 것이다. 나는 매듭을 필사적으로 풀기 시작했다. 풀기 위해서라면 발을 사용하는 것도 마다하지 않았다.

밧줄이 최대치로 팽팽해질 무렵, 우윳빛 액체가 출렁거리며 매듭이 풀어졌다. 밧줄 끝이 땅에 떨어졌고, 곧 반대편 어둠 속으로 사라져 버렸다. 이대로 손 놓고 기다릴 수 없었다. 나는 재빨리 그의 옷소매를 부여잡았지만, 그는 역시나 내 말을 듣지 않고 문손잡이에 손을 가져갔다.

저 멀리 사람들의 발소리와 목소리가 들렸다. 하지만 이제는 내 몸이 한계에 다다랐다. 나는 탐색이 끝난 제일 가까운 방으로 몸을 숨겼다. 머리가 죄어 오듯 아프고 구역질이 났다. 그는 나를 무시하고 마지막 방의 문을 열었다. 몸이 뻣뻣해졌다. 이제 다 끝이었다. 문이 열리는 소리가 들렸고, 그 것을 마지막으로 나는 기절했다.

* * *

정신을 차리고 일어났을 때, 로봇은 내 곁에 없었다. 기어이 방 안으로 들어간 모양이었다. 얼굴을 간지럽히는 시원한 바람이 불어오고 있었다. 마지막 방의 열린 문틈에서였다. 가슴이 두방망이질 쳤다. 얼마나 여기에 누워 있던 것일까. 나는 총에 맞지도 잡아먹히지도 않았다. 아까보다는 많이 나아지긴 했지만, 여전히 몸은 제대로 움직일 수 없었다. 현기증이 일었다.

이 안에 내가 찾는 방은 없었다. 나는 내가 왔던 길을 바라보았다. 그때, 낯선 남자의 목소리가 들렸다. 10대 후반이나 20대 초반 정도의 앳된 음성이었다.

"농약 독성이 잠잠해지기까지 더 기다렸어야 하는 거 아닐까요? 너무 어지러워요. 어렵게 구한 구시대 농약을 농사에 안 쓰고 이런 곳에 쓸 줄이야."

"마스크 제대로 껴. 옆 기지 사람이 이 정도 시간 지나면 들어가도 괜찮다고 했어."

중년 여자의 낮은 목소리였다.

"그냥 알려 줬던 작전처럼 문을 봉쇄해 버리고 가면 안 됐을까요? 늑대는 죽었잖아요!"

"아까 봤잖아. 그놈은 우리 작전으로 죽은 게 아냐. 몸이랑 머리가 찢긴 거 봤잖아. 이 안에 더 큰 포식자가 있는 게 틀림없어."

"그럼 우리도 무사하지 못할 거 아니에요?"

"하지만 제아무리 포식자라고 해도 여기 있는 이상 '직진하는 옛사람'이 메고 간 농약으로 해롱대고 있을걸. 공포에 떨고 있는 산 사람들을 위해서라도 우린 여기 짐승들을 죽여야 해. 이왕이면 건물을 붕괴시키는 것보다는 동물만 골라 없애는 게 낫잖아. 간밤에 늑대 때문에 죽은 사람들 원수도 갚아야 하고."

남자는 겁에 질려 이야기했다.

"아아뇨. 조짐이 안 좋아요. 매듭은 백 번도 넘게 확인했어요. 아주 꽉 묶었다고요. 중간에 너무 느슨한가 싶어서 잘 가고 있는지 줄을 당긴 것뿐이었는데… 그걸로 매듭이 풀릴 리 없어요. '직진하는 옛사람'이 직접 풀었을까요?"

"절대로 못 해." 여자가 이어 말했다. "이 기지로 들어온 후 나는 내내 망루 담당이었어. 기지 안전 벽에 달라붙는 '직진하는 옛사람'은 질릴 정도로 많이 봤지. 그 정도로 똑똑하지 않아. 공격도 안 하고, 직진만 하다가 막다른 길이 나오면 직각으로 몸을 틀어서 움직이려 하지. 후진도 못 한다니까. 이 작전에 딱 맞지."

둘은 점점 가까이 오고 있었다. 나는 최대한 구석으로 몸을 숨겼다. 몸이 말을 듣지 않아 완전한 은닉은 아니었다. 하지만 이게 최선이었다. 몸에 감각을 느낄 수 없었다. 그들이 모르고 지나가기를 나는 수십 번 마음속으로 빌고 또 빌었다.

"점점 더 살기 힘들어져요. 듣도 보도 못한 짐승들이 튀어나오고, 늑대 괴물이 우리 기지를 공격하고. 이 건물이 뭐 하는 곳인지 모르겠지만 밧줄도 풀려 버리고요. 과거 사람이 저주를 내린 것 같다고요. 게다가 '직진하는 옛사람'들도 요새 기지 밖에 많이 보이는 것 같고."

"저주? 그런 말 마. 내 제자가 비합리적으로 굴 줄이야. 우선 '직진하는 옛사람'은 세상이 끝나기 전 사람들이 자기네들의 추억을 누군가 알아주었으면 해서 만든 거야. 멘트 보면 몰라? 너도 알겠지만 자질구레한 잡동사니가 든 타임캡슐도 관심을 구걸하는 행위 중 하나에 지나지 않아. 사람들은 그저 세상의 끝을 앞두고 본인이 여기 있었다는 것을 남겨 두고 싶었던 것뿐이야. 우리가 여기에서 행복하게 지내고 있었다, 그런 거지."

그들이 모습을 드러냈다. 낡은 옷을 겹겹이 걸치고, 허리춤에 무기들과 손전등을 달고, 손에 총을 든 채였다. 남자가 물었다.

"하지만 그렇담 여긴 뭐죠?"

여자가 마지막 방의 명패를 올려다보며 말했다.

"아직 목적은 모르지만 노력한다면 알 수 있겠지. 눈에 보이지 않는 영적인 기운 같은 건 없어. 어쨌든 그 사람들이 세상을 망하게 하지 않았더라면 우리가 이런 꼴로 살진 않았을 건 확실하지만 말야. 자, 이 근처에 다른 건물도 있을지 몰라. 보통 이런 곳은 인근에 여러 개가 있다고 들었어. 여기 끝내고 주변도 둘러보자고."

남자는 그녀의 뒤에 서서 두리번대다가, 어둠 속에 숨은 나를 발견했다. 나는 제대로 몸을 가누기가 힘들었다. 그가 나를 들어 올렸다. 나는 아주 가까이에서 그의 커지는 동공을 볼 수 있었다. 나는 온 힘을 다해 간신히 입을 뗐다.

"세상이… 망했다고?"

"스, 스, 스승님! 이 녀석이 말을 했어요. 우리말을 할 줄 알아요!"

그녀는 그쪽을 흘끔 쳐다보며 건성으로 말했다. 그녀는 문에 정신이 팔려 있었다.

"워, 긴장 풀어."

"못 들으셨어요? 방금 사람 말을 했다고요!"

"뭘 듣진 못했고. 지금 네가 붙잡고 있는 건 보여. 그 녀석도 데려가자. 미끼로 쓸 수 있겠네."

여자는 망설임 없이 마지막 방의 문을 열었다. 그곳은 암막 커튼이 처진 것처럼 한 줌의 빛도 찾아볼 수 없었다. 온통 어두워 공간의 크기를 가늠하기 어려웠다. 공기가 꽤 맑게 느껴졌고 심지어는 달콤하게까지 느껴졌다. 고요했다. 마비가 조금씩 풀리기 시작했다.

하지만 행운은 거기까지였다. 사람들은 총과 약물을 가지고 있었다. 나는 이들에게 사로잡혀 있었다. 게다가 이 방에는 늑대를 물어 죽일 수 있을 만큼 힘이 센 무언가가 있었다. 나는 체념한 채로 천장을 올려다보았다. 칠흑같이 어두운 천장 한가운데에 빛나는 한 쌍의 별이 있었다. 무너진 건물의 틈새 사이로 밤하늘의 별이 내려다보이는 건가 싶었다.

사람들이 손전등을 켜고 주위를 이리저리 비췄다. 전등 빛이 닿는 곳만 또렷하게 보였으나 지금까지 탐색했던 방 중 가장 넓다는 것을 알 수 있었다. 천장은 언젠가 갔던 천문대의 플라네타륨처럼 반구형이었다. 이곳도 역시 벽을 따라 쌓인 투명한 서랍들이 빼곡히 들어차 있었다. 그리고 대개는 열려 있었다. 꽤 많은 수의 캡슐과 뼈들이 이리저리 나뒹굴었다. 나는 희망이 여기 없으리라고 직감했다. 아니, 없기를 바랐다.

두 개의 전등 불빛이 일제히 한자리에 멈추었다. 빛은 서 있는 로봇을 비추었다. 그는 등짐을 메고 있지 않았다. 등짐은 그와 멀찍이 떨어진 곳에 벗겨져 있었다. 남자가 작게 비명을 질렀다.

"짐을 풀다니…! 직진하는 옛사람은 직진밖에 못 한다면서요!"

여자는 총을 쥐고 사격 자세를 취했다. 그러고는 천천히 공간을 둘러보며 경계했다. 이윽고 한 번, 두 번, 세 번의 총성이 쉼 없이 들렸다. 탄피가 바닥에 떨어지며 경쾌한 소리를 냈다.

나는 눈을 질끈 감았다 떴다. 눈을 뜨고 직면하게 된 장면은 의외였다. 총은 바닥에 떨어져 있었고 그녀는 쓰러져 고통스러운 표정을 짓고 있었다.

여자의 앞에 한쪽 눈이 없는 검은 사냥개 한 마리가 경계 태세를 취하고 있었다. 개가 달려들어 그녀의 손을 쳐 낸 듯했다. 손등에 피가 흐르고 있었다.

남자는 몸을 떨며 나를 개 쪽으로 던졌다. 흩어진 뼛조각들이 등에 배겼다. 개는 킁킁거리며 내 체취를 맡았다. 나는 그 개가 굶주려 있다는 것을 본능적으로 알았다. 그가 침을 흘리며 송곳니에 내 살을 박아 넣으려는 순간, 남자는 그 틈을 타서 떨리는 손으로 개에게 총을 쏘았다. 하지만 개의 눈치가 남자의 행동보다 더 빨랐다. 개는 너무도 쉽게 총알을 피했다.

여자는 남자와 개를 보고 있지 않았다. 상처 부위를 어떻게든 지혈하려 이를 악물고 허벅지 부위에 손등을 꾹 누르면서도, 그녀의 시선은 저 멀리에 있었다. 뭔가 목격한 듯싶었다. 나는 바닥에서 주춤대며 일어나서 그녀가 무엇을 보았는지 확인했다.

거대한 그림자가 나와, 로봇과, 남자와 여자를 기세등등하게 내려다보고 있었다. 완전히 보이지 않았지만 시각 외의 모든 감각으로 심상치 않은 상대와 마주하고 있다는 것을 느낄 수 있었다. 그리고 순식간에 검은 그림자 속에서 한 쌍의 불빛들이 수천 개로, 불붙듯 번져 갔다. 그것은 수없이 많은 빛을 품고 있는 그림자였다.

그녀는 멍하니 먼 곳을 보며 본능적으로 허리춤에 손을 뻗어 그림자 쪽으로 수류탄을 던졌다. 유탄은 고막이 파괴될 정도로 굉음을 냈다. 건물 파편이 떨어져 나가며 검은 연기가 솟구쳤다. 매캐한 분진이 공기 속을 날아다녔다. 부연 연기가 가시자 부서진 벽 사이로 빛이 쏟아져 들어왔다.

밖은 한낮의 숲이었다. 밤이 아니었다. 지금까지 보았던 것 중 제일 밝았다. 빛은 폭발로 생긴 구멍으로만 들어오는 것이 아니었다. 나는 별이 있었던 천장을 올려다보았다. 밖은 낮이었는데도 별 한 쌍이 있던 구멍은 여전히 까맣게 채

워져 있었다. 하지만 그때, 바로 그 구멍에서 검은 고양이 한 마리가 폴짝 바닥으로 내려와 유유히 사라졌다. 그가 사라진 곳에는 빛이 쏟아지는 주먹만 한 균열이 있었다.

나는 천장을 둘러보았다. 천장은 군데군데 뚫려 있었고, 그 사이로 밝은 빛이 서랍들과 바닥을 비추고 있었다.

분진 속에서 남자와 여자의 비명이 들렸다. 나는 그제야 포식자의 정체를 깨달았다. 그것은 한 마리의 괴물이 아니라, 수천 마리의 개와 고양이 떼였다. 그들 대부분이 갈비뼈가 보일 정도로 깡말랐고, 지쳤고, 몹시 쇠약했다. 발 한쪽이 없는 고양이가, 비대하게 큰 귀를 단 개가, 요란하게 염색한 고양이가 있었다. 턱이 아파 침을 질질 흘리거나 한쪽 눈만 있는 강아지들, 끈에 목이 졸린 고양이도 있었다.

그들은 코를 벌름거리며 로봇을 지나쳐 사람들을 덮쳤다. 여자와 남자는 총을 쏘고, 다시 수류탄을 던지려고 했지만 다가오는 개와 고양이 떼의 머릿수에 간단히 압도되었다. 나는 짐승 떼 틈에서 사람들의 원망하는 눈길을 보았다. 남자의 마지막 목소리가 들렸다.

"저 까마귀가…!"

나는 빛이 쏟아지는 구멍을 보았다. 검은 고양이가 가로막고 있었던 그곳은 내가 도망치기에 충분한 크기였다. 그리고 오랫동안 쓰지 않았던 검은 두 날개를 활짝 폈다. 지면을 박차고 날아올라, 구멍으로 방향을 잡았다. 개와 고양이 몇몇이 그 틈을 타 밖으로 도망갔다. 나는 완전히 빠져나가기 전에 뒤를 돌아 로봇을 보았다. 그 또한 개와 고양이 떼와 함께 밖으로 나가고 있었다.

남자와 여자가 지르는 비명이 등 뒤로 들렸지만, 나는 건물 밖으로 솟구치듯 빠져나왔다. 그들의 비명은 멀어졌고 곧 들리지 않게 되었다.

* * *

구름 한 점 없이 맑은 잉큿빛 하늘이었다. 두 날개 밑으로 내가 잠들어 있었던 건물이 내려다보였다. 그곳은 나무숲에 둘러싸인 단층의 투박하고 길쭉한 건물이었는데, 담쟁이 넝쿨에 완전히 잠식당한 상태였다. 빛이 새어 들어오던 천장의 균열은 담쟁이 넝쿨이 수축과 팽창을 지속하며 오랫동안 공격해 낸 결과인 듯싶었다. 담쟁이가 만든 균열 때문에 바깥의 빛이 건물 안쪽으로 들어왔고, 빛은 방을 환하게 하여 캡슐이 열린 셈이었다. 나는 임무가 있어서 깨어난 것이 아니었다.

로봇은 건물 밖으로 걸음을 옮겨 흙길로 향했다. 나는 꽤 오랫동안 그의 뒷모습을 바라보았다. 그는 건물 입구에 활짝 웃는 사람들과 동물들의 동상을 지나 키 큰 잡풀 사이로 유유히 사라져 갔다.

나는 바람의 흐름을 타고 숲을 빠져나갔다. 이곳은 외계 행성도 아니고, 우주도 아니었다. 내가 잘 아는 우리 동네였다. 새길로 11이 눈앞에 있었다. 페인트가 벗겨지고 부식된 철교가 보였다. 담쟁이에 잠식당하지 않은 건물이 없었다. 공원의 축구장은 숲이 우거졌다. 목재로 만든 주택은 흰 개미의 공격을 받아 위태롭게 골조만 남아 있었다. 콘크리트로 포장된 도로는 차를 몰 수 없을 정도로 군데군데 갈라졌고, 그 틈을 놓치지 않고 잡풀들이 우거져 있었다. 로봇이 말하던 토요일 축제는커녕, 내가 알던 세상은 온데간데없었다.

정확히 시간이 얼마나 흘렀는지는 알 수 없었지만, 확실히 아는 건, 내가 찾는 '희망'이 캡슐에 들어가지 않았다면 이미 늙어 죽었을지도 모를 정도로 시간이 흘러 있었다는 점이었다.

나는 멀지 않은 곳에서 사람과 동물 동상이 있는 또 다른 건물을 발견하고 그 입구에 내려앉았다. 이곳도 문은 열려 있었으며 역시나 동물들이 뛰쳐나간 흔적이 있었다. 나는 안으로 들어갔다.

처음 건물에서 그랬던 것처럼 나는 방문 옆 명패를 확인했다. 이곳이 맞았다. 이곳의 명패 일련번호는 모두 CBO로 시작했다. 나는 서둘러 목걸이에 쓰여 있는 'CBO-ACR' 방을 찾았고, 제일 아래쪽에 있는 0069번 서랍을 찾았다.

나는 부리로 서랍을 열었다. 캡슐은 어린아이보다 살짝 컸다. 서랍째로 밀어 캡슐을 빛이 있는 곳으로 옮기자 얼마 되지 않아 그것은 두 개로 쪼개졌다. 입이 바싹 타는 것을 느끼며 나는 마지막 희망을 품었다.

이상했다. 크림색의 털이 보였다. 희망은 검은 머리를 가졌었다. 그것은 사람의 머리카락이 아니었다.

　캡슐에서 깨어난 것은 래브라도 레트리버, 갈릴레오
였다.

*　*　*

캡슐에서 빠져나온 갈릴레오는 눈이 부셔 얼굴을 찡그렸고,
혼란스러워하는 듯했다. 하지만 나를 보자 꼬리를 세차게 저
었다.

　우리는 건물 앞 계단에서 햇볕을 쬐었다. 그는 나의 머
리를 핥으며 내 옆에 딱 붙어 앉았다. 차가웠던 갈릴레오의
몸이 점점 따뜻해지는 게 느껴졌다.

　갈릴레오는 말을 할 수도 없고, 글도 읽을 수 없었다. 그
는 제 목에 걸린 목걸이를 툭툭 치며 나를 빤히 바라보았다.
그 역시도 희망이 어디 있는지 알고 싶은 듯했다. 나는 고개
를 저었다. 나 또한 알고 싶었지만, 전혀 알 수 없었다.

　그와 함께 있으니 마음이 누그러져 시장함이 몰려왔다.
건물 안에 있는 쥐를 잡아먹어 볼까 생각해 보았지만, 혹시
이 건물에도 '옛사람'들의 전략이 쓰였을까 봐 이내 그만두
었다. 살아남기 위해서는 이곳을 떠나는 것이 낫겠다고 생각
하면서도 한편으로는 우리가 초대받지 못한 낯선 환경 속에
서 정말로 살아남을 수 있을지 알 수 없었다.

　갈릴레오와 나는 밖으로 나갔다. 웃고 있는 사람과 꼬리
를 흔들고 있는 동물의 동상이 수풀 사이로 보였다. 나는 동
상에 가까이 다가갔다. 동상 옆에 주물 동판이 붙어 있었다.

동판은 동상보다 키가 작고, 수풀 속에 묻혀 있어서 한눈에 발견하기 힘든 위치에 있었다. 나는 동판에 쓰인 글자를 읽어 내려갔다. 그것은 우리가 왜 여기 왔는지에 대한 답변으로 충분했다. 마침내 나는 그에게 대답해 줄 수 있었다. 나는 꼬리를 흔드는 갈릴레오에게 말했다.

"희망은 없어, 갈릴레오. 너하고 나뿐이야."

동판에 무엇이 쓰여 있었는지는 여러분들이 직접 보았으면 좋겠다.

(주)정우사이언스
'펫 캔(PET CAN) 서비스 고객 전용 보관소'
유전자 개조 맞춤형(외형, 지능, 성대처지) / 심리 각인 시술
반려동물 특화 시설 253번 지점
사랑스러운 반려동물을 책임지는 토탈 솔루션
특허 제 183-2432432호 '일조량 캡슐 오픈 시스템 개발'
* 본 보관소와 펫 캔은 유기동물법에 저촉되지 않습니다.
2041년 9월 3일 설립

김창규

복원

형우는 마차의 탑승 칸이 흔들리는 리듬에 몸을 맡기고 등받이 너머를 바라보고 있었다. 그는 회색과 녹색이 뒤섞인 산을 꼼꼼히 살피고, 제 발로 움직이는 거라고는 아무것도 없는 들판과 가느다란 강을 지그시 지켜보았다. 생경한 교통수단뿐 아니라 지금까지 수없이 보아 왔던 산과 들판마저도 의미가 달라진 지금, 무엇 하나 그냥 흘려보낼 수 없다는 초조함이 그를 몰아세우고 있었다.

형우는 저도 모르게 손톱을 물어뜯다가, 함께 타고 있는 사람에게 눈길을 주었다. 옆 사람은 머리카락이 짧고 눈매가 날카로웠으며 체형이 여성과 같았다. 그는 양손에 얇은 물건과 기다란 막대를 하나씩 들고 있었다.

형우는 호기심을 이기지 못하고 말을 걸었다.

"안녕하세요, 저는 이형우라고 합니다."

상대는 조금도 경계하지 않는 표정으로 대답했다.

"전 조이현이라고 해요."

형우는 이미 삼십 분이 넘도록 옆자리에 앉아 있던 이현에게 물었다.

"실례지만 그게 뭔가요?"

형우가 물었다. 포장되지 않은 도로 때문에 몸이 또 흔들렸지만 형우는 낯선 물건에서 눈을 떼지 않았다.

"아, 이거요? 연필이에요. 종이에 문자를 적거나 그림을 그릴 수 있는 도구죠. 이건 수첩이라고 불러요. 종이를 묶은 거죠."

형우는 이현의 말 속에 숨은 의미를 깨닫고 물었다.

"아날로그에 익숙한 걸 보니 체험에 처음 온 게 아니군요?"

이현이 곧장 대답했다.

"두 번째예요."

"전 처음이라서요."

이현이 살짝 웃었다.

"그런 줄 알았어요. 아까 말을 보고 무서워서 피했죠?"

"네. 저 동물의 습성을 검색할 수가 없었으니까요. 사람을 공격하진 않는 것 같네요."

형우가 곁눈으로 연필과 수첩을 훔쳐보다가 물었다.

"그거… 만져 봐도 될까요? 실은 아까부터 궁금했던 터라서요."

형우가 수첩을 가리켰다. 이현은 잠시 고민하다가 고개를 저었다.

"그건 안 되겠어요. 기록한 게 많아서요. 이걸로 대신하죠. 만져 보세요."

이현은 아무것도 적히지 않은 종이를 몇 장 뜯어서 건넸다.

"가져도 좋아요."

형우는 이현에게 노란 종이를 받아 뒤집어 보고는 손톱으로 표면을 긁었다.

"표면이 거칠군요. 전자화면이 아닌데 여기 기록이 남는다고요?

이현은 들고 있던 연필을 내밀었다. 마차가 심하게 흔들리는 바람에 연필이 주인의 손에서 벗어나 공중으로 날았다.

형우가 재빨리 연필을 붙잡았다.

이현이 말했다.

"그것도 가지세요. 여러 개 있으니까요. 검은 부분을 종이에 대고 긁어 보세요."

형우는 손가락으로 갈색 연필을 감싸 쥐고 여성이 시키는 대로 종이 표면에 그었다.

"허, 까만 물질이 부서져서 표면에 묻는 건가요? 기발한데."

"그렇죠? 그래서 난 유적 체험이 좋아요. 우리 머리가 옛날부터 좋았다는 걸 확인할 수 있으니까요."

형우는 의자에서 내려가 바닥에 자리를 잡았다. 그리고 방금 전까지 앉아 있던 곳에 종이를 올려놓은 다음 조금 고민했다.

그는 마차가 요동하지 않을 때마다 한 획씩 그어 간신히 이현의 이름을 적었다.

"이거 쉽지 않은데요. 전자 글꼴도 아닌데 다른 사람이 쓴 글씨를 알아볼 수 있으려나?"

"얘기했잖아요. 다들 머리가 좋았을 거라고."

형우가 연필과 씨름하면서 쥐는 법을 연구하는 동안 마차가 어느새 큰 길에서 벗어나더니 속도를 줄이기 시작했다. 이현과 형우는 연필과 수첩을 주머니에 집어넣고 마차가 멎을 때까지 얌전히 기다렸다.

두 사람이 좌석에서 지면으로 천천히 이동하는 동안 말을 몰던 인물이 먼저 내려 부동자세로 기다렸다.

"우리가 일할 곳이 여기예요?"

이현이 묻자 마부가 고개를 끄덕였다.

"유적 체험 13구역입니다. 먼저 도착한 분들이 기다리고 계십니다. 다 같이 안내를 받으셔야 하니 가시죠. 저기 커다란 흰색 건물입니다."

챙이 넓은 모자를 쓴 마부가 앞장서고 이현과 형우가 뒤를 따랐다. 형우는 오르막길을 힘차게 걸으면서 마부가 가리켰던 건물을 바라보았다. 건물은 두 층으로 구성되어 있었다. 중앙에는 현관과 계단이 있고 양옆으로 두세 개의 방이 배치된 것 같았다. 오른쪽 끄트머리에는 발코니가 있고, 그 안쪽에 사람들이 모여 있었다.

형우는 유적에 들어오기 전 구식 건축물의 구조와 용어라도 공부하고 오길 잘했다고 생각했다. 그러지 않았다면 마부에게 화장실의 위치를 묻기 위해 손짓 발짓을 써야 했을 터였다.

형우는 연필보다 옛 화장실에서 쓰는 변기와 수도꼭지에 더 금세 적응했다. 그는 손에 묻은 물을 적당히 털면서 가장 늦게 발코니가 있는 방으로 들어섰다. 이현과 마부뿐 아니라 먼저 도착해 앉아 있던 네 사람이 다소 원망하는 눈으로 그를 쳐다보았다. 형우는 살짝 고개를 숙여서 미안함을 표하고 벽에 기대어 섰다.

마부가 자리에서 일어나 챙이 넓은 모자를 벗고 사람들을 돌아보면서 말했다.

"모두 모였으니 시작할까요. 유적 13구역에 잘 오셨습니다. 우선 제 소개부터 다시 하겠습니다. 저는 이곳에서 유일하게 인간이 아닌 로봇입니다."

작은 소녀 육체에 활동적인 옷을 입고 머리에 빨간 리본을 맨 인물이 말했다.

"로봇 씨를 뭐라고 부르면 될까요? 난 재희라고 해요. 만나서 반가워요."

마부가 팔을 가슴에 얹고 살짝 상체를 숙이며 웃었다.

"재희 씨, 반갑습니다. 제 이름은 롭 대니입니다. 롭은 알다시피 로봇의 약칭이고요. 본래 저희는 이름을 중요하게 여기는데 여기서는 그냥 롭이라고 불러 주세요. 로봇은 저뿐이

기도 하고, 유적에서는 제 존재가 드러나지 않을수록 좋거든
요."

형우는 발코니에 가장 가까운 의자에 앉은 사람이 눈에
띄게 고개를 끄덕이는 모습을 주목했다. 귀에서 시작한 갈색
수염이 턱까지 이어진 사람이었다. 그는 로봇이 필요하지 않
다는 사실에 전적으로 동의하는 것 같았다.

롭이 말을 이어 갔다.

"다들 경계소에서 하루를 보내고 오셨죠? 마인드 서버와
단절된 소감은 어떻습니까? 적응하는 데에 시간이 부족하진
않던가요?"

턱수염이 덥수룩한 사람이 혼잣말처럼 중얼거렸다.

"그게 뭐 대단한 일이라고. 나는 벌써 일 년째 그러고 있
는데."

이현이 의자에 묻었던 몸을 반사적으로 곧추세우고 물
었다.

"일 년이나요? 검색도 못하고 통신도 안 되는데 그렇게
오래 살 수 있어요?"

"하루하루 살다 보면 되지요, 뭘. 옛 사람들도 다 그렇게
살았을 텐데."

롭이 소개를 겸해 끼어들었다.

"천장만 씨는 유물 체험 프로젝트 전체에서 가장 우수하
게 활동을 하고 계십니다. 1년 동안 디지털 구역에 돌아갔다
오신 건 한 번뿐이에요."

이현이 소리를 내지 않고 휘파람을 불듯 입술을 모았다.

형우는 주변을 두리번거리다가 크기가 적당한 나무판을 발견하고는 집어 들었다. 그 위에 종이를 올리고, 처음보다는 조금 더 능숙하게 재희와 천장만의 이름을 적어 넣었다.

형우는 사람을 기억하는 일에 유난히 서툴렀기 때문에 유물 체험을 시작하기 전부터 걱정하고 있었다. 보통 때는 문제가 없었다. 뇌와 무선으로 연결된 마인드 서버가 현실적으로 무한대에 가까운 사물과 사람을 식별해 줄 수 있었기 때문이다. 서버가 알려 준 결과는 곧장 개별 뇌에 반영되었고, 형우는 평생 세상 모든 지식을 다 아는 것과 다름없이 살았다.

하지만 경계소를 넘는 사람은 누구든 마인드 서버와 연결을 끊어야 했다. 유물 체험은 뇌 속에 있는 무선 통신 모듈을 완전히 멈추고, 정보 저장 능력이 크게 떨어지고 피와 살로 이루어진 뇌만으로 경험해야 의미가 있었다.

형우는 발코니 방 한 켠에 걸린 현수막을 바라보았다.

'단절은 옛날로 이어지는 다리다.'

디지털 구역에 사는 모든 사람은 그렇게 모순적인 표어를 내걸고 있는 유적에서, 반드시 일정 시간 이상 체험 프로젝트에 봉사해야 했다.

"이건 누가 만들었어요?"

파란 머리카락을 어깨까지 드리운 청년이 현수막을 가

리켰다. 그가 걸치고 있는 검정 가죽 재킷은 최근에 마련했는지 움직일 때마다 뽀드득 소리를 냈다.

"되게 불길한 소린데."

롭이 감정을 짐작하기 힘들 만큼 어중간하게 웃었다.

"도성 씨, 적어도 제가 만들지는 않았습니다. 초기에 유물 체험에 봉사한 사람들이 만들지 않았을까요? 그땐 다음 사람들이 사용할 유물 자체부터 모으고 만들었으니까요."

도성이라고 불린 청년이 우스꽝스럽게 얼굴을 찡그리고 말했다.

"난 이렇게 애매한 표현이 정말 싫거든요."

형우는 도성의 이름을 적은 다음 최대한 간단하게 제 소개를 끝냈다. 그리고 목록에 마지막으로 추가할 인물을 신기하게 쳐다보았다. 그의 이름은 류해였다. 손과 얼굴뿐 아니라 옷 밖으로 드러난 유해의 피부에는 온통 주름과 푸르스름한 핏줄이 그득했다. 형우도 지식으로는 알고 있었다. 누구든 노화 지연 처치를 받지 않으면 출생 후 65~70년쯤 뒤 류해와 같은 모습이 되었다. 마인드 서버의 계산 능력을 빌리지 않더라도 류해가 태어날 때부터 적지 않은 나이였다는 점은 분명했다.

형우는 그런 결정을 내린 류해의 심경을 이해할 수 없었고, 그 사실을 종이에 간단히 적었다.

롭은 어깨를 잔뜩 웅크리고 종이 위에 천천히 글자를 채워 가는 형우를 차분하게 기다렸다가 말했다.

"소개가 끝났으니 아날로그 체험의 규칙을 말씀드리겠습니다. 지금 우리가 있는 이 건물은 본관입니다. 식사나 여러 가지 필요한 것들은 여기 1층에 있고요. 주무실 방은 2층에 있습니다. 방문에 이름을 적어 두었으니 한 분당 한 곳씩 사용하시면 됩니다."

재희가 냉큼 손을 들었다.

"롭 씨도 여기서 같이 살아요?"

"저는 꼭 필요한 경우가 아니면 말과 함께 지냅니다. 마구간은 본관의 동쪽에 있습니다."

재희가 얼굴을 찡그렸다.

"여기 이상한 곳이네. 로봇을 차별하는 거예요?"

롭이 편안한 표정으로 웃었다.

"알다시피 여긴 '단절' 이전의 삶을 체험하는 곳이잖습니까. 그땐 로봇이 하인이었다더군요. 지적해 주신 김에 이것도 말씀드려야겠네요. 여러분의 체험은 경계소를 넘는 순간부터 시작됐습니다. 디지털 구역으로 돌아가실 때까지 모든 것이 체험으로 분류되고 수집된다는 뜻입니다. 그리고, 이미 알고 계시겠습니다만."

롭은 강조하기 위해서 잠시 사이를 두었다.

"한 번 더 말씀드리겠습니다. 봉사 기간인 7일이 지나기 전까지는 디지털 구역으로 돌아가실 수 없습니다. 어떤 일이 있어도요. 그 제한도 체험의 일부입니다."

"쓸데없는 말은 반복하지 말자고요. 얼른 일이나 시작해요. 끝내고 놀아야죠."

도성이 춤을 추듯 몸을 꼬자 가죽옷이 요란하게 비명을 질렀다.

롭은 조금도 불쾌하지 않은 얼굴로 말했다.

"죄송합니다. 가끔 잊는 분들이 계셔서요. 엄격한 규칙이 있는 것처럼 말했지만 사실 꼭 지켜야 하는 건 그것 말고 하나뿐입니다. 옛 사람들이 몸소 익히고 경험했던 것들을 하나씩 맡아서 재현하시는 거죠. 그 감각 기억은 디지털 구역으로 돌아가면 마인드 서버가 수집합니다. 자, 이제 본론입니다. 여러분이 여기서 체험해 주셔야 할 유물은…."

형우는 어느새 옆에 다가와 서 있던 이현이 몸을 기울이는 바람에 깜짝 놀랐다.

이현이 속삭였다.

"난 이 순간이 제일 재미있더라고요."

"…양초 만들기, 뜨개질, 꽃꽂이, 도자기 만들기, 종이 접기, 드럼 연주, 요가입니다. 한 분이 한 가지를 맡으시면 됩니다. 별관 건물 하나마다 각 체험에 필요한 재료가 준비되어 있습니다. 기본적으로 책이 한 권 씩 주어지는데… 책이 뭔지 모르는 분이라도 보면 금세 아실 겁니다. 체험에 따라서는 별관뿐 아니라 이곳이나 방에서 하셔도 상관없습니다."

롭이 마지막으로 덧붙였다.

"청소는 잊지 말고 해 주세요."

복원

***

익숙하지 않은 강렬함이 형우를 흔들어 놓고 금세 증발했다.

형우는 눈을 떴지만 침대에서 일어나지 않았다. 대신 평상시와 달리 일찍 잠이 깬 이유를 생각해 보았다. 잠자리가 달라진 탓은 아니었다. 그는 어느 곳에서든 베개에 머리만 닿으면 잠드는 사람이었다. 그 외에 달라진 점이라면 무엇보다도 서버와 연결되지 않았다는 사실이 가장 컸지만, 그것 역시 잠에서 깬 다음의 문제였다.

형우가 눈동자를 오른쪽 아래로 굴리자 시야 한구석에 디지털 시계가 떠올랐다. 07:05. 뇌에 기본으로 내장된 소프트웨어는 서버가 있든 없든 잘 작동하고 있었다.

그리고 옆으로 돌아눕다가 또 다른 차이점을 알아챘다. 귀 밑 포트에 꽂힌 외장 저장 장치가 거북해 다시 잠들기가 어려웠다. 집이든 어디든 무선 전송이 가능한 디지털 구역에서는 쓸 일이 없는 원시적 장비였다. 하지만 무선 백업을 할 수 없는 이곳에서는 어쩔 수 없이 그 안에 새로 체득한 감각 기억을 담아 둬야 했다.

형우는 자신이 그토록 예민한 사람이었다는 사실에 당황하면서 침대에서 벗어나 책상 앞 의자에 앉았다. 책상 위에는 어제 별관에서 가져온 책과 체험용 유물이 놓여 있었다.

형우는 손바닥 한 뼘 크기로 얽혀 있는 갈색 실을 내려다보고 한숨을 쉬었다. 양손에 아직도 두 개의 대바늘이 쥐어진 것처럼 감각 기억이 생생했다. 지금도 대바늘들은 책에서 본 것과 비슷한 위치에 꽂혀 있었다. 하지만 두 시간을 들여 만든 조끼 앞판의 일부는, 아무리 좋게 봐준다 해도 도저히 사용할 수 없을 것 같았다.

'뜨개질로 3일 만에 조끼 완성하기' 형우는 낡은 책의 제목을 다시 읽고 단절 이전 시대와 지금의 시간 개념이 다르지 않다는 사실을 의심했다.

그때, 본인은 몰랐으나 태어나서 두 번째 들어 보는 비명이 창문과 방문의 틈으로 침입했다.

"이게 무슨 소리지?"

형우가 당황해서 물었지만 대답은 돌아오지 않았다. 서버가 없었기 때문이다. 방문을 열고 나가면서, 그를 잠에서 깨운 것은 귀 밑에 꽂힌 플라스틱이 아니라 비명과 똑같은 강렬함이었다는 기억이 떠올랐다.

별다른 조명 없이 이른 아침의 빛만으로 어둑한 복도에서 방문이 하나둘 열렸다.

"사람이 울부짖는 소리를 나만 들은 게 아니군요."

문틈으로 고개를 내밀고 류해가 말했다. 눈가 주름 속에서 진한 검정색 눈동자가 반짝거리고 있었다. 형우는 그의 몸과 눈이 서로 다른 시간을 살고 있다는 느낌을 받았다.

"그게 사람 소리였어요? 처음 들어 봤어요."

형우의 옆방 문을 밀며 이현이 걸어 나왔다.

"다들 저와 같은 이유로 일어난 거죠?"

류해가 방 밖으로 나와 문을 닫고 말했다.

"소리는 집 밖에서 들렸어요. 가 봐야겠어요."

형우와 이현이 거의 동시에 물었다.

"왜요?"

류해가 어른이라면 나 알 사실을 아이에게 설명하듯 말했다.

"여긴 유적이에요. 롭 씨가 그랬잖아요. 자신은 가능한 한 개입하지 않을 거라고. 그러니 우리가 가 봐야죠. 어쩌면 이것도 체험의 일부일 수 있어요."

형우는 류해의 말에서 앞뒤가 맞지 않는 느낌을 받았지만 구체적으로 어떤 부분인지는 집어낼 수 없었다.

이현이 류해의 말에 공감하고 두 사람이 앞장섰다. 형우는 뒤를 따라 계단을 내려가면서 또 하나 어색한 점을 발견했다.

류해는 형우나 이현과 달리 어제 발코니 방에서 입고 있던 외출복을 고스란히 갖춰 입고 있었다.

* * *

"롭 씨는 어차피 상황을 알려 줄 수 없었군요. 비명은…?"

이현이 자신의 허리춤을 붙들고 있는 재희를 쳐다보았다. 재희가 고개를 끄덕이자 눈에 아슬아슬하게 맺혀 있던 눈물이 쏟아졌다.

"내, 내가 질렀어요."

이현이 물었다.

215

"두 번?"

재희가 눈물을 훔치면서 긍정했다.

형우는 어떡해서든 쪼그리고 앉은 류해만 바라보고 싶었지만 몸이 말을 듣지 않았다. 류해의 두 눈이 향하는 곳에는 생경한 광경이 있었다. 롭의 팔과 다리는 괴이하게 뒤틀려 있었고, 왼쪽 팔꿈치 밑 피부는 찢어져서 그 속에 든 금속과 전선이 드러나 있었다. 얼굴은 반쪽만 남았고, 오른쪽 눈에는 깨진 도자기 파편이 깊이 박혀 있었다. 왼쪽 얼굴이 있던 자리에는 축축한 액체와 부서진 부품의 일부가 남아 있었다.

형우는 뒤로 돌아서며 말했다.

"끔찍하네요."

류해가 아랫입술을 깨물고 있다가 대답했다.

"맞아요. 단절 이후에 로봇을 이렇게 잔혹하게 살해했다는 얘긴 들어 본 적이 없어요. 그때야 로봇 혐오주의자들이라도 있었다지만 지금은…."

류해는 도자기 체험 별관으로 다가오는 도성과 장만을 보고 입을 다물었다. 장만은 가느다란 나뭇조각으로 이를 쑤시다가, 도성은 기지개를 켜고 하품을 하다가 롭의 시체를 보고는 각각 벌린 입을 다물지 못했다.

장만이 말했다.

"롭입니까, 이거? 어떻게 된 거죠? 도자기…가 떨어진 것도 아니고…."

　도성이 그 말을 듣고 코웃음을 쳤다.

　"그게 말이 돼요? 당연히 누가 죽인 거죠. 도자기로 머리를 쳤다고 저럴 리는 없고… 저거네요, 저거."

　일행은 도성이 가리키는 곳을 일제히 쳐다보았다. 류해는 도성이 발견하기 전에 이미 흉기인 물레 앞에 서서 살펴보고 있었다. 물레의 다리와 회전판을 놓은 자리에는 롭의 몸에서 나온 회색 액체가 잔뜩 묻어 있었다.

　류해는 물레를 꼼꼼하게 조사하더니 나무 선반을 들여다본 다음 재희에게 물었다.

　"어제 재희 씨가 도자기 체험 담당이었죠? 여기가 일터고요."

　재희는 아직도 긴장이 풀리지 않는지 살짝 말을 더듬었다.

　"네? 네네, 마, 맞아요."

　"여기 와 보니 이런 상황이던가요?"

　"그, 그래요. 너무 놀라서 소리를 질렀는데…."

　"다들 자고 있었는데 여긴 왜 왔죠?"

　재희는 머릿속을 정리하고 말을 하기 전에 한 손으로 이현의 팔을 움켜쥐었다. 이현은 그가 진정하는 데에 조금이라도 도움을 주기 위해 가만히 팔을 내주었다.

　"저게 가마거든요. 흙으로 그릇을 빚은 다음 저기에 넣고 구워야 해요. 가마가 완전히 달궈지려면 시간이 걸리기 때문에 일찍 불을 붙여야 하고요. 책에 다 적혀 있었어요.

그래서 다른 사람들을 안 깨우려고 조용히 나왔는데…."

류해는 더 이상 질문을 하지 않고 별관 내부가 한눈에 들어오도록 돌아섰다. 그런 다음 천천히 뒷걸음질을 쳤다. 다른 사람들은 영문을 모르면서도 방해가 되지 않도록 별관 입구 밖으로 물러났다.

류해는 머릿속에 롭의 시체를 완전히 넣어 두기라도 한 것처럼, 시선을 내리지도 않고 롭의 사지가 펼쳐진 곳을 피하면서 천천히 입구까지 오더니 말했다.

"일단 돌아가죠."

* * *

장만은 본관 주방의 찬장에서 재료를 찾아 커피와 녹차를 만들었다. 형우는 도와주려고 했지만 장만의 손놀림이 아주 빨라 끼어들 틈이 없었다.

장만이 음료 여섯 잔을 능숙하게 쟁반에 얹더니 한 손으로 발코니 방까지 날랐다.

장만이 쟁반을 내려놓자마자 말했다.

"아무래도 토론이 필요할 것 같아서 만들어 봤어요. 말을 많이 하면 목이 마를 테니."

재희는 누구보다 먼저 손을 뻗어 김이 오르는 커피를 마셨다. 이현과 류해는 녹차를 선택했고, 형우는 아무거나 상관이 없었기 때문에 가장 가까이에 있는 커피를 집었다.

커튼이 드리운 발코니 창문에 기댄 채 다른 사람을 하나 하나 노려보던 도성이 말했다.

"이제 어떡할 거예요?"

장만이 대답했다.

"그거 이상한 질문인데. 당연히 체험을 계속해야죠."

"롭이 살해당했는데도요? 그거야말로 이상하죠!"

장만이 도성에게 대답했다.

"로봇이 살해당했다고 뭐가 달라지나요?"

그 말에 모든 사람이 잔에서 입을 떼고 그를 쳐다보았다.

재희가 쏘아붙였다.

"로봇 혐오주의자!"

장만도 가만히 있지 않았다. 형우는 그의 수염이 떨리는 것을 볼 수 있었다.

"말도 안 되는 소리 하지 말아요! 나도 무서운 걸 참고 있다고! 내 얘긴 그게 아니라, 롭이 죽은 것도 유적 체험의 일부일 거란 뜻이에요!"

형우가 뜻밖의 말에 커피잔을 내려놓고 장만의 말에 귀를 기울였다.

"난 벌써 1년째 이걸 하고 있어요. 직업이나 마찬가지지. 유적 체험은 뜨개질로 조끼를 짜고 손으로 도자기를 만드는 것보다 훨씬 다양하고 복잡해요. 생각하는 것보다 훨씬!"

이현이 말했다.

"잠깐만요. 정리 좀 하죠. 롭은 사고로 죽은 게 아니에요.

누군가가 죽였다고요. 이 상황까지 유물 복원이라는 얘기예요?"

재희가 말도 안 돼,라고 혼잣말을 했다.

형우가 이현의 질문을 다른 표현으로 바꾸어 일행에게 내놓았다.

"롭이 도자기 별관에서 분해되다시피 죽은 것까지 전부 정해진 각본이라는 건가요?"

장만이 바짝 마른 목을 녹차로 적시고 말했다.

"내 말은, 여러분이 아날로그 복원을 잘못 알고 있단 거예요. 체험은 옛 사람들의 사소한 일상만 겪고 기록하는 게 아니라, 단절 이전 시대의 인간 자체에 대한 연구라고."

재희가 말했다.

"그걸… 왜… 연구해요?"

대답한 사람은 장만이 아니라 류해였다.

"무슨 얘긴지 알 것 같아요. 마인드 서버의 운영자들은 단절이 왜 일어났는지 알고 싶은 거예요."

장만이 그제야 숨통이 트인다는 듯 큰 숨을 토하며 의자에 몸을 기댔다.

"난 말을 잘 못하니까 류해 씨가 설명해 줘요."

류해가 이현과 바짝 붙어 앉은 재희를 바라보며 말했다.

"단절이 뭔지 알죠?"

"세상 사람들이 모조리… 죽고 전자 기록 장치가 전부 파괴된 걸 단절이라고 부르잖아요."

"그래요. 지하 깊은 실험실에 있던 우리 마인드 서버는 살아남았지만요. 마인드 서버는 원래 인간 정신의 백업과 복원을 실험하던 장비였어요. 외부 전자파 간섭이 어떤 결과를 초래할지 몰라서 지하에서 운용되고 있었죠. 서버를 관리하던 인공지능은 바깥세상에서 아무 신호가 없자 독자적으로 판단을 내리고 저장된 자원실험자들의 정신을 배양육체에 넣어서 다시 인간으로 살게 했어요."

이현이 말했다.

"그게 우리고요."

"문제는… 마인드 백업은 불완전했어요. 사람에겐 분석하고 데이터화할 수 없는 부분이 있었단 얘기예요. 언젠가는 가능하겠죠. 인구가 많을수록 연구도 빨랐을 테고. 그런데… 알잖아요. 이 세상에 사람은 7천 몇 명뿐이라고요."

도성이 얼굴을 찡그리고 말했다.

"다 아는 얘긴 왜 또 해요? 그것도 지금 같은 상황에."

"서버 운영자들은 한 가지 사실에 동의했어요. '단절은 두 번 다시 일어나선 안 된다.'"

도성은 물러서지 않았다.

"그것도 아는 얘기. 그래서 우리 정신을 필터링하고, 착한 사람으로 만들고, 육체도 선택하게 했다면서요."

조금 기운이 빠진 류해가 숨을 고르자 도성도 그쯤에서 입을 다물었다.

류해는 백발을 쓸어 넘기고 미소를 지었다.

"고마워요. 이제 조금 남았어요. 운영자들이 필터링으로 안심하지 못한다는 건 다들 알 거예요. 마인드 서버는 불완전하니까요. 그래서 유물 체험을 의무 프로그램으로 만든 거예요. 말이야 봉사라지만. 장만 씨의 말대로 체험에 다른 목적이 있다면…. 만약 유물을 체험하고 옛 생활의 감각을 복원한다는 게 실은 우리 속에 남은 옛 사람들을 모조리 찾아서 지우는 프로젝트라면? 아, 형우 씨. 그것 좀 줘 봐요."

형우는 사람들이 자신을 주목하자 얼굴을 붉히며 연필을 냉큼 내밀었다.

류해가 연필을 흔들면서 말했다.

"사람은 왜 자멸할 수 있는 물건을 만들까요? 옛 사람들 가운데 태어나자마자 그런 물건을 만들겠다고 생각한 사람이 있었을까요? 단절 때 쓰였을 거라고 짐작되는 절대 무기가 어떤 건지는 모르지만, 도대체 인간은 왜 그런 생각을 하게 됐을까요? 뜨개질을 좋아하는 사람은 절대로 남을 죽이지 않을까요? 도자기를 만들면 무기를 안 만들까요? 반대로, 낯선 곳에 가서도 습관적으로 기록을 하는 사람이야말로 언젠가 그런 무기의 설계도를 작성하게 될까요?"

형우의 얼굴이 딱딱하게 굳자 류해가 웃었다.

"장난이에요. 자, 연필 받아요. 운영자들은 아직 답을 못 찾았나 봐요. 그러니까 복원을 계속하고 있겠죠."

도성이 다른 이들의 눈치를 보며 물었다.

"그래도 돌아가는 건 상관없지 않아요? 로봇을 죽이는 이상한 사람이 돌아다니는 판인데요."

이현이 말했다.

"복원 계약서에는 반드시 7일을 복무하라고 적혀 있어요. 별로 이상하게 생각하지 않았는데, 다시 생각해 보니…."

형우도 마침내 장만의 말을 완전히 이해할 수 있었다.

"경계소를 열어 주지 않겠군요. 일주일이 지나기 전까지는."

"그렇지."

장만이 고개를 주억거렸다. 입술이 수염 속에 묻혀 있었기 때문에 그의 마음속은 짐작하기 어려웠다.

"그래서 이제 선택할 때라는 얘기예요. 여기 있을 건지, 경계소에 가까운 곳으로 이동할 건지. 난 아까도 얘기했지만 여기 있을 거예요. 롭을 죽인 사람이 누군지도 궁금하고."

도성이 코웃음을 쳤다.

"체험 과제 하나당 얼마였죠? 3만? 만약에 이 상황이 정말로 운영자들이 찾던 거라면 훨씬 더 많이 주려나?"

"그걸로 먹고사는 게 뭐가 어때서? 로봇을 죽인 것도 아니고 불법도 아닌데!"

류해가 장만의 말을 막았다.

"장만 씨가 제일 잘 알겠군요. 유물 체험장을 몇 군데나 다녀 봤어요?"

"나는 여기가 스무 번째예요. 얼마나 많은지는 모르겠고."

"가장 가까운 복원장은 여기서 얼마나 떨어져 있나요?"

"그것도 잘 몰라요. 내가 아는 건 '협곡' 바깥에는 없다는 거예요. 거긴 옛 사람들의….."

"… 유해가 쌓여 있으니까요. 그럼 선택도 둘, 경우의 수도 둘이라는 얘기군요."

형우는 돌려받은 연필로 두 번째 종이에 적었다.

'떠날 것인가, 남을 것인가.'

그리고 물었다.

"경우의 수라는 건 또 무슨 얘기죠?"

류해가 담담한 얼굴로 말했다.

"룹을 죽인 사람은 다른 복원장에서 온 사람일 수도 있고, 우리 중에 있을 수도 있잖아요."

재희가 놀랐는지 딸꾹질을 하기 시작했다. 이현은 주방으로 가서 마실 물을 떠 왔다.

형우는 그 모습을 보다가 종이에 한 줄을 추가했다.

'범인은 외부인? 내부인?'

이현이 재희를 진정시키며 작은 소리로 말했다. 형우는 그게 재희에게만 들려주려던 말인지 아닌지 분간할 수가 없었다.

"괜찮아요. 우린 죽을 일이 없잖아요."

* * *

다음 날, 형우는 드럼 체험 별관에서 도성에게 할당되었던
『초보 드러머 교본』의 뒷면을 들여다보고 있었다. 교본의
발행 연도는 2021년이었다. 그 뒤로 흐른 시간을 생각하면
책의 상태는 믿기 어려울 만큼 양호했다.

앞머리에 있는 저자의 인사말과 목차를 넘기자 드럼이
라는 악기 세트의 구조도가 나왔다. 형우가 찾는 부분은 원
래 모습과 다르게 변형되어 있었기 때문에 금세 찾기는 어려
웠다. 눈동자를 몇 번이나 위아래로 굴린 끝에 형우는 심벌
스탠드라는 이름을 찾아냈다.

도성의 몸은 스탠드가 심장을 관통하는 바람에 생명을 잃
고 말았다. 본래 스탠드와 결합되어 드럼 연주에서 한몫을 하
던 심벌은 이제 홀로 떨어져 나와 도성의 목 위에 얹혀 있었다.

그 위로는 피와 근육 몇 가닥을 제외하면 아무것도 남아
있지 않았다. 파란 머리칼이 붙은 도성의 머리는 드럼 별관
근처에서 찾아볼 수 없었다.

"이런 유물을 전부 찾아낸 정성은 대단하지만, 별로 도움
은 안 되겠어요."

형우가 드럼 교본을 흔들며 말하자 류해가 고개를 끄덕
였다.

"그럴 거예요. 형우 씨가 보는 뜨개질 책도 마찬가지일
걸요. 물건이란 건 보통 한 가지 용도로 쓰잖아요. 저건 악기
이지 무기가 아니라고요."

"그렇긴 하죠."

형우는 벽에 걸린 사진을 보았다. 제대로 갖추어진 드럼 세트에 머리가 긴 사람이 앉아 있었다. 그가 연주자라는 점이야 알았지만 어떤 인물인지는 알 수 없었다. 마인드 서버와 단절됐기 때문이다.

형우는 사진을 뒤로하고 류해에게 물었다.

"디지털 구역에서 이런 일이 벌어졌다면 사람들은 어떻게 했을까요?"

"우선 모든 사람이 뉴스를 보고 즉각 알았겠죠. 운영자들은 바로 회의를 시작했을 테고. 그리고… 음… 글쎄요? 이런 일을 처리할 만한 사람은 달리 없군요. 누군가 오긴 할 텐데. 교통정리 로봇이 올까요? 그건 갑자기 왜 물어요?"

"단절 전에는 경찰이 있었잖아요. 바로 이런 일을 담당했고, 누가 저질렀는지 잡으러 다녔죠. 하지만 이젠 경찰이 없잖아요. 있다 해도 앞으로 5일 동안 디지털 구역에는 들어갈 수 없고, 연락도 할 수 없죠. 지금 여기는 우리밖에 없으니까… 우리라도 그런 일을 해야 하지 않을까요?"

류해가 눈을 가늘게 뜨고 단숨에 형우에게 다가섰다. 형우는 깜짝 놀라 뒤로 한 걸음 물러났다.

형우는 눈꺼풀 주름 사이로 보이는 류해의 눈동자에서 의심과 적의를 동시에 읽었다.

류해가 갈라진 목소리로 물었다.

"정말 그런 이유 때문이에요?"

"무슨 뜻으로 하시는 말씀인지 모르겠어요."

류해는 다가설 때와 마찬가지로, 노화한 몸과 어울리지 않을 정도로 민첩하게 물러섰다.

"미안해요. 롭 씨가 그렇게 된 뒤로 생각할 문제가 너무 많았거든요. 얼핏 보면 이 모든 게 한 곳을 가리키는 것 같지만 정작 곰곰이 들여다보면 그렇지도 않아서…. 이제 도성 씨까지 저렇게 됐으니 일은 더 복잡해졌죠."

류해가 사과를 하고 설명도 했지만 형우는 그를 더욱 이해할 수가 없었다. 마인드 서버가 백업된 정신을 처음으로 배양육체에 삽입하고 인간으로 살려 낸 뒤부터, 서버에 있던 모든 인간은 육체를 선택해 태어날 수 있었다. 재희는 어린 여성의 몸을 선택했고, 장만은 수염이 잘 자라는 유전자를 선택한 것이다. 그런데 류해는 굳이 노화가 많이 진행된 몸을 선택했다.

형우는 그럴 만한 이유를 짐작할 수 없었다.

"더 간단해진 건지도 몰라요."

형우와 류해는 장만의 목소리에 드럼 별관 입구를 바라보았다. 그는 이현과 함께 들어오더니 숨을 몰아쉬며 의자를 찾아 앉았다. 두 사람의 몸에는 파란 나뭇잎과 덤불이 붙어 있었다.

이현이 손으로 눈을 가리고 도성의 몸으로부터 고개를 돌렸다.

"롭 씨와 도성 씨를 저대로 두는 게 옳은지 모르겠어요. 롭 씨는 몰라도 도성 씨의 시체는 부패하지 않을까요?"

류해가 대답했다.

"지금은 발견한 상태로 두는 게 좋다고 봐요. 안 그래도 형우 씨와 그 점을 의논하려던 참인데, 얘기가 길어질 테니 나중에 하죠. 그보다 장만 씨, 뭐가 더 간단해졌다는 거예요?"

장만이 머리를 젖혀 별관 천장을 바라보았다.

"롭 씨 다음에 도성 씨가 죽은 이유는 밝혀졌다는 얘기예요. 혹시 도움이 될 만한 물건이라도 있을까 싶어서 이현 씨와 같이 마구간에 가 봤어요. 롭 씨가 거기 머물렀으니까요. 말이 없더라고요."

형우가 물었다.

"도망간 건 아니고요?"

대답한 사람은 이현이었다.

"그럴 가능성은 낮아요. 롭 씨는 분명히 말을 단단히 묶고 마실의 문도 잠가 뒀을 거예요. 우리가 왜 로봇을 믿고 사는지 생각해 봐요. 로봇은 실수하지 않아요. 누군가 우리가 쉽게 떠나지 못하도록 말을 풀어 준 거예요. 근처를 돌아다녔는데 안 보이더라고요."

류해가 말했다.

"그리고 도성 씨는 우리 가운데 가장 먼저 여길 떠나자는 의견을 냈죠. 그 말은…."

"그 얘기를 할 때 외부인이 밖에서 엿들었을 가능성도 없진 않아요. 하지만 다른 유적에서 온 사람이 있다면 지금쯤 우리가 목격했을 거예요. 말을 풀어 준 건 우리 중 하나예요. 이유는 하나뿐이겠죠."

장만이 말했다.

"우리 발을 묶어 두려는 것. 흩어져서 도망가도 멀리는 못 갈 테니까요. 그리고⋯."

이현이 그의 말을 받았다.

"범인이 우리 가운데 하나일 확률은 거의 1에 가까워지죠."

형우는 주거니받거니 이야기를 진행시키는 세 사람을 보면서 이 모든 일이 신기루에 불과할지도 모른다고 생각했다. 그는 일행이 말하는 바를 도저히 따라갈 수가 없었다. 어쩌면 그는 봉사라는 이름이 무색할 만큼 강제적인 유물 체험에 참가한 꿈을 꾸는지도 몰랐다. 또는 아직 육체를 선택할 순서가 오지 않아서 기다리는 동안 마인드 서버에 어떤 문제가 발생했고, 그 결과 이상한 환각을 헤매고 있을 가능성도 없지는 않았다.

류해가 형우의 팔을 건드렸다.

"괜찮아요? 얼굴색이 영 안 좋은데요."

"그런 건 아니에요. 그냥 실감이 안 나서 그래요. 이 상황에 무슨 의미가 있는지도 모르겠고요."

류해가 다 이해하고 있다는 듯 고개를 끄덕였지만 형우는 그조차 미심쩍어 안심하지 못했다. 그는 결국 참지 못하고 자신이 품고 있는 가장 큰 의문을 말하려 했다.

"재희 씨는 지금 어디 있어요?"

류해가 한발 앞서 이현에게 묻는 바람에 형우는 말을 꺼낼 기회를 놓쳤다.

"방에서 혼자 있고 싶다기에 그러라고 했어요. 장만 씨와 저는 범인이 우리 중 한 사람이라는 데에 동의했기 때문에 그래도 괜찮다고 생각했거든요. 저야 여기 있는 누구든 일대 일이라면 몸싸움으로 이길 수 있었고…."

이현이 장만의 헛기침을 무시하고 형우와 류해를 쳐다보았다.

"그래서 서둘러 이리 온 거예요. 혹시 그 사이에 새로 알아낸 거라도 있어요?"

형우가 고개를 저었지만 이현의 눈길은 류해에게 가 있었다. 이현은 형우를 토론할 가치가 없는 사람으로 분류한 것 같았다.

"없나 봐요? 그럼 이쯤에서 제가 제안을 하나 할게요. 아무래도 전부 모여서 상황을 정리하는 게 좋겠어요. 여러분에게 드릴 말씀도 아주 많고요. 정말로 범인이 우리 중 하나라면, 저는 그렇게 믿고 있지만, 남은 사람들이 다 모여 있는 곳이야말로 범행 장소로 선택하지 않을 곳이잖아요?"

형우를 포함한 네 사람이 본관 입구에 들어서자 재희

가 눈을 비비면서 2층에서 내려왔다. 형우는 납작하게 눌린 재희의 리본을 보면서 옷을 입은 채 잠든 모양이라고 생각했다.

재희는 들어온 사람들을 손가락으로 하나씩 세고 말했다.

"도성 씨 말고 또 죽은 사람은 없군요. 정말 다행이에요."

이현이 말했다.

"아직까지는요. 사람들한테 할 얘기가 있는데 재희 씨도 오세요."

"네."

재희는 형우의 예상대로 이현에게 바짝 달라붙어 발코니 방으로 향했다. 장만이 도중에 주방으로 방향을 바꾸자 이현이 말했다.

"마실 것은 안 만들어도 괜찮아요. 그냥 오세요."

"금방 되는데요."

"아뇨, 정말 필요 없을 거예요. 무엇보다 시간이 중요하니까 오세요. 제 얘기를 다 들으면 알게 돼요. 믿어 보세요."

장만은 이현의 말투가 마음에 들지 않았지만 결국 뒤를 따랐다.

형우는 사흘 전과 똑같은 자리에 기대어 서서 그날과 지금을 비교해 보았다. 장만은 이번에도 발코니와 제일 가까운 의자에 앉았고, 그 왼쪽이 류해, 다음은 재희 순이었다. 죽은 둘을 빼고 차이가 있다면 재희 옆에 있던 이현이 롭의 자리에 서 있다는 점뿐이었다.

이현은 그 자리에 선 채 십여 분가량 수첩을 펼쳐 무언가를 적고, 고개를 젓고, 다시 적기를 반복했다. 장만은 팔짱을 낀 채 점점 어두워지는 발코니 밖을 보았고, 류해는 입을 굳게 다물고 형우의 두 손을 주시했다.

마침내 재희가 슬그머니 손을 들었다.

"저… 무슨 얘기를 할 건지 그거라도 알려 주면 안 될까요?"

이현은 아쉬움이 남은 사람처럼 억지로 수첩에서 눈을 뗐다.

"다 됐어요."

이현은 옆으로 한 걸음을 옮겨 꽃병이 놓여 있는 탁자에 살짝 몸을 얹었다.

"먼저 말씀드릴 것이 있어요. 저는 유물 체험 프로그램에 두 번째 참가하는 거예요. 장만 씨 만큼은 아니지만 경험은 있는 편이죠. 그래서 경계소에 들어가기 전에 미리 사용할 유물을 신청하기도 했어요. 이 수첩과 연필은 그렇게 쓰고 있죠. 디지털 구역에선 금지라서 아쉬워요."

류해가 무언가를 확인해 보는 듯 말했다.

"거기선 쓸 필요가 없잖아요? 모든 걸 서버에 기록할 수 있으니까."

"음… 차이가 커요. 서버에 남기는 건 말 그대로 기록이지만 연필로 수첩에 적는 건 기록하면서 다시 생각해 보는 과정이거든요. 옛 사람들의 행동이나 옛 물건 중 상당수는 비록 효율은 떨어져도 그런 이중의 의미가 있더라고요."

재희가 물었다.

"우리 수첩 얘기를 하려고 모인 거예요?"

이현이 고개를 저었다.

"아뇨. 지난번 유물 체험에서 전 '독서'를 맡았어요. 사실 독서는 아주 많은 사람이 중복해서 체험하는 유물이에요. 책은, 이번에 여러분이 봤던 설명서뿐 아니라 종류가 아주 다양하거든요. 저는 그중에서 추리소설이라는 책들을 읽었어요."

형우가 고개를 갸웃거렸다.

"추리소설? 저도 마인드 서버에서 소설 깨나 찾아 읽는 편인데 처음 듣는 용어인데요?"

"네. 옛사람들은 읽었지만 서버에는 없어요. 유적에는 있고요. 추리소설은 법으로 금지된 행동을 하는 범인이 등장하고, 그 범인을 잡는 사람이 주인공이에요. 극소수를 제외하면 모두 그래요."

따분해하던 재희가 조금 흥미를 보였다.

"법으로 금지된 행동이라면… 전파 차단 장소를 찾아서 동기화를 일부러 지연시키는 것 말이죠?"

"그건 디지털 구역의 경우죠. 추리소설은 거의 다 살인 사건을 다뤄요."

"살인 사건?"

"살인이란 건 고의로 사람의 신체 활동을 정지시키는 행위예요. 옛날엔 최악의 범죄로 취급했고, 벌도 가장 강력했죠."

이현이 얘기를 시작한 뒤로 불만을 감추지 않은 채 팔짱만 끼고 있던 장만이 몸에서 조금 힘을 빼고 불쑥 끼어들었다.

"단절과는 다릅니다."

"맞아요. 단절은 다르죠. 단절은 전쟁이고 재앙이에요. 소수의 사람을 죽이는 행위만 살인이라고 부르고요."

"그럼 추리소설은 수사 과정을 소설로 각색하고, 독자에게 살인이 끔찍하다는 사실을 상기시키는 작품인가요?"

형우가 묻자 이현이 웃음을 참았다.

"아니에요. 범죄의 증거를 감추고 도망치는 범인과, 그걸 파헤치는 사람의 대결이 흥미를 끄는 요소예요. 범인이 잡힐 듯 안 잡히면 더 재밌고요."

형우가 내밀었던 상반신을 뒤로 뺐다.

"그런 게… 재미있어요?"

이현은 결국 끝까지 참지 못하고 소리를 내어 웃었다.

"네, 재미있어요. 특히 퍼즐처럼 꼬아 놓은 설정을 풀어 나가는 과정이 아주 좋았어요. 수첩과 연필도 그래서 쓰게 된 거예요. 인물 관계를 그림으로 만들면 이해하기 쉽거든요."

"난 연애소설이 더 재밌었죠."

형우는 이현이 장만의 말을 듣고 혀를 내밀었다고 생

각했지만, 그의 표정이 너무 빨리 바뀌어 확신할 수는 없었다.

"연애소설은 서버에도 많잖아요. 어쨌든, 제가 이번 체험 대상도 아닌 독서 얘기를 하는 이유는, 지금 우리 환경이 추리소설의 전형적인 상황과 흡사하기 때문이에요."

형우는 목이 말라 헛기침을 하고 물었다.

"추리소설에선 통신이 단절된 상황이 자주 나오나요?"

"'통신'이라는 말의 뜻이 조금 다르지만 맞는 말이에요. 제가 좋아하는 퍼즐형 추리소설이 특히 그래요. 배가 끊긴 섬이나 폭설 때문에 길이 끊긴 산장에 예닐곱 명이 갇혀서 어쩔 수 없이 함께 지내는 경우가 많아요. 그 안에서 한 사람씩 죽기 시작하죠. 남은 사람들은 처음엔 살인이 한 건으로 끝날 거라고 생각해요. 그러다가 두 번째 사망자가 나오면서 본격적으로 반응하죠. 도망치려는 사람, 범인을 잡으려는 사람, 아무도 안 믿는 사람⋯."

류해가 웃음기라고는 찾을 수 없는 표정으로 말했다.

"똑같군요."

이현도 미소를 씻어 내고 동의했다.

"그렇죠? 롭 씨가 죽고 도성 씨가 죽었잖아요. 슬슬 범인을 추적하는 사람이 등장할 차례라고 해도 무방해요."

형우는 이현이 무얼 원하는지 짐작했지만 동의하기는 쉽지 않았다.

"우리는 추리소설이 뭔지 모를 정도로 범죄와 거리가 멀 잖아요."

"그러니까 의논하면서 이 상황이 도대체 뭘 뜻하는지 정리 좀 해 보자고요. 추리소설에서도 천재 주인공이 혼자 모든 의문을 다 해결하는 건 구식이에요. 작위적이잖아요."

그 자리에 있는 모든 사람이 하고 싶은 말을 류해가 대변했다.

"이현 씨가 주인공을 맡아 줘요."

"정말요? 그래도 돼요?"

"뭣보다 추리소설 전문가잖아요."

이현은 기쁜 마음을 숨기지 않았다. 형우는 그가 사람들을 모을 때부터 그럴 작정은 아니었는지 의심했다.

"알겠어요. 그럼 바로 시작해요. 사실 무엇부터 얘기를 시작할지 고민했어요. 특히 류해 씨나 장만 씨가 얘기했던 것처럼 이 모든 게 복원의 일부라면 생각해야 할 문제가 너무 많잖아요. 그래서 우리가 확실히 아는 일부터 따져보는 게 맞다고 봐요."

재희가 얼굴을 찡그리고 말했다.

"어, 그건 혹시…."

"네, 롭 씨 사건이에요. 그 광경을 떠올리는 게 쉽진 않겠지만 끔찍한 일을 막는 예방 활동이라고 생각해 줘요. 추리소설에서 수수께끼를 완전히 풀려면 세 가지를 설명해야 해요. 범인, 범행 수단, 동기."

형우가 살짝 손을 들고 말했다. 왠지 그래야 할 것 같은 기분이 들었다.

"범행 수단은 알잖아요. 자기를 빚는 물레로… 머리를 가격했죠."

"맞아요. 범행 장소가 도자기 별관이고 거기 있던 물건을 썼죠. 롭의 몸을 옮긴 흔적이 없었으니까 거기서 일이 벌어졌을 거예요. 그럼 동기는 뭘까요?"

재희가 기어들어 가는 소리로 말했다.

"로봇 혐오…."

장만이 발끈해서 몸을 일으키려는데 이현이 손을 내밀어 막았다.

"도성 씨는 로봇이 아니잖아요."

"아… 그러네요, 참."

"따라서 로봇 혐오는 동기에서 제외해도 좋을 것 같아요. 이건 다른 각도에서 생각해 봐도 알 수 있어요. 로봇 혐오는 옛날에 퍼졌던 악습이에요. 장만 씨는 벌써 1년째 유적에 있잖아요? 유적마다. 롭 같은 안내역이 하나씩 있으니까 만약 장만 씨가 심각한 로봇 혐오주의자라면 이미 드러나고 필터링 됐을 거예요."

형우는 앞뒤가 맞는 설명이라고 생각했다. 류해도 이현의 말을 완전히 받아들인 얼굴이었다.

"자, 이제 도성 씨 사건을 살펴볼까요. 이것도 별관에서 벌어졌고, 그 자리에 있는 드럼 스탠드가 무기였어요. 이제

공통점을 볼 차례가 됐군요. 이 두 사건이 서로 다른 사람의 짓이라고 생각하시는 분? 아무도 없군요. 혹시 분위기 때문에 말씀 못하시는 거라면 제 말이 다 끝난 뒤에 알려 주세요. 저는 어떤 의견에도 열려 있으니까요. 두 피해자에겐 어떤 공통점이 있을까요?"

류해가 대답했다.

"13번 유적에 있다는 점을 빼면… 시체의 상태가 비슷하죠."

이현이 열에 들떠 목소리를 높였다.

"맞아요! 둘 다 잔인하게 죽었죠. 롭 씨의 경우 팔과 다리가 부러진 상태였어요. 도성 씨는 흉기가 심장을 꿰뚫었고 심벌이…. 하지만 잔인하다거나 끔찍하다는 건 주관적인 표현이에요. 마인드 서버에서 검색해 봐도 정확한 정의는 나오지 않을 걸요? 더 구체적인 공통점은 없을까요? 아시는 분? 음, 어쩐지 일인 극을 하는 기분이 드네요. 그냥 말할게요. 둘 다…."

형우가 이전보다 더 느리게 손을 들었다.

이현이 조금 분한 얼굴로 말했다.

"답을 알았어요?"

"아뇨, 그건 모르겠지만… 고려해야 할 점 하나가 처음부터 빠진 것 같아서요."

류해가 형우를 노려보았다. 형우는 왠지 바보 취급을 당할 것 같은 예감이 들었지만 결국 말하기로 마음먹었다.

"이번 일은 옛 추리소설과 직결시킬 수 없는 것 아닌가요? 옛사람들이야 한번 죽으면 끝이었지만… 우린… 우린 안 죽잖아요. 경계소에서 만든 백업본을 새 배양육체에 넣으면 되는데요."

이현이 갑자기 길게 한숨을 쉬었다. 추리소설을 읽으며 축적했던 에너지가 전부 빠져나간 것 같은 모습이었다.

"형우 씨가 싫어지려고 하네요. 제 질문의 답도 형우 씨가 얘기한 사실, 그러니까 '우리가 어떤 존재인가' 하는 문제와 곧장 연결돼요. 롭 씨와 도성 씨는 전부 머리가 없어요."

재희가 꾸물거리면서 반론을 내놓았다.

"롭… 롭 씨는 오른쪽 얼굴이 있었어요."

"그 안쪽이 비어 있었잖아요."

형우가 저도 모르게 아, 소리를 냈다. 이현이 설명을 이어 갔다.

"도성 씨와 롭 씨 모두 머릿속에 든 것들이 남아 있지 않아요. 눈을 도자기 파편으로 찌른 거나 굳이 심벌을 목에 박아 넣은 건 징그러움에 눈을 돌리게 만들려는 위장이었다고 생각해요. 범인이 노린 건 머릿속이에요. 더 정확히 말하자면 뇌에 들어 있는 데이터겠죠, 아마도?"

형우가 물었다.

"그 데이터를 어디에 쓰려고요?"

이현이 다소 쓸쓸한 표정을 지었다.

"그것도 짐작은 했는데 정답은 모르겠어요. 둘의 육체를 잔혹하게 망가뜨린 당사자에게 물어보기 전에는요. 사실 그래서 여러분을 굳이 모았어요."

류해가 말했다.

"우리 생각을 들어 보려고요?"

이현이 눈을 크게 떴다.

"음? 아뇨. 조금 전에 말했잖아요. 당사자에게 물으면 알 수 있다고. 지금 물어볼 거예요."

발코니 방에 모인 사람들이 술렁거렸다.

장만이 소리쳤다.

"범인을 알고 있다는 겁니까?"

"물론이죠. 장만 씨잖아요."

웅성이던 사람들은 사전에 계획이라도 한 것처럼 동작을 멈췄다. 장만이 자리에서 벌떡 일어났다.

"내가 그랬다고?"

이현이 담담하게 대답했다.

"내 생각은 그래요."

"무슨 근거로? 헛소리로 사람을 살인범으로 몰면 가만 안 두겠어!"

"가만 안 두면 어쩔 건데요?"

장만은 붉어진 얼굴로 씩씩 거렸다. 이현이 그에게 눈을 고정하고 말했다.

"장만 씨를 범인으로 지목한 이유는 두 가지예요. 첫째,

롭은 왜 죽었을까요? 조금 전에 얘기했듯 범인은 옛사람들과 같은 이유로 범행을 저지르지 않았어요. 다시 말해 생명을 영원히 끊으려고 그런 게 아니에요. 롭도, 우리도 디지털 구역으로 돌아가면 살아나니까. 그렇다면 무선통신이 단절된 이곳에서 롭이 하는 역할과 롭이 아는 지식이 문제라고 추측할 수 있어요. 롭은 우선 우리에 대해 알고 있어요. 장만 씨가 1년 동안 유적에 산다는 것도 알았죠. 그리고 유물 체험에 대해 누구보다 잘 알기 때문에 이상한 일이 벌어지면 즉각 의미를 알아챌 가능성이 있어요."

이현이 목청을 고르고 다시 말했다.

"그래서 누군가를 죽이려면 롭부터 처리하는 게 순서였을 거예요. 제가 장만 씨를 범인이라고 생각하는 이유는 또 있어요. 사실 이거야말로 논리적으로 틀릴 리가 없는 이유예요. 우리는 돌아가면 살아나죠. 백업과 우리의 차이는 유적 체험뿐이에요. 범인이 데이터를 탈취했다는 건 곧 유적 체험의 감각 기억을 가져갔다는 얘기죠. 도성 씨가 물었죠? 유적 체험 한 건당 얼마를 받느냐고. 혹시 감각 기억을 모아서 몰래 팔기로 한 건 아닐까요?"

장만이 핏대를 세우고 말을 쥐어짰다.

"그럼 왜 하필 여기서…."

"무슨 일이든 시작이 있는 법이죠."

장만은 말문이 막히자 어찌할 바를 모르다가 다른 사람들을 바라보았다. 그는 누군가가 자신을 변호해 주기를 바라고 있었다. 하지만 여덟 개의 눈은 그를 차갑게 지켜볼 뿐이었다.

"이건 누명이야!"

이현은 천천히 그에게 다가갔다. 형우는 뒷걸음질 치다가 구석에 몰린 장만을 보면서 이현이 했던 말을 떠올렸다. '누구든 일대일이라면 몸싸움으로 이길 수 있어요.'

물리적인 충돌이 일어날 거라는 긴장은 소리 없이 퍼졌다. 형우가 물러나자 재희가 재빨리 움직여 그의 뒤에 숨었다. 류해도 의자에서 몸을 뺐다.

그 순간 장만이 발코니 창문으로 뛰어들었다. 요란한 소리를 내며 유리가 부서지고 파편과 한 덩어리가 된 장만이 발코니 난간을 뛰어넘었다. 그가 필사적으로 달려 도망친다는 사실은 밤공기를 가르며 주인을 따르는 발소리로 알 수 있었다.

이현이 한숨을 쉬더니 신발을 고쳐 신었다.

"가서 잡아올게요. 범인이 밝혀졌으니 이제 걱정하지 않아도 돼요. 돌아오진 않겠지만 혹시 모르니 잘 거면 방문은 잠가 두세요."

이현은 저녁 바람이 들어오는 창문을 통과하더니 장만보다 훨씬 날렵하게 난간을 뛰어넘고는 사라졌다.

* * *

뇌에 들어 있는 건강 진단 모듈은 아주 간단해서 혈압과 호르몬 농도를 점검하는 게 고작이었다. 디지털 구역에서는 그런 정보가 즉시 마인드 서버로 전송되고 분석되어 필요하다면 정밀 검사를 받을 수 있었다. 하지만 유적 한복판에 있는 형우가 격하게 뛰는 심장을 진정시키기 위해 할 수 있는 거라고는 뜨개질 설명서의 말을 믿는 것뿐이었다.

'뜨개질은 심신 안정과 수양에 도움을 줍니다. 뜨개바늘에 집중하다 보면 다른 일에 신경 쓰지 않게 되고, 고민거리와 멀어질 수 있습니다. 뜨개질을 하는 동안에는 슬픔과 분노 같은 부정적인 감정이 우리를 지배하기 어렵습니다.'

형우는 바늘을 교차시키고 실을 엮으면서 이현의 추리를 곱씹어 보았다. 추리소설을 읽은 적이 없었기 때문에 지어낸 범죄 이야기에서 사용하기에 얼마나 훌륭한지는 알 도리가 없었다.

하지만 조끼 앞판을 세 번째 다시 시도해 봐도 마음이 개운하지 않았다. 압도적으로 밀어붙이는 이현의 설명이 많은 부분을 설명하긴 했지만 완벽하진 못하다는 생각이 형우를 괴롭혔다. 불완전함은 유적 13구역에서 벌어진 두 사건 속에만 있지 않았다. 그보다는 디지털 구역과 유적으로 이뤄진 세상과 관련이 있었다.

형우는 사건과 추리와 세상의 관계가 뜨개질로 짜고 있는 조끼와 비슷하다고 생각했다. 잘못 뜬 부분이 한두 군데

라면 코바늘로 응급처치를 할 수 있었다. 하지만 옷이란 만들고 끝나는 게 아니라 누군가 입어야 했다. 만약 입었을 때 조끼의 앞판과 뒤판을 연결하는 부분이 풀린다면? 설명서에서는 잘못을 눈치챘을 때 아까워하지.말고 문제가 되는 지점에 도달할 때까지 실을 풀라고 조언하고 있었다.

형우는 남은 갈색 실을 가늠해 보고, 결국 완성되어 가는 앞판을 해체하기로 마음먹었다. 하지만 초반에 잘못 떴던 부분이 문제가 되어 결국 뒤엉키고 말았다.

형우는 날이 밝고 이현이 돌아온 뒤에 다시 뜨개질을 붙들기로 하고, 저장장치가 걸리적거리지 않도록 침대에 모로 누워 잠이 들었다.

그리고 인기척 때문에 눈을 떴다.

그의 눈앞에 재희가 서 있었다. 방문을 잠그지 않았다는 사실이 뒤늦게 떠올랐다.

"재희 씨? 잠이 안 오…."

몸을 반쯤 일으킨 형우의 목에 재희가 금속 코바늘을 들이댔다. 재희는 다른 손을 들어 검지손가락을 입술에 댔다.

코바늘 끝이 턱을 따라 이동했다. 재희는 침착하게 형우의 얼굴 구조를 파악하고 있었다. 바늘은 왼쪽 귀밑에 도달하자 움직임을 멈췄다. 재희의 입술이 만족을 표하는 것처럼 위로 휘었다. 재희는 바늘을 쥔 손에 온 힘을 모으고….

머리에 예상하지 못했던 충격을 받아 그대로 책상 위에 쓰러졌다. 재희를 덮치고 있는 사람은 류해였다.

류해는 재희의 옆머리에 꽂아 넣은 가위를 뽑더니 여러 차례 내리쳤다. 형우는 뜨거운 피가 얼굴에 튀는 것을 느끼면서 류해가 꼿꼿이 유물 담당이었다는 점을 떠올렸다.

형우가 제대로 숨도 쉬지 못하고 덜덜 떠는 동안 류해는 재희의 손과 발을 밧줄로 묶기 시작했다.

형우는 콧속으로 파고드는 피비린내에서 아련한 추억을 발견했지만, 그 단상은 금세 사라져 버렸다.

* * *

"추리소설이 재미있다고 했죠?"

형우가 묻자 이현이 고개를 끄덕였다. 하지만 그의 얼굴은 웃고 있지 않았다.

이현이 조금 미안했는지 뜬금없이 형우의 상의를 가리키며 화제를 돌렸다.

"그 격자무늬 옷도 가지고 온 거예요?"

형우가 배를 내려다보았다.

"방에 피가 안 튄 곳이 없어요. 구석에 뒀던 옷가방도 피를 잔뜩 뒤집어썼고요. 마구간에 가 보니까 롭 씨의 옷이 있더라고요. 미안하지만 어쩔 수 없이 옷을 빌렸어요. 돌아가면 살아난 롭 씨에게 돌려줘야죠."

"기억 못 할 걸요? 롭의 머리는 못 찾았잖아요."

"그렇군요. 운영자들이 수색해서 찾아내거나 재희 씨가 자백해서 추가 정보가 복원되면 그때 찾아가야겠어요."

전신을 세 번이나 씻고 머리도 여러 번 감았지만 형우는 피비린내에서 완전히 빠져나올 수 없었다. 도성의 살해 현장에 있던 피는 이미 마른 뒤라 현실감이 적었다. 하지만 체온이 고스란히 남은 피의 무게와 냄새는 너무도 강렬해서 가만히 있으면 영원히 잊히지 않을 것 같았다.

형우는 돌아가서 운영자들에게 자발적 필터링을 신청할 생각이었다.

"그나저나 무사해서 정말 다행이에요. 내가 제대로 추리를 못 하는 바람에 하마터면 끔찍한 일을 당할 뻔했잖아요."

이현이 말했다.

"아니에요. 원인은 어디까지나 재희 씨죠. 이현 씨는 얼마 안 되는 사실로 대단한 추리를 한 거예요. 감탄했어요."

형우가 칭찬하자 이현은 겸연쩍었는지 깨진 발코니 창문을 바라보았다.

"장만 씨한테도 미안하네요. 어디에 있든 잘 살 사람 같았지만요. 나보다 더 빨리 뛰는 사람은 처음 봤어요."

형우가 물었다.

"어떡하면 그런 힘을 낼 수 있어요?"

"돌아가서 '운동'으로 검색해 봐요. 약물이나 음식을 사용한 방법들도 나올 텐데 나라면 그건 무시하겠어요."

두 사람은 무의식적으로 사건과 관계없는 일상 이야기에 열중하기 시작했다. 하지만 목욕을 마친 류해가 발코니 방에 들어서자 동시에 입을 다물었다.

"방해해서 미안해요."

류해가 사과하자 형우와 이현은 동시에 손사래를 치고 가르침을 기다리는 학생처럼 그를 쳐다보았다.

"왜 그런 눈으로 봐요?"

"설명해 주실 거죠?"

형우가 말했고,

"나만 바보 됐잖아요."

이현이 말했다.

류해는 오랜만에 힘을 쓰는 바람에 뻐근해진 어깨와 무릎을 천천히 구부리면서 의자에 앉았다.

그리고 이현과 형우를 온도차가 있는 눈으로 잠시 바라보았다.

"안 하면 안 될까요?"

두 사람은 류해의 말을 격렬하게 거부했다.

"이 일의 진상을 알려면 처음부터 끝까지 알아야 해요. 그 안에는 두 사람이 듣고 싶지 않은 얘기도 있을 거예요. 그래도 듣고 싶어요?"

이현은 즉시 강하게 긍정했다. 류해의 목소리에서 이상한 느낌을 받은 형우는 잠시 망설이다가 그렇다고 대답했다.

"그럼 이것부터 보세요. 조금 전에 현장에서 찾은 거예요."

류해가 이현에게 피 묻은 종잇조각을 건넸다. 형우는 그게 뭔지 알아보고 움찔했지만 애써 가로막지는 않았다.

첫날 이현이 형우에게 주었던 수첩 낱장에는 한 로봇과 여섯 사람의 이름이 적혀 있고 간단한 설명이 붙어 있었다.

"형우 씨가 쓴 거군요. 이건 우리도 다 아는 사실이잖아요."

"뒷장을 봐요."

이현은 앞머리에 별이 그려진 문장을 더 발견했다.

'우리는 무슨 관계인가. 류해 씨는 왜 저런 육체를 선택했는가.'

이현이 형우를 보면서 물었다.

"관계?"

형우가 쭈뼛거리면서 말했다.

"그냥 떠오르는 걸 적었어요. 이현 씨처럼 논리적으로 생각한 건 아니고요. 장만 씨가 마지막으로 한 말 기억나죠? '왜 하필 여기서' 이현 씨는 무슨 일이든 시작이 있다고 대답했고요. 장만 씨가 도망친 다음에 적었어요. 여기가 시작이 아니라면? 여기 유적 13구역에서 보고 들은 것만으로는 범인을 찾을 수 없는 것 아닐까? 그런 생각이 들었거든요."

형우가 바라보자 류해가 마음을 굳게 먹은 듯 힘 있게 머리를 세로로 흔들었다.

"와, 이거 너무 부끄러운데요. 추리소설 좀 읽었다고 잘난 척한 셈이잖아요!"

류해는 이현의 민망함을 얼른 없애 주려고 곧장 이야기를 시작했다.

"모르는 게 당연해요. 이번 일은 단절이 일어나던 당시까지 거슬러 올라가거든요. 전쟁이 나자 마인드 서버를 실험하던 사람들은 전부 집으로 돌아갔어요. 전부 죽을 줄도 모르고. 절대 무기를 보유했다는 두 나라가 위력을 철저히 비밀로 했거든요. 하지만 자원자들뿐 아니라 실험 요원들도 백업을 했기 때문에 그 정신은 서버에도 있었죠. 그 사람들이 지금의 서버 운영자고요."

"도성 씨 말투를 따라 하긴 싫지만, 모두 알고 있는 사실이죠."

이현이 말했다.

"맞아요. 그게 전부가 아니긴 하지만요. 그때 집으로 돌아가지 않은 사람이 있었어요."

형우는 소리도 내지 못하고 류해를 바라보면서 입을 벌렸다.

"정확히 말하면 돌아갈 집이 없는 사람이 있었죠. 그게 바로 나예요."

형우가 정신을 가다듬고 물었다.

"그럼 지금 류해 씨의 몸은…"

"배양육체가 아니라 타고난 몸이에요."

형우와 이현은 새삼 류해를 고쳐 보면서 말문을 열지 못했다.

"외롭진 않았느냐, 어떻게 버텼느냐, 뭐 그런 걸 묻고 싶겠죠? 외롭지 않았어요. 결과론이긴 하지만 버틸 수도 있었어요. 목적이… 아주 큰 목적이 있었으니까요. 실험 시설에 있던 식량과 물이 떨어진 다음에는, 배양육체에 쓸 자원을 최소한으로 가공해서 살았어요."

이현은 이 세상에서 단 한 사람만 겪은 상황을 감히 상상하려 하지 않고 물었다.

"목적이 뭐였어요?"

"딸을 죽인 범인을 지상에서 완전히 없애고 싶었어요."

형우는 류해가 시사하는 바를 어렴풋이 깨닫고 말했다.

"절대 무기 때문에 마인드 서버에 백업된 정신들과… 류해 씨를 빼고는 전부 죽었잖아요? 아직 단절에서 살아남은 사람이 발견된 적이 없으니까요. 그러면 그 말은…."

"네. 서버에 그놈이 남아 있었어요."

류해는 창문으로 걸어가더니 커튼이 누군가의 살결이라도 되는 것처럼 매만졌다.

"마인드 백업과 복원 실험을 총 지휘하던 최교선 소장이 우리 딸을 성폭행하고 죽였어요. 법정에서는 증거 불충분으로 풀려났지만요. 나밖에 없는 지하 실험실에서, 억지로 만든 식용 단백질을 조금씩 씹으면서 생각해 보니 그놈은 처음부터 사이코패스였어요. 자원자들이 제공한 정신 데이터는 그놈에게 인간이 아니었어요. 자신이 마음대로 조종할 수 있는 자료였죠. 나는… 혼자 남아서 그놈의 백업을 완전히 지울 생각이었어요. 그런데…."

류해가 커튼을 움켜쥐었다.

"그런데 그놈이 자신의 백업을 교묘하게 나눠서 다른 사람들의 정신 데이터에 섞어 놓은 걸 알았어요. 쉽게 추적하지 못하게 로그까지 지웠더군요."

형우는 한낮의 햇빛을 정면으로 받고 있는 류해의 실루엣을 쳐다보다가 말했다.

"무슨 말인지 잘 이해가 안 되는데요."

"아, 미안해요. 그러니까… 음… 지금 세상에 살고 있는 7천 명 가운데 몇 사람의 정신과 몸에 최교선이 나뉘어 들어가 있는 거예요."

이현이 소리를 질렀다.

"머리!"

형우도 이번에는 이현의 생각을 따라잡을 수 있었다.

류해가 빛을 등지고 돌아섰다.

"네. 마인드 서버는 불완전해요. 누가 왜 살인을 바라고 전쟁을 일으키는지 아직은 분석할 수 없을 만큼 불완전해요. 그래서 유적 체험을 통해 필터링 항목을 계속 보완하는 거예요. 나는 운영자 중 한 사람으로 조각난 최교선을 계속 추적했고, 최교선은 자신의 일부를 찾아 돌아다닌 거예요."

류해가 과거를 풀어 설명하는 동안 태양이 조금씩 이동했다. 이현과 형우가 손으로 강한 햇살을 가리자 류해가 제자리로 돌아왔다.

"난 평생에 걸쳐 범위를 좁혔어요. 인공지능의 도움을 받아서 마인드 서버뿐 아니라 유적 체험자들의 감각 기억까지 전부 조사했죠. 그래서 여기에 모았어요. 내가 의심한 사람은 바로 형우 씨였어요."

"저요? 아, 그래서⋯."

형우는 자신을 볼 때마다 유난히 얼굴을 굳히던 류해를 떠올렸다.

"그리고 아까 보여 준 메모가 결정타였죠. 사실 형우 씨를 구하게 된 건⋯."

"그래서 가위를 들고 있었군요. 우연이 아니라."

류해가 말없이 끄덕였다.

이현이 기지개를 켰다.

"그럼 이제 어떡할까요? 옆방에 묶여 있는 재희 씨⋯ 죽은 도성 씨와 합체한 최교선? 아, 복잡하네요. 여하튼 저 사람은 최교선에 가깝고 우리 몸 안에도 그 일부가 들어 있다는 거잖아요?"

류해가 질문에 대답하기 시작했다. 형우는 안 그래도 노화가 심히 진행된 류해가 더욱 늙어 보인다고 생각했다.

"어차피 이틀 남았으니까 기다리죠. 저놈이 이틀 만에 굶어 죽진 않을 테고요. 돌아가면 여러분의 정신 속에 있는 최교선의 일부를 삭제할 거예요. 간단한 일은 아니지만 비교 데이터가⋯ 최교선의 정신 데이터가 저기 있으니까 가능할 거예요."

이현이 무거운 짐을 던 것처럼 개운한 얼굴로 일어섰다.

복원

"두 분은 다 씻으셨죠? 전 장만 씨랑 숲에서 숨바꼭질을 하느라 흙투성이라고요. 샤워하고 나서 같이 뭣 좀 먹어요. 그리고 류해 씨, 숙원을 푼 거 정말 축하드려요."

이현이 총총걸음으로 계단을 올라갔다. 류해는 회한과 성취감에 젖어 의자에 완전히 몸을 의탁한 채, 그 뒷모습을 한참 동안 바라보고 있었다.

형우가 말했다.

"저기요. 중요한 건 아닌데….."

"형우 씨 은근히 끈질기네요."

"꼭 대답은 안 하셔도 돼요. 그냥 답하기 싫으셨나 보다 하면 되니까요."

류해가 말했다.

"자료로 써야 해서 완전히 죽이진 않았겠지만, 까딱하면 형우 씨도 저 방에 있는 최교선 꼴이 날 뻔했죠. 사과할 일이에요. 쪽지에 남아 있던 의문에 대답하면 사과로 받아 줄래요? 그러니까… 왜 새 육체로 바꾸지 않았냐는 거죠?"

"네. 최교선의 조각을 언제 다 찾을지도 모르는데 그 편이 더 확실하지 않은가요?"

"두려웠어요."

"뭐가요?"

"우리는 아직도 사람을 완전히 백업하는 방법을 모르잖아요. 마인드 서버를 거치면 감정이 상당 부분 사라져요. 그렇게 보면 우리는, 그러니까 나를 제외하고 지금 이 세상에

253

사는 사람들은 옛사람과 다른 존재예요. 마인드 서버에 들어 갔다가 나오면 딸이 죽었을 때의 슬픔도, 최교선을 반드시 없애겠다는 복수심도 없어질지 몰라요. 사라지진 않아도 희 석될지 몰라요. 그런 위험을 감수할 순 없었어요."

형우는 류해가 더 말할 때까지 기다렸다. 아무리 그가 자신을 해치려 했다 해도, 마지막으로 남은 궁금증을 억지로 들이밀 수는 없었다.

류해가 말했다.

"이 자리 꽤 편하군요. 장만 씨가 왜 여길 고집했는지 알 것 같아요. 바람도 적당하니까 좀 잘게요."

"네, 그러세요."

형우는 단념하고 일어섰다. 뭔가 먹고 싶었지만 주방에 서 소리가 나면 류해의 수면을 방해할 수 있었기 때문에 산 책이라도 할 생각이었다.

"형우 씨."

"네?"

"지금이 마지막이에요. 나중에 뭘 물어보든 절대로 대답 하지 않을 거예요. 아니, 우린 만나지 못할 거예요, 아마. 난 이 몸 그대로 끝까지 살 생각이니까요."

형우가 시치미를 뗐다.

"무슨 말씀인지 모르겠는데요."

"머뭇거렸잖아요. 난 분명히 기회를 줬어요."

형우가 심호흡을 했다.

"운영자답네요. 이건 정말 순수한 궁금증인데요. 혹시…
따님께서… 사고가 있기 전에 마인드 서버 실험에 자원하고
정신을 백업했나요?"

쉽지 않은 질문이라고 생각했기 때문에 형우는 기다렸
다. 류해는 천장을 올려다볼 뿐 입을 열지 않았다. 형우는 조
마조마한 마음으로 기다리다가 딸을 잃은 어머니의 마음도
모르는 주제에 질문이 지극히 섣불렀다고 자책했다. 류해와
같은 상황에 있는 어머니라면 아직 끔찍한 일을 당하지 않은
딸을 고스란히 복원했을까? 그랬다면 현재 함께 살지 않을
이유가 없을 테고, 형우의 질문에 코웃음을 칠 터였다.

혹은 세상을 뒤엎은 단절을 건너뛴 곳에서 완전히 과
거와 절연하고 새 삶을 살도록 모친에 대한 기억을 지우고
복원했을까? 그렇다면 그를 딸이라고 부를 수 있을까?

그 경우에도 형우의 질문은 마찬가지로 퇴색되었다.

형우는 류해가 대답할 이유가 없다고 판단했다. 그는 발
을 돌리려다가 충동적으로 류해의 눈을 보았다.

류해는 희미하게 발소리가 나는 이현의 방만 바라보고
있었다.

형우는 드디어 모든 의문이 해소되어 가볍고도, 한편으
론 무거운 마음으로 본관을 나섰다.

인터뷰

배명훈의 궤도

배명훈은 한국 SF계에서 '과학기술 창작문예'라는 짧았던, 그러나
배출 작가는 굵직했던 공모전에서 2회 단편 부문 대상 작가였다.
15년 차 작가가 된 2019년에 이르기까지 단편소설, 장편소설, 동화,
청소년 소설, 에세이와 칼럼을 계속 써 내며 한국과학소설작가연대
부대표를 지내는 등 전방위에서 활동해 왔다. 그러나 주로 신작이
나올 때 인터뷰를 하게 되는 관례상, 장르와 문단 양쪽에서 주목받지만
사실 양쪽에서 확실히 다루지 않거나 못하는 한계상, 배명훈의 글이
걸어온 방향과 걸어갈 방향을 통찰할 기회는 많지 않았다. 특정 계기에
따라 특정 작품을 다루는 게 아니라 배명훈이라는 작가를 오롯이
다룰 수 있는 이곳에서 그 궤도를 짚어 보고자 한다.

스케일의 궤도

『신의 궤도』(문학동네, 2011)는 누군가가 일부러 문명
수준을 낮춘 세계인데요. 실제로는 자동항법장치나 위성 등이
존재하는 초고도 문명이지만, 겉으로는 2차 세계대전 시기로
보여요. 반면에 이후 작품들은 냉전기로 짐작되는 설정이
많고요. 이런 변화를 시도하게 된 이유가 있나요?

> 이건 제 집필 경향의 변화라기보다는 출판계에서 『신의
> 궤도』같은 장편 우주 전쟁 소설을 잘 소화하지 못한다는
> 인상을 받아서, 그래서 바꿨어요. 한 책을 소개하고
> 유통하는 일에는 여러 분들이 관여하게 되는데, 이분들
> 대부분이 버거워하는 게 보였어요. SF여서라기보다는
> 두 권이어서, 길이가 길어서 그런 것 같아요.

사실 『신의 궤도』는 최소 3권 정도로 썼다면
자연스럽게 잘 풀렸을 작품이에요. 두 권으로 쓰는 게 약간
빡빡하다고 느꼈죠. 이건 제 문제만은 아니에요. SF
작가들이 장편을 쓸 때 재료 준비를 엄청 많이 하거든요.
그래서 다른 작가들한테도 계속 얘기해요. "만약 그 장편이
단편의 8배 분량이라면 재료를 단편의 4배만 준비해라,
제발. 8배를 준비하면 안 된다"라고요.

그걸 『신의 궤도』 때 느끼신 것 같아요. 그 이후로 확실히
달라요.

『신의 궤도』 다음에 『고고심령학자』(북하우스, 2017)를
쓰려고 했는데, 지금은 큰 이야기 말고 작은 이야기를 쓸
타이밍이라고 생각해서 『은닉』(북하우스, 2012)으로
바꿨죠. 『은닉』은 한 일주일 동안 일어나는 이야기예요.

배명훈 님 소설을 읽고 '영화를 본 것 같았다'는 평을
하는데, 저는 『은닉』 말고는 그 평이 어울리지 않는다고
생각했어요. 배명훈 님의 소설은 서술에 기대는 장면이
많거든요. 저는 그게 매력적이라고 생각해요. 사랑이라든가
전쟁이라든가 그런 보편적이지만 추상적인 관념을,
구체적이지만 이전에 생각하지 못했던 방향의 다른 언어로
바꿔서 말한다는 거요.

맞아요, 예전에는 그렇게 의식하고 썼었죠. 다른 매체로
표현할 수 없는 부분, 문학으로만 표현할 수 있는
부분을 열심히 개발해야겠다고 생각했어요. 제 소설을
두고 영상화하기 좋겠다고 하는 분들은 SF니까
그렇게 문학이지는 않을 거라고 생각하는 것 같아요. 막상
읽어 보면 좀 다른데 말이죠.

스케일 때문일까요? 전쟁이나 테러 등이 나오니까요.
정말 강조하고 싶은 부분은 큰 사건이 아니라
그 뒤에 몇 마디 나오는 부분인데, 자꾸 사건에만 주목하는
것 같아요.

제가 그렇게 쓰는 탓도 있어요. 소설을 여러 층위로 나눠서
쓰거든요. 몰입해서 읽어야 도달할 수 있는 층위에 주로
주제의식을 담아 놓기는 하지만 거기까지 안 들어가더라도
뭔가 읽고 즐길 수 있게 쓰려고 해요. 아무래도 대중소설을
쓰고 있으니까요.

작품 세계의 궤도

『청혼』(문예중앙, 2013)이 배명훈 님 비블리오그라피에서
좀 특이한 것 같아요. 이 작품은 '환상문학웹진 거울'*에도
여러 번 고쳐 게재했는데 출간 원고는 더 많이
달라졌더라고요. 전쟁 이야기가 굉장히 많이 들어갔고요.

네. 전쟁 이야기를 쓰고 싶은데, 『신의 궤도』관련해
말씀드린 그런 이유로 잘 못 쓰고 있어요. 3차원 공간에서
하는 전쟁 이야기도 언젠가 쓰고 싶긴 해요. 그래서
우주 전쟁에 대해서 계속 연구하고 있고요. 공부하다 보니
알게 된 사실인데, 우주선이 『청혼』에 나온 것처럼
움직이지 않더라고요. 우주에서는 함대처럼 움직이는 게
아니라 궤도를 따라 움직여야 하는데 이게 너무 복잡해요.

* 2003년에 창간해 현재에 이르는 월간 장르문학 웹진 겸 작가
  집단이다. SF, 판타지, 호러, 경계문학 단편소설을 중점으로 다룬다.
  배명훈도 2006년에 합류하여 필진으로 활동 중이다.

배명훈 님 작품을 보면 한 작품에서 발견된 소재나
주제 의식이, 다른 작품에서도 발견되고 발전하는 듯한
느낌을 받아요.

『청혼』 전후에 쓴 글 중에도 관련 있는 작품이 몇 편
있어요. 예를 들어 『타워』(오멜라스, 2009)에서 제가
수직주의를 언급하면서, 이 사상이 관료주의적인 인간들이
갖고 있는 권위 의식과 연결돼 있다고 이야기를 하죠.
『청혼』에서는 지구 출신들이 중력 방향을 중요하게
생각한다는 이야기가 나오는데, 중력이 향하는 방향이
아래고 그 반대가 위가 되는 거예요. 『청혼』에서 위아래
방향을 언급하는 장면이 딱 『타워』의 수직주의 설명
같더라고요. 또 『청혼』에 나오는 무중력 공간의 '문명'
개념이 『첫숨』(문학과지성사, 2015)에서 더 정교하게
등장하기도 하고요.

저는 그것도 재밌었어요. 『첫숨』에서 화성의 3분의 1
중력과 달의 6분의 1 중력이 계층의 상징이 되잖아요.
그런데 이게 비유적으로 보이기도 하더라고요.
중력이 강하다는 것은 사실 땅에 더 묶여 있다는 뜻이니까.
그렇게 묶인 사람들과 좀 더 자유로운 사람들 사이에
권력이나 지향성이 차이가 날 수밖에 없다는 느낌이
들었어요.

네, 그렇게 읽을 수 있죠. 『첫숨』은 제가 뉴욕에 8개월
정도 머물면서 쓴 작품이에요. 뉴욕은 인공적인 느낌이
드는 도시예요. 도시가 블록으로 착착 나뉘어 있는 것
자체가 자연적이지는 않죠. 그 안에서 몇 달쯤 살아 봐야
알아챌 수 있는 것들이 있어요. 『첫숨』에는 서로 다른
천체의 중력에 익숙한 사람들이 각자 자기 고향 천체의

걸음걸이를 에티켓화하고, 그걸 권력과 사회계층을
나타내는 표지로 사용하는 모습이 나오는데, 그런 것들은
뉴욕에서 살면서 관찰한 것들을 소설에 반영한 거예요.

『첫숨』을 읽으면서, 인류는 우주로 진출하거나
외계인 무리에 끼게 되더라도 '세계인' 같은 건 안 될 거다,
어디서든 분화할 거라는 생각도 들었어요.

　　　　그렇죠. 인류 전체가 세계인이 되지는 않겠지만,
　　　　그래도 세계인이 되는 사람도 나오겠죠. 어느 국적에도
　　　　매이지 않은 인간이요.

우주인은 나올 수 있을 것 같아요. 『청혼』에 나온
사람들처럼.

　　　　저도 그걸 그리려고 했어요. 보편적인 가치를 추구하는
　　　　인간. 아무리 그런 걸 추구해도 이미 손에 쥐고 있는 것
　　　　때문에 항상 의심받지만, 그래도 그 너머를 추구하는
　　　　이상적인 인간이요.

끝에 반전이었죠. 동화에서도 멸망 이야기를 쓰던
배명훈 님이 변했나 싶었어요.

　　　　변한 지가 언젠데요. 이제 멸망 잘 안 시키잖아요.

『예술과 중력가속도』(북하우스, 2016)에 실린 단편들을
보지 않고 『첫숨』으로 넘어가면 배명훈 님의 변화가
갑작스럽게 느껴져요.

　　　　책 출간 순서와 집필 순서가 많이 다르기 때문이기도 하죠.

『예술과 중력가속도』만 해도 아주 오래전에 쓴 글부터
최근 글까지 한 권으로 묶은 책이에요. 데뷔작인
「스마트D」가 10년 만에 드디어 수록된 책이기도 하고요.

『예술과 중력가속도』에 2005년부터 2015년까지의 단편이
실려 있고, 『첫숨』이 2016년에 나왔잖아요.
그러니까 『예술과 중력 가속도』가 미싱 링크예요.

　　맞아요. 그러니까 보통 문단 소설가들은 일정 기간에
　　꽤 비슷한 지면에 단편을 발표한 다음, 책을 낼 만큼 글이
　　모이면 단편집으로 내잖아요. 저는 이미 써 놓은 단편
　　숫자가 책 한 권 분량보다 많은 상태로 데뷔를 했고, 이왕
　　글이 있는데 아무렇게나 모을 순 없어서 주제에 맞춰서
　　모았었어요. 그런데 나중에는 아쉬움이 남더라고요. 그래도
　　『예술과 중력가속도』는 제가 좋아하는 글, 제가
　　꼭 보여 주고 싶었던 글들을 모은 거예요. 저는 제가
　　쓴 글을 좋아하는 편인데요, 이 책 작업할 때도 「초원의
　　시간」이라는 단편을 고치면서 맨 마지막 문단을 읽고는
　　너무 감동받았어요.

저도 그 작품 굉장히 뭉클했어요. 그리고 신기했어요.
다들 배명훈 님 소설을 두고 과학적인 이야기, 사회학적인
이야기, 전쟁 이야기만 하는데 뭉클한 감정도 잘
일으키시잖아요. 용감한 사람이라든가, 대의를 위한
희생이나, 보편적인 성애가 아니라도 사랑 같은 게 다
들어 있고 감정을 건드려요.

　　근데 그 부분을 왜 주목을 안 해 줄까요? 분명히
　　들어 있는데.

혹시 계산하고 쓰시나요? 이 부분에서 이 정도는 돼야지,
이래야 울리지 이런 식으로요.

> 그건 계산한다고 나오는 건 아닌 것 같아요. 저는 글 쓸 때
> 사전 준비를 많이 한 다음에 집필 기간을 짧게 잡는
> 편이거든요? 그래야 집필이 재미있어요. 단편의 경우
> 초고까지 2~3일 정도에 집필을 끝내거든요. 대신
> 사전 준비를 많이 하고요. 작가는 퍼포먼스가 없는
> 직업이지만, 이런 식으로 글을 쓰면 그 2~3일의 기간 동안
> 마치 공연하는 것처럼 몰입을 하게 돼요. 나만 보는
> 퍼포먼스처럼. 말씀하신 감정들은 그 기간에 나오는 것
> 같아요.

묶은 단편집 중에 「수이」*가 없는 게 아까워요. 배명훈의
큰 라인이 '타워' 계열, '중력' 계열, '고고심령학' 계열,
그리고 「수이」와 같은 서술자가 등장하는 '서술자' 계열이
있죠. 서술자가 직접 등장하고, 세상과 이야기를 서술하는
자에 대한 의심이 이야기 속에 녹아 있는.

> 맞아요. '서술자' 계열은 제가 작가로서 놓치지 않고
> 연습하는 장르죠. 이걸 해야 내가 소설에 대한
> 근원적 질문을 놓치지 않는다고 생각해서예요. 이 라인의
> 소설들은 현대소설 서술자의 절대적인 권위에 대한
> 반론이잖아요.
> 　사실 저는 제 서술자를 좋아해요. '어떻게 이렇게
> 나보다 훌륭하지?' 하고 놀라요. 그래서인지 소설을 쓰다

---

* '환상문학웹진 거울' 64호(2008. 10.)에 게재되고 2008년 단편선
『눈늑대』에 수록된 단편소설. 주술사의 능력이 세상을 서술하는 것이고,
소설의 서술자와 세상의 서술자, 즉 조물주를 등치시킨 단편이다.

보면 저도 조금씩 인생 자체가 덜 우울해지고 밝은 쪽에
서게 돼요. 그런데도 가끔 반론을 제기하는 거죠.
'당신이 좋아서 열심히 따라가고 있기는 하지만 당신을
100퍼센트 믿지는 못하겠어. 어차피 당신은 너무
절대적인 목소리를 갖고 있는 사람이니까. 좋아하지만
의심하면서 따라가겠어' 하는 작품군이 이 '서술자'
계열이에요. 요즘도 계속 쓰고는 있는데, 묶어서 내지는
못했죠.

비평의 궤도

「안녕! 인공 존재」는 제가 그때까지 읽던 배명훈 소설과는
좀 달랐어요. 원래 있던 개념과 세계에서 시작해서
그걸 비틀거나 뒤집으면서 새로운 면으로 전개해 독자들을
놀래는 게 배명훈 님의 특기라고 생각했는데, 그 글에선
처음부터 주제인 물건이 직접적으로 나오니까요.

전략적으로 그렇게 쓴 건 아니고, 예전부터 쓰고 싶었던
이야기를 썼어요. 김초엽 작가님의 「감정의 물성」 같은
그런 발상이겠죠. 손에 잡히지 않는 대상인 존재의
이야기를 가시적인 걸로 만드는 전략. 말로 설명하기
어려운 문제를 구체적인 물체로 만들어서 거기에서부터
이야기를 시작하는 거예요. 다행히 작품이 잘 나와서,
아주 좋아하는 글이에요. 발표하기 전에 사람들한테
읽혔을 때 반응들도 좋았어요.

주변의 반응과 실제 출판 시장에서의 반응이 언제나
일치하나요?

언제나 같진 않죠. 「안녕! 인공 존재」는 SF 쪽에서는
그렇게 좋아하지 않아요. 발표한 후의 반응을 보면요. 근데
문단 쪽에서는 상당히 좋아했어요. 그래서 다른 종류의
독자가 있다는 걸 알았어요. 같은 제목을 단 작품집이
앞부분과 뒷부분의 분위기가 완전히 다른데요. 앞부분은
편집자가, 뒷부분은 제가 고른 글이거든요. 각자가
생각하기에 쉽고 대중적이라고 여겨지는 글을 넣은
거예요. 취지는 같은데 그렇게 선별한 결과물은
전혀 달라요. 독자도 앞부분을 좋아하는 사람과 뒷부분을
좋아하는 사람이 딱 갈리는 걸 보면서 독자 지형이란 게
단일하지 않구나 하고 깨달았죠.

독자들은 자기가 서 있는 곳의 지평선이 세상 끝까지
쭉 이어져 있을 거라고 생각해요. "전 세계가 내가 보는
것과 똑같은 눈으로 작품을 읽어야 돼. 나는 보편적인 눈을
갖고 있어. 내 눈이 대중의 눈이야"라고 이야기하는 사람도
많아요. 그런데 그 눈이 하나가 아니에요. 어떤 경우에는
서로 배치돼요.

단적으로 장르 독자인 제가 문단 문학작품을 읽기
어려웠던 경험이 있어요. 속도도 안 맞고, 인물이 행동을
하기보다는 내면을 들추려고 하고, 끝이 끝답게 느껴지질
않고, 그래서 해석하기가 힘든 거예요.

SF랑 순문학이 배치되는 것은 인물에 대한 비중을 어떻게
둘 것이냐 하는 것 말고도 결말 내는 법에서도 상당히
차이가 많이 나요. 그래서 윤이형 작가님은 SF 쪽에서는
손해를 봤어요. SF인데 결말을 순문학처럼 내셔서요.
그러면 SF 독자들은 결말이 없다고 생각해 버리거든요.
폭발적이고 힘 있는 결말을 이야기할 때, SF에서는
'나'를 기준으로 그 폭발력이 세계 쪽으로 향해야 해요.

세계를 변화시키는 파급력, 혹은 여운이어야 하는데,
순문학은 안쪽 방향, 그러니까 내면으로 폭발해야 해요.
그래서 순문학 독자들 중에는 제 소설을 보고 결말이
없다고 생각하는 경우가 있는 것 같아요. 반대로 윤이형
작가님은 결말의 폭발력이 바깥쪽을 향하지 않으니까
SF 쪽에서 결말이 없다고 이야기를 하고요. 사실 둘 다
결말이 있어요. 저 조건을 다 만족시키려다 보니
『고고심령학자』에는 결말이 세 개예요. 제가 쓰고 싶었던
결말, 장르소설이 익숙하지 않은 독자가 기대하는 결말,
SF 독자가 생각하는 결말.

초기에 배명훈 님에 대해 문단 쪽에서 칼럼이나 비평을
쓴 걸 보면, 인물을 깊이 해석하고 만들어 내길 요구하면서
젊은 작가니까, 신예니까 두고 보자는 이야기가
많더라고요.

인물을 보완하라는 이야기가 문단문학에서는 아주
보편적인 충고 같아요. 심사평에서도 종종 보이고요.
충고하시는 분들은 선의로 말씀하세요. 충심에서
하는 말이죠. 문단 작법의 정설이니까요. 그들의 말을
요약하면 소설은 인물이 100퍼센트라는 이야기인데,
저는 그것까지는 납득을 못하겠어요. 100퍼센트일 리는
없잖아요.

전통적인 문학비평이나 틀 안에서 말할 수 없다는 것이,
배명훈 님이 평을 잘 못 받는 이유와 연관이 있다는 생각이
들어요. 논문 쓸 때도 그렇잖아요. 이전 연구 결과를
밟아서 공부한 다음에 그걸 조금 더 발전시키는 건데,
SF 쪽 담론을 다루자면 이전 연구가 소용이 없는 거죠.
아니면 반대로 봐야 하거나.

그렇죠, 다시 새로운 비평 방법을 만들어야 해서 어려운 거죠. 그래서 그걸 당장 하라고 말할 수는 없어요. 처음부터 연역적인 틀을 가지고 들어갈 게 아니라, 일단 한국 SF 소설을 충분히 읽고 나서 그것을 바탕으로 일반화를 하는 과정이 필요해요. 그다음에 이렇게 귀납적으로 얻은 지적 도구를 가지고 다시 한국 소설을 들여다봐야 하는 거죠. 그런데 먼 훗날이 아니라 지금 당장이 문제잖아요. 제 글을 읽고 말하라는 숙제가 발등에 떨어지면, 비평가 입장에서도 일단 난감하다는 이야기를 들은 적이 있어요. 한국 SF를 다루기가 까다롭다는 건 비평가들도 알고 있거든요. 어려워하시는 분들은 문제가 안 돼요. 만만히 보고 쉽게 쓰시는 분들이 문제죠.

그래도 지금은 분위기가 많이 달라졌어요.

왜 분위기가 달라졌을까요?

일단 SF 쓰는 사람이 많아진 게 원인인 것 같아요. 쓰는 사람이 굉장히 많아져서 출판사에 투고도 엄청 많이 들어온다고 하더군요. SF 작가를 지망하는 사람만 많아진 게 아니라, 이미 등단 작가들도 SF를 많이 쓰거든요. 그래서 큰 출판사들도 이전까지는 SF 투고가 들어오면 바로 탈락시켰었는데, 최근 몇 년 사이에는 이렇게까지 투고가 많이 들어온다는 건, 글이 문제가 있는 게 아니라 혹시 나한테 보는 눈이 없다는 증거가 아닐까 하는 고민들을 하신대요.

예전에 문예지에서 연락 왔을 때랑 요새 연락 올 때 다르죠?

태도도 상당히 다르죠. 옛날에 SF 다룰 때는 약간, 특이하니까 다뤄 준다는 느낌이 있었어요. 지금은 그렇지 않아요. 물론 아직도 어떻게 다뤄야 할지 답은 안 나온 듯하지만 그래도 태도 자체는 상당히 달라요. 요즘은 수면 위쪽도 변화가 많이 보이는데 수면 아래는 그보다 훨씬 역동적으로 변하고 있어요.

그리고 그 변화는 이제 불가역적일 정도로 속도가 붙지 않았나….

그런 것 같아요.

작가의 궤도

근황을 알려 주세요.

「빙글빙글 우주군」이라는 걸 썼어요. 장편이고요. 바로 출간하지 않고, 그전에 다른 방식으로 유통을 하거나 판권을 파는 걸 에이전시랑 이야기하고 있어요. 그래서 이 작품은 영상 언어 쪽에 가깝게 썼어요. 아직 판로를 개척 중이라 언제 나올지 모르겠네요.

영상화하는 데 오래 걸릴 수도 있겠네요.

네. 영상으로 첫선을 보이게 된다면 그때쯤엔 아무도 이 이야기를 기억하지 못하겠죠. 요즘 제 경력이 정체되어 있는 시기라고 생각해서 여기저기 찔러 보고 있어요. 에세이도 쓰고 있고, 이것저것 하고 있어요.

작가로서 궁극적인 목표가 있나요?

'일확천금을 꿈꾸며 성실하게'가 모토예요. 출판 계약서 구조를 보면 작가는 일확천금을 꿈꿀 수밖에 없게 되어 있고, 수익 중 원고료 부분을 생각하면 늘 성실하게 쓰고 있어야 하고. 사실 『타워』 나오고 나서 그런 유의 글을 더 쓰라는 말을 많이 들었어요. 하지만 결국 그 충고를 안 따랐죠. 성장판을 닫을 때가 아니고 다른 유형의 글을 연습해야 했으니까요. 나름대로 중요한 선택이었을 거예요.

SF 작가들은 그런 점이 좋아요. 경력이 어느 정도 쌓이고 나면 현역에서 물러나서 다른 역할을 해야겠다고 마음을 먹는 게 아니라, 계속 쓸 생각을 하고 있다는 점이요. 그래서인지 저도 그 선택을 당연하게 받아들였는데, 아쉬워하는 분들이 많았죠.

옛날에는 책을 열 권쯤 내면 외부 요인과 관계없이 뭔가가 이루어져 있지 않을까 생각했어요. 그런데 오히려 책을 너무 많이 내서 사람들이 부담스러워하는 것 같아요. 책을 스무 권을 내면 달라지지 않을까 하는 생각도 들지만, 열 권보다 스무 권이 더 부담스럽지 않을까…. 그래도 비슷한 페이스로 글을 쓰겠죠. 계속 단련하면서 계속 쓸 겁니다.

인터뷰어: 최지혜
인터뷰이: 배명훈

칼럼

SF 영화, 현재를 비추는 만화경

오정연

"나는 너희 인간들이 믿지 못할 것들을 보았지."

룻거 하우어Rutger Hauer가 연기한 〈블레이드 러너〉(1982) 속
로이의 독백은 이렇게 시작한다. 지난여름 룻거 하우어가 세상을
떠났을 때 얼마나 많은 이들이 얼마나 많은 언어로 이 대사를
읊으며 조의를 표했을까. '빗속의 눈물'이라고도 불리는 이 독백은
"이제 죽을 시간이다"로 끝맺는다. 로이 캐릭터에 대한 애착이
상당했던 하우어가 대본 속 마지막 대사를 직접 업그레이드시킨
것은 널리 알려져 있다. 시나리오 초고와 완고, 그리고 영화 속
실제 버전으로 독백을 확인해 보면 그의 기여가 얼마나 컸는지
짐작이 가능하다. A를 알고, B를 봤고, C를 했고 등등으로
지지부진 이어지던 대사가 마지막 버전에서는 '나는 A를 봤고,
B를 지켜봤지'로 정리된다. '시각'으로 통일된 동사들은
오프닝 속, 폐허 같은 도시의 야경을 바라보는 정체불명의
눈동자와 훌륭한 대구를 이룬다.

영화 전체에 걸쳐 〈블레이드 러너〉는 '눈'에 대한
물질적이고 육체적이며 수사적인 언급을 반복한다. '눈은 영혼의
창'이고 '백문이 불여일견'이라든가. 대부분의 문화권이 눈과
시각에, 육체의 다른 부분이나 여타의 오감에 비해 절대적인
지위를 부여했다. 산업혁명 끝자락에 태어난 영화 역시 처음에는

목소리가 없이 오직 시각만을 위한 매체였다. 초기 영화들은 인간이 글로 읽고 전해 들어서는 믿을 수 없는 시공간의 일들을 '지금 여기'의 상황으로 '보여 주는 데' 주력했다.

* * *

최초의 극영화로 언급되는 〈달나라 여행 Le Voyage dans la Lun〉 (1902) 이 제목에서 짐작할 수 있다시피 SF 영화로 분류된다는 점은 사뭇 의미심장하다. 이 영화가 주로 참조한 소스가 『지구에서 달까지』(1865), 『달나라 탐험』(1869) 등 쥘 베른 Jules Verne의 SF 소설이라는 사실에 이르면 SF와 영화라는 매체 사이의 질긴 운명을 믿게 된다. 당대의 유명 SF 소설에서 영감을 얻은 마법사 출신 영화감독 조르주 멜리에스 Georges Melies가 연출한 단편영화를 보자면 '눈속임' 기술을 자유자재로 구사할 수 있는 새로운 매체에 대한 매혹이 흘러넘친다. 최초의 SF 장편 극영화 〈메트로폴리스〉(1927)는 여기서 한 걸음 더 나아간다. 단순히 관객의 눈을 속이는 것이 아닌, 보이는 현실 이면의 공포와 경이를 보여 주기 위한 포맷을 궁리했다. 독일인 프리츠 랑 Fritz Lang 감독이 맨해튼을 처음 방문했을 때의 충격 이후 구상을 시작한 이 영화는 SF가 필연적으로 디스토피아적일 수밖에 없다는 것을 매우 잘 설득시킨다. 그로부터 4년 뒤 만들어진 〈프랑켄슈타인〉(1931)은 호러/스릴러 장르에게 시리즈 혹은 프랜차이즈라는 포맷의 유용성을 일깨운 초기 스튜디오 영화였다. 그 원작인 메리 셸리 Mary Shelley의 동명소설 『프랑켄슈타인』 (1818)은 최초의 SF 소설로 자주 꼽힌다는 점에서 SF와 영화 사이의 굳은 연결 고리는 재확인된다.

익숙한 외관을 지녔지만 얼핏 보는 것으로 파악되지 않는

것을 마주할 때 우리는 호기심과 공포를 동시에 느낀다. 미처
알지 못하는 대상을 향한 호기심이 SF의 내러티브와 밀접한
연관을 맺는다면, 비주얼은 영화가 SF를 다룰 때 가장 큰 무기라
할 만하다. 우리가 이미 정복했거나, 곧 정복할 무엇인가가
이전에 알고 있던 것과 어떻게 같고 어떻게 다른지 영화는 보여
줄 수 있다. 그처럼 생생한 방식으로, SF 영화가 시대별로 어떤
과학/기술을 다루었는지를 살피는 것은 개별 시대의 불안과
열망을 읽어 내는 첫걸음이 될 만하다. SF 영화에 투영된 과학과
기술은 현시점에서 상상한 미래가 아닌, 그 시대가 과학이라는
미명 아래 무엇을 욕망하고 두려워했는지를 반영한다.

　　흔한 짐작과 달리 인간의 상상력은 동시대의 원심력을
벗어날 만큼 힘이 세지 않다. 1950년대 초반 미국인을 대상으로
한 갤럽 조사 결과는 이를 잘 보여 준다. 미래(21세기)에
가능해질 기술에 대해 80퍼센트의 사람들이 암을 극복할 것이고,
63퍼센트가 핵에너지를 활용한 기차와 로켓이 상용화될 것이라고
예상한 반면 15퍼센트만이 인간이 달에 갈 것이라고 답했다.
인류는 그로부터 20년이 지나지 않은 1969년 달에 첫발을
내디뎠다. 〈지구가 멈추는 날〉(1951), 〈심해에서 온 괴물The Beast
From 20,000 Fathoms〉(1953), 〈뎀!Them!〉(1954), 〈그날이 오면On
The Beach〉(1959) 등 인간이 스스로의 손으로 문명을 끝장낼 수도
있다는 자의식과 함께 시작한 1950년대의 SF 영화들에선
원자력과 핵기술을 향한 양가적 감정이 들끓는다. 본격적인
우주전쟁에 돌입한 1960년대 중반 이후 '스타트렉 시리즈',
〈2001: 스페이스 오디세이〉(1968), 〈혹성탈출〉(1968) 등 많은
SF 영화들이 당연하다는 듯 중력을 벗어났다. 유전자공학과
생명공학이 궤도에 오르고 시험관 아기며 복제 동물 등의 용어가

대중들에게 각인된 1970년대에 이르러, 히틀러 복제인간을
탄생시키는 〈브라질에서 온 소년〉(1976)이 등장한 것은 우연이
아니었다. PC가 보급되고 각종 전자기기들이 동시대(미국)의
모습을 충분히 '미래적'으로 바꾼 1980년대, 〈블레이드 러너〉,
〈트론〉(1982), 〈터미네이터〉(1984) 등에서는 컴퓨터 모니터
화면이 시대의 인장을 남겼다.

　　우리는 보고 나면 비로소 믿는다. 보는 행위를 통해 우리는
그렇게 이전과는 다른 존재가 되어 간다. 100살을 훌쩍 넘긴 SF
영화를 통해 우리는 어떻게 변해 왔고, 우리의 변화를 SF 영화는
어떻게 바라보고 있을지 살펴보겠다. 21세기 하고도 두 번째
십 년이 끝나 가는 시대. 인간이 만든 비행물체가 태양계를
벗어나고 있지만, 우리는 여전히 발 딛고 선 지구의 중심에 무엇이
있는지 확신하지 못한다. 빛이 5500만 년 걸려 도달할 수 있는
거리에 있는 블랙홀의 사진을 찍는 데 성공했지만, 정작 우리의
뇌가 밤에 하는 일(=꿈)을 명쾌하게 설명하지 못한다. 알고
보니 행복은 가까운 데 있었다는 파랑새의 교훈은, 돌아보니 고작
등잔 밑도 밝히지 못하는 처지였다는 깨달음으로 인류를 덮치는
실정이다.

　　아무것도 확신할 수 없는 시기, 대기권이든 태양계든
프론티어 넘어 한없는 밖으로 향하던 관심이 세기말을
경유하면서 내부로 향하는 경향만은 제법 분명해 보인다. 〈이터널
선샤인〉(2004), 〈인셉션〉(2010), 〈인사이드 아웃〉(2015) 등
기억과 시간, 감정과 정신을 과학적으로 바라보려는 시도가 SF
영화의 소재로 흔하게 등장했다. 신경과학 혹은 인지과학으로
불리던 논의들이 뇌과학이라는, 보다 직관적인 호명으로 가능해진
시점과 어느 정도 겹쳐질 것도 같다. 뇌과학 분야의 부흥에

가장 크게 기여한 것은 아마도 나름의 특이점에 도달한 인공지능
분야의 폭발적인 발전과 이에 대한 관심이 아니었을까.
각종 의학영상기술의 발전 역시 이와 병렬관계이자 인과관계이며
상관관계를 맺고 있을 테다.

　인공지능을 장착한 인간형 로봇은 SF의 영원한 벗이었으니
안드로이드 자체는, 21세기 SF 영화에서 도리어 심드렁한
느낌이다. 반면 80년대 이후 '인간보다 인간다운' 로봇을 통해
인간을 인간으로 만드는 무언가에 대한 SF 영화의 천착은 꾸준히
넓고 깊은 궤적을 그려 왔다. 자유의지와 '통 속의 뇌'에 대한
사고실험 역시 이와 함께 심심찮게 등장하는 화두다. 〈매트릭스〉
(1999) 〈A.I.〉(2001), 〈마이너리티 리포트〉(2002), 〈엑스 마키나〉
(2015) 등에서 인간 대부분은 끊임없이 자유의지의 경계를
의심하며 머뭇거린다. 인간을 닮았으되 (좋거나 나쁜 이유에서)
인간보다 더 인간적인 로봇 혹은 유사 인간 캐릭터만이 망설임
없이 경계를 넘는다.

　21세기의 SF 영화들은 더 이상 디지털-스러움, 혹은 첨단-
스러움에 얽매이지 않는 듯 보인다는 점은 아무래도 흥미롭다.
이전의 미래를 다룬 거의 모든 SF 영화들이 보다 매끈하고
반짝이는 프로덕션 디자인을 통해 미래의 질감을 표현하려 애썼던
것과 좋은 대조를 이룬다. 〈월-E〉(2008) 등 종말 이후의 폐허를
배경으로 하는 포스트아포칼립스 영화를 말하는 것이 아니다.
〈이터널 선샤인〉이나 〈인셉션〉 등 근미래를 배경으로 현재 우리가
누리지 못하는 기술을 가정하는 SF 영화들 역시 더없이
아날로그적인 미술을 전시한다. 이러한 '아날로그의 반격'은
텔레비전 시리즈 〈기묘한 이야기 Stranger Things〉(2016~)나
〈레디 플레이어 원〉(2018), 넷플릭스 오리지널 〈밴더스내치〉

(2018)처럼 1980년대를 시대적 배경으로 삼거나 1980년대 대중문화에 대한 노골적인 향수를 동력 삼는 레트로 감성에서도 흔적을 찾을 수 있다. 기실 이는 질주하는 시대에 대한 우리의 불안을 위로하기 위해 대중문화가 수시로 꺼내 드는 카드이기도 하다.

    인류에게 신기술은 영원한 만화경이다. 따지고 보면 거울과 종이쪼가리가 전부인 만화경에서 눈을 떼지 못하듯, 살펴보면 우리가 길들이는 것이 아니라 우리를 길들이는지도 모를 테크놀로지가 우리의 관심을 잡아끈다. 숨죽이고 바라보는 사이 그 만화경은 점점 우리의 익숙한 내면을 낯설게 비추고 있다. 100년 남짓의 시간이 흐르고서야 우리는 비로소, SF 영화라는 눈을 통해 낯선 미래 혹은 신세계가 아닌 스스로를 바라보고 있다는 것을 인정하는 중이다.

SF는 장애인에게 무슨 소용이 있을까?

김원영

어느 날 인간의 척수신경을 마비시키는 모종의 바이러스가
퍼지고, 절대 다수의 사람들이 걷지 못하게 된다고 가정해 보자.
공중이용시설물은 이제 휠체어를 사용하는 사람들을 중심으로
재설계될 것이다. 이런 상상을 프랑스의 한 TV 공익광고가
구현한 적이 있다. 모두가 휠체어를 타고 다니는 가운데 혼자
걷는 사람이 일상생활에서 커다란 불편을 겪는다는 내용이다.
긴 경사로를 휠체어들이 유려하게 굴러갈 때 힐까지 신은
이 '비장애인'은 바닥이 미끄러워 뒤뚱거린다. 이 광고는
공공기관에서 시행되는 '장애인인식개선교육'에 참여하면 간혹
볼 수 있다. 유치하기는 해도 장애가 필연적 제약이 아니라,
사회적으로 구성되는 조건임을 직관적으로 전달한다.

　　나는 저 광고가 '유치하다'고 강조했다. 왜 그런가? 너무
직관적이라 세련되지 못한 콘텐츠이기 때문일까. 우선은
그런 이유지만, 더 복잡한 설정을 추가했더라도 결론이 달라지지
않을 것이다. 저와 같은 상황은 우리가 살아가는 '과학적'
세계 내부에서 실현될 가능성이 아주 미미한, 특이한 예외를
상정할 뿐이기 때문이다. 지구 전체가 평평한 얼음으로 이뤄지지
않은 이상, 지금과 같은 물리법칙과 지리적 조건에서 살아가는
동물에게는 다리 관절과 근육의 연속 운동을 통해 신체의
중심을 앞뒤, 좌우로 쉽게 움직이는 이동 방식(즉 보행)이

'바퀴'보다 훨씬 더 적응도 높은 전략이다. 지구의 환경적 조건은 우리 종의 역사에서 오랜 상수였다.

우리가 상상할 수 있는 '장애로 인한 불편함'을 그저 우연히 설계된 환경 문제로 돌리기는 그래서 쉽지 않다. 청각장애인들이 사용하는 수어(手語)는 올리버 색스가 보여 주듯* 그 자체로 완전하고 체계적인 언어이지만, 수어가 소리에 기반한 음성언어 체계보다 거의 모든 인간 사회에서 더 소외된 이유를 지극히 우연한 사회·문화적 차이 때문으로 보기는 어렵다. 분명 수어는 (빛이 있다면) 우주 공간이나 바다에서 소리보다 유리한 의사소통 방식이다. 그러나 지구의 대기권과 지표면은 종으로서의 우리 인간에게는 상수에 가까운 환경이다. 시각장애인과 비시각장애인의 차이 역시 마찬가지일 것이다. 사람들이 악령을 보고 자살한다는 영화 〈버드박스〉의 설정까지 나아가지 않는 이상, 태양이 발산하는 빛 속에서 생성되어 수십억 년을 번성해 온 지구 위 생명체들에게는 빛을 이용하는 능력이 거의 언제나 생존과 번영에 유리하다.

나는 '장애의 사회모델'로 불리는 장애학Disability studies의 핵심 입장(이론)을 부정하거나 무시하지 않는다. 장애에 따른 차별과 억압은 명백히, 개인이 지닌 생물학적 조건(손상 impairment)과 사회가 상호작용한 결과물이다. 어떤 사회에서 수어를 사용하는 청각장애인의 삶은 다른 사회보다 훨씬 더 많은 자유 아래에서, 평등하고 적절한 교육과 고용의 기회 속에서 펼쳐진다. 휠체어를 이용하는 장애인은 어떤 사회에서는 더 많은 공공장소에 접근하고, 필요한 의료서비스와 보조기기를

* 올리버 색스, 『목소리를 보았네』, 김승욱 옮김, 알마, 2012.

지원받으며, 종종 발생하는 의도적인 배제나 거부행위를 단호히 규제하는 차별금지법의 도움을 받을 수 있다.

내가 문제 삼는 것은 장애가 사회적이라는 인식이 아니다. 장애는 과학적(자연적)으로, 유기체의 적응과 번성에 있어 완전히 중립적인 상태는 아니라는 뜻이다. 여러 장애학자들이 장애disability와 손상impairment을 구별하는 이유도 여기에 있다. 손상은 과학적, 자연적 대상으로서 인간이라는 유기체가, 진화적 시간을 기준으로 삼을 때의 '표준상태'를 벗어난 경우다. 진화적 시간을 떠올릴 때 손상은 생존과 재생산에 불리한 조건일 가능성이 (매우) 높다. '2000년 전 지금의 코트디부아르 남서쪽에서 번성한 작은 공동체는 걷지 못하는 사람들이 걸어 다니는 사람들과 완전히 동등한 삶의 질을 누렸다'는 유의 이야기를, 우리는 기대하기 어렵다. 분명히 인류 역사의 어떤 공동체 구성원들은 장애를 가지더라도 그로 인한 불리함을 훨씬 적게 겪었고, 거의 온전하게 공동체에 통합되었으며, 특별한 차별을 받지도 않았다.* 그러나 이런 사회의 예시는 매우 적으며, 예외적인 이 사회들조차 '비장애인'보다 더 번성했거나, 더 유리하고, 혹은 완전히 동등하게 사회참여의 기회를 얻었다는 증거는 거의 없다. 한 인류학 연구에 따르면 장애를 가진 아이는 대부분의 공동체에서 영아 살해의 첫 번째 대상이었다.**

*   그런 예시들을 우리는 베네딕테 잉스타·수잔 레이놀스 휘테, 『우리가 아는 장애는 없다』, 김도현 옮김, 그린비, 2011.; 노라 앨렌 그로스, 『마서즈 비니어드섬 사람들은 수화로 말한다』, 박승희 옮김, 한길사, 2003. 등의 책에서 확인할 수 있다.
** Scrimshaw, S. C. M. "Infanticide in human populations: Societal and individual concerns", In G. Hausfater, S. B. Hrdy(Eds.) *Infanticide: Comparative and evolutionary perspective*. Ann Arbor, Mich.: University Microfilms International, 1996, pp. 349-362.

만약 SF가 그 특기를 살려 장애(손상)에 전혀 다른 존재론적 지위를 부여하고자 한다면, 우리가 사는 이 지구의 물리학/생물학 질서와는 근원적인 수준에서 전혀 다른 질서를 창조하는 방법을 택할 수도 있을 것이다. 하지만 그 경우 이 질서는 우리가 사는 지구의 물리학과 너무 거리가 멀어서, 이 새로운 장애의 존재론이 우리에게 주는 함의는 약할지도 모른다. 그렇다면 우리가 사는 지구의 물리학과 생물학 질서의 근본 틀을 유지하면서, 일정한 상상력을 부여해 장애의 존재론을 새롭게 그리는 방식이 더 유용할 것인데, 이는 어떤 딜레마를 부른다. 아래에서 살펴본다.

* * *

옥타비아 버틀러가 들었다는 질문을 상기해보자. 'SF가 흑인들에게 무슨 쓸모가 있습니까?' 아마 약간 더 답하기 어려운 질문은 이런 것이다. 그러니까, 'SF가 장애인들에게 무슨 쓸모가 있습니까?'

현대 SF에 사회·정치적 소수자가 등장하는 일은 드물지 않고, 이들은 적지 않은 독자들에게 매력적인 존재일 것이다. 영화 〈블레이드 러너〉나 〈공각기동대〉, 〈알리타〉에 등장하는 여성(형) 사이보그를 말하는 것이 아니다. 이종산의 『커스터머』에서 지느러미나 뿔을 신체에 접합한 커스터머들은 소설 속에서 혐오범죄의 표적이 되기도 하지만, 독자들에게는 충분히 매력적이고 당당한 존재들로 다가온다. 정소연의 「우주류」에서 장애를 가지고 우주로 향하는 주인공이나, 김초엽의 「나의 우주 영웅에 관하여」에 등장하는 '왜소한 체격의 비혼모' 재경 역시, 그들의 존재가 풍기는 어떤 위엄은 독자를 끌어당기기

충분하다. 선명한 의지와 더불어, 이들에게 부여된 '소수성'은
우주나 심해와 같이 거대한 공간에 접속할 때 독특한 감상을
불러일으킨다.

　이 '매력'의 기원에는 혼종성이 있다. 이는 '온전한'
인간(남성)이 지구에서 문명을 완성(정복)한 뒤에 우주로 점차
나아가는, 그런 이야기가 아닐 때 경험되는 매력이다. 일찍이
도나 해러웨이는 옥타비아 버틀러, 새뮤얼 R. 들레니 같은
과학소설 작가들에게 자신이 영향을 받았음을 분명히 말하면서,
몸의 경계와 그와 관련된 사회질서를 가로지르는 정치적
정체성(그녀는 '사이보그'가 이러한 정체성이라고 규정한다)을
탐구했다.* 사이보그는 "에로틱한 침범을 강력하고 새로운
융합과 뒤섞기 때문에, 계급, 민족, 문화적 차이를 나타내 왔던
신체적 경계 논쟁의 무대"가 된다.**

　그렇기에 SF에서 표현된 몸/섹슈얼리티에 대한 퀴어적
상상력이 가지는 매력은, 두 다리가 마비되어 직립보행을
할 수 없는 존재가 우주선을 타고 우주 공간 안으로 뛰어드는
것을 상상할 때에도 유사하게 경험된다. 물속을 떠다니던
단세포에 불과했던 인간이 먼 조상들의 시간을 거치며 뭍으로
올라, 마침내 양다리로 땅을 딛고 직립에 성공하면서 문명을
시작한다는 통속적인 진화의 역사를 떠올려 보라. 인간이
기술문명을 통해 우주로 향하는 일은 이 선형적 진보의 최첨단을
보여 주는데, 이 선 '바깥'(이라고 간주되는)의 존재자인 여성,
그것도 '직립보행이 불가한' 여성이 우주로 나아가는 장면은

---

*　도나 해러웨이,『해러웨이 선언문』, 황희선 옮김, 책세상, 2019. 69쪽.
**　캐서린 헤일스,『우리는 어떻게 포스트휴먼이 되었는가』, 허진 옮김, 플래닛, 2013.
　　162쪽.

그야말로 '자연스럽지'(역설적으로 들리지만, '문명으로서
자연스럽지') 않고, 비선형적이며, 혼종적인 사건일 수밖에 없다.

여기서 우리는 흥미로운 점을 발견하게 된다. 정소연의
「우주류」가 만약 장애인이 된 주인공 '조차' 우주 비행사가 될 수
있는 과학기술을 배경에 둔 사회를 상정하고, 그 배경을 정교하게
그려 내고 있다면 우리는 「우주류」라는 소설에서 어떤 '혼종의'
아름다움을 느끼지 못하지 않았을까? 그때에는 직립보행을 계기로
시작된 선형적인 문명의 진보가, 마침내 장애인까지 우주로
보내는 쾌거를 이룬 것처럼 보이기 때문이다. 이때 이 장면은
"우리의 첨단 과학은 장애인들에게도 우주를 경험하는 시대를
열었습니다!"라고 NASA의 백인 남성 비장애인 국장이
기자회견을 할 것 같은 일이 된다.

이 소설의 이야기가 매력적으로 경험되는 이유는, 바로
이 '장애인을 우주에 보내는' 일을 가능하게 하는 진보된
과학기술을 상세히 묘사하지 않기 때문일지도 모른다. 장애인이
된 주인공이 우주에 갈 수 있게 된 계기는 소위 '하드 SF'
독자들이 보기에는 극히 불충분한 이야기로만 설명된다. "무중력
공간에서 일하다 지구로 돌아가도 상대적으로 몸의 무게를
버텨 낼 필요가 적은" 사람들을 뽑을 만한 이유가 있었고,
장애인 채용을 촉진하는 법안도 그 계기였다. 이것들은 과학적
필연성과 거리가 있는 배경인 것 같다.

이것은 SF가 소수자를 다룰 때 직면하는 어떤 딜레마는
아닐까? 소수자가 현실의 사회적, 문화적, 정치적 편견을
뚫고 나와 새로운 면모를 그려 낼 때 보이는 어떤 위엄이나 소설적
아름다움은, 그 소설이 덜 과학적일 때, 혹은 현재 우리를
조건 지운 자연적(과학적) 배경에서 멀리 떨어질 때 발현되는

것처럼 보인다는 것이다. 어슐러 르 귄이 젠더가 생물학적으로
무의미해지는 것을 실험하는 장은 그래서 특정한 방식으로
생명의 진화가 펼쳐진 지구라는 조건이 아니라, 게센 행성이어야만
했던 것이 아닐까?(『어둠의 왼손』) 그렇다고 과학을 소거하면,
우리는 할머니 우주인(「우리가 빛의 속도로 갈 수 없다면」)이나
장애인 우주 비행사가 과학적 질서와 도상들로 구축된 세계에서
활약할 때 경험하게 되는 그 혼종의 매력을 포기해야 할지도
모른다.

*　*　*

소수자는 지배적 질서에서 이탈한 존재이다. 성소수자나 인종,
젠더는 '사회적(사회가 만든) 질서'에서 이탈한 존재라고 말할 수
있을 것이다. SF는 '과학적 질서'가 작동하는 가운데 사회적
질서를 뒤집거나 변형시켜 이 소수자들이 마땅히 소수자가 되어야
할 필연적 이유는 없음을 드러내 보이면서도, 이 존재들의
'과학적' 토대를 지속할 수 있다. 여기서 독자들은 어떤 해방감을
느낄 것이다. 그런데 장애인은 '사회적' 질서만이 아니라
'자연적(과학적)' 질서에 의해서도 소수자가 '될 가능성을 높이는
필연적 조건'을 지녔다고 한다면, SF는 장애인에게 무슨 소용이
있을까?
　　물론 내가 SF가 소수자를 만나는 방식을 지나치게
제한적으로 (어쩌면 유치하게) 이해하고 있는지도 모른다. 나는
SF의 초보 독자임을 고백한다. 그렇기에 앞으로 내가 만나게 될
SF들이 어떻게 장애를 다룰지 더 궁금하다. 사실 SF가 장애인을
만나는 데 겪는 어려움은, 지금까지 사회가 장애를 만나 온
방식과 그 형식상 유사하다. 우리는 사회의 진보를 통해 장애를

극복한다고 믿었거나, 장애란 그저 우연한 차이에 불과할
뿐이라는 (아무도 믿지 못할) 말을 강조하는 방식으로 장애를
다뤄 왔던 것이다. 그러나 우연한 차이일 뿐이라는 설정은
우리의 존재를 얼마간은 분명히 조건 지웠을 (자연적) 토대를
무시한 기만에 불과했고, 장애를 극복하겠다는 진보의 서사
속에서 정작 장애는 더더욱 배제되었다. 우리는 그 사이의 어떤
길에서 싸우고 있다.

    SF의 싸움도 그와 같지 않을까? 장애를 소수자로 만드는
(과학적) '필연성 / 질서'를 무시하고 우연한 차이에 불과하게
그리지 않으면서도, 그 질서에서의 성공이 장애를 해방시킬
것으로만 그리지 않는 것. 이미 한국 SF 작가들의 작품에서 그
단초를 발견하면서, 앞으로 우리 작가들이 이 길을 어떻게
걸어갈지 무척 궁금하다.

도나 해러웨이 — 사이보그, 그리고 SF적 상상력의 유토피아적 모멘텀

황희선

SF는 무엇의 줄임말인가? 과학소설science fiction 및 사변소설 speculative fiction과 같은 단어들이 우선 떠오른다. 시야를 좀 더 넓히면 '사회주의 페미니즘socialist feminism'이나 '사변적 페미니즘 speculative feminism'의 줄임말도 될 수 있다. SF, 그중에서도 특히 SF '덕후'인 도나 해러웨이Donna Haraway에게 SF는 이 모두를 뜻할 것이다. 그에게 여성주의 SF는 페미니즘 혁명 이후의 세계나 "젠더 없는" 세계를 상상할 수 있게 해 주고, 신기술과 더불어 새로 등장한 통제 체계를 관찰할 때 정치적, 이론적 영감을 제공해 주기 때문이다.

　1944년 미국 콜로라도에서 태어난 해러웨이는 페미니스트 과학학자·문화비평가다. 예일대학교에서 생물학 박사 학위를 받고 하와이대학교를 비롯한 여러 학교에서 교편을 잡은 뒤, 캘리포니아대학교 산타크루즈 캠퍼스에 석좌교수로 재직하고 있다. 1985년 『사회주의 리뷰』에 발표한 「사이보그 선언」으로 널리 알려지기 시작해, 현재는 20세기 후반부터 21세기 초반의 가장 중요한 이론가 중 한 사람으로 여겨진다. 하지만 어쩌면 그는 이런 명성을 떠나 극장판 〈공각기동대〉에 등장하는 '해러웨이 박사'의 모델로 기억되는 일이 더 많을지도 모른다.

　〈이노센스〉*에서 해러웨이 박사는 흥미로운 질문들을 던진다. 사람은 왜 자신의 닮은꼴을 그토록 만들고 싶어 하는

걸까? 전뇌를 장착한 인간-사이보그와 비교해 보면, 기계-
사이보그 역시 타인과의 관계를 중요시하고, 인간관계로부터
자신의 존재 의미를 찾는 것이 아닐까? 기계-사이보그는
자살할 수 있을까? 아이들의 인형 놀이는 얼핏 보면 아기 기르는
법을 배우는 과정처럼 보이지만, 그저 인형 놀이 자체가 양육
행동과 닮은 측면이 있는 것 아닐까? 어쩌면 기계-사이보그는
인간 아이들과 비등한 존재가 아닐까?

　　해러웨이 박사는 이러한 질문들에 우회적으로 답한다. 인간과
기계를 완전하게 구분할 수 없으며, 인간조차 때로는 온전한
인간이 아니라는 것이다. 극 중에서 토구사는 바로 저항감을
드러낸다. 아이는 로봇이 아니기 때문이라고 한다. 이 대목에서는
아니메(アニメ)를 관통하는 실존주의적-인본주의적 테마 및
디스토피아적 불안이 드러나기도 하지만, 리얼돌이 누군가에게는
소중한 가족이라는 주장이 뉴스에 보도되는 현 상황에 비춰 보면
순진한 대사처럼 느껴지기도 한다. 사실, 34년 전인 1985년에
해러웨이는 "우리가 만든 기계들은 불편할 만큼 생생한데, 정작
우리는 섬뜩할 만큼 생기가 없다"고 적었다. 하지만, 말 상대가
뭐라 하든 초연한 모습으로 일관하며 담배를 비벼 끄는 해러웨이
박사와 현실의 해러웨이는 이 지점에서 갈라진다. 현실의 그는
인본주의적 상념과 거리를 두면서, 기쁨과 분노, 정치적 실천,
타자와의 관계와 같은 테마에 보다 큰 관심을 기울이기 때문이다.
실존적 고민을 할 때가 아닌 것이다!

　　해러웨이는 신기술로 인해 생겨나는 불확실성과 위험을
헤쳐 나갈 방법을 찾는 데 관심이 많다. 그리고, 그와 같은 방법이

---

　*　오시이 마모루의 공각기동대 극장판 2기의 제목.

아주 긴급하게 필요하다는 점을 강조한다. 기술과학과 권력이라는 수상한 조합은 늘 문제를 만들어 냈지만, 모든 것을 포괄해 재정의하는 보편적 정보이론이 주류가 된 세계, 스마트폰이 생존 필수품이 된 세계에서, 이 둘의 문제를 피해 갈 곳은 없는 것처럼 보인다. 신들린 듯한 문제로 신기술의 위험을 경고하는 「사이보그 선언」이 묘사하는 상황은 현재와 크게 다르지 않다. 아니, 현재는 당연히 그 이상이다. 팔찌형 텔레비전이라니! 그와 같은 것들이 유행하던 시절, 위협적으로 느껴지던 시절이 있었단 말인가? 인간을 달로 보내는 데 쓰였던 컴퓨터와 비교도 안 되는 고성능의 컴퓨터를 거의 모든 사람이 하나씩 손에 들고 '디지털 좀비'의 행렬을 연출하는 현재, 팔찌형 TV가 '사적 영역'을 새로 정의하는 물건일지도 모른다는 해러웨이의 예언은 너무나 옳았다.

게다가 그의 말처럼 아름답다기보다는 두드러지게 위험한 것으로 판명된 '작은 것'들은 또 어떤가. 어떤 여성들은 보이지 않는 어딘가에 숨겨져 있을지도 모르는 초소형 카메라를 의식하며 마스크를 착용하고 화장실 칸으로 들어간다. 어떤 사람의 내밀한 삶은 디지털 이미지로 코드변환을 거쳐 암호화폐를 통해 거래되고, 영상에 등장하는 인물의 삶을 파국에 빠트린다. 이런 맥락에서 디지털 영상을 전자기파에 불과하다고 말할 수는 없는 법이다. 물질과 비물질, 삶과 정보의 경계는 철저히 이데올로기적인 것이 된다. 작은 것의 극점에서 세계를 재창조하는 전자공학기기는 그 편재성과 비가시성을 자랑하며 '신'의 정의justice를 조롱한다.

그렇게 상황은, 좋든 싫든, 이미 오래전에 닥쳤다. 하지만 러다이트적 해법이 현실적으로 가능한 선택지가 아닌 이상, 무슨 일이 벌어지고 있는지를 우선 파악해 볼 필요가 있다. 해러웨이는

당시 신기술의 경향을 '지배의 정보과학'이라는 단어로
요약한다. 이 체제의 특징은 "가장 취약한 위치에 있는 사람들이
생존을 위한 네트워크를 이루는 데 종종 실패하여 불안정성과
문화적 빈곤이 크게 강화된다"는 데 있다. 기계와의 접속,
곧 사이보그화는 선택의 문제가 아니다. 물론, 기계와 접속한다는
것은 전뇌나 여타 최첨단의 보철물들을 장착함으로써 기능적으로
향상된 신체가 되는 경험만을 일컫는 것이 아니다. 그와 같은
보철의 사용이 군사주의적이고 자본주의적이며 여성혐오적인
결과물을 낳거나, 일부 포스트휴먼 담론에서 엿보이듯 더욱더
완벽해짐으로써 신이 되기를 지향하는 듯한 인간 욕망을 구현해
가는 상황에서는 훨씬 더 그렇다. 「사이보그 선언」은 기계란
인간만큼이나 한계 투성이지만 "다정한 나 자신"이 될 수도 있고,
인간과 기계는 서로 친족 관계를 맺을 수도 있다고 말한다.
여기서 중요한 질문은 누가 사이보그가 될 것이며, 사이보그는
어떤 존재가 될 것인가다.

　　해러웨이에게 사이보그는 무엇일까? 그 실마리는 "나는
여신보다는 차라리 사이보그가 되겠다"라는 「사이보그 선언」의
유명한 마지막 문장에 숨겨져 있다. 여기서 '여신'이란 완전성,
무결성, 순수성을 상징하는 단어로서, '부활을 통한 구원'이나
심층생태론의 순수 자연과 같은 다분히 반문명적인 총체성을
뜻하기도 한다. 그가 볼 때 사이보그는 우선 이분법적 경계를
무너뜨리면서 출현하는 하이브리드를 뜻한다. 서구 근대의
이분법적 사고관에서는 본성상 이질적인 존재들, 비단 유기체와
기계만이 아니라 인간과 동물, 물질적인 것과 비물질적인 것이
뒤섞여 네트워크를 이룬 상태를 일컫는다. 더 중요한 점은
하이브리드는 정의상 순수하지 않다는 것이다. 순수한 것은

범주가 명확한 존재들이다. 예컨대 이성애주의적인 규범에 부합하는 여성과 남성, 영혼 있는 인간과 영혼 없는 기계라는 개념이 그렇다. 하지만 인공지능 윤리에 대해 토론이 벌어지고 개인이 '생명의 암호'인 염기서열로 특정되어 데이터베이스로 관리되는 오늘날 그 모든 이분법은 흐트러진다. 출생 시 사회적으로 지정된 것과 다른 성정체성을 지닌 사람들도 남녀 이분법을 불안정하게 만든다. 단일 설계와 의지에 따라 부분들이 유기적으로 조합된 신의 피조물과 달리, 각각의 부분이 서로 원리상 이질적인 사이보그는 모순이 가득한 존재이다.

문제는 이분법이 단순히 사라지는 대신 더 강력하고 위험한 지배체제가 등장할 수도 있다는 것이다. 해러웨이는 기를 쓰고 출구를 찾아 나간다. 이 과정에서 해러웨이가 주목하는 것은 가상의 종합에 내재하는 모순이다. 기계는 설계자의 의도처럼 특정 목적에 부합하는 경로와 전혀 다른 경로로 나아갈 수 있는 가능성이 있다. 고장이 나든, 아니면 전혀 새로운 용법으로 사용되든. 해러웨이 스타일의 사회주의 페미니즘에서 '사이보그 여성'은 이 시대에 적합한 정치적 주체의 이미지로 제시된다. 거듭 강조하는 것처럼 사이보그 여성이란 여성 신체를 기술의 힘을 빌려 이성애적인 미적 기준에 부합하도록 변경하거나 전투에 적합하도록 기능적으로 향상시킨 존재가 아니다. 그와 같은 존재도 사이보그의 일종이라고 볼 수 있겠지만, 해러웨이가 관심을 두는 것은 정치적으로 의식화된 '래디컬 사이보그'이다. 냉전 시대에 국가 자원이 되기 위해 과학교육을 시킨 해러웨이를 반란군으로 만드는 것은 국가주의에 내재하는 모순이다. 사이보그는, 자신의 기원을 배반하는 '사생아'다. 글이 쓰인 1980년대 초반의 시점에서 보면, 전통적으로 여성에게

'자연스럽다'고 여겨지는 위치로부터 벗어난 여성들 역시
해러웨이식 어법에서 사이보그다. 여성 해커, 타인의 집에서
가사노동을 하면서 노조를 결성하는 여성 노동자들이
그러한 예다.

      그런데, 모순은 부정하고 싶은 현실과 만들기를 바라는 미래
사이에만 있는 것이 아니라, 정치적 단결이 필요한 사람들
내부에도 있다. 이 시점에서 '사이보그'는 공통의 정체성을 찾아
단결의 기반을 마련하는 것, 즉 모순을 변증법적으로 해소하는
것과 대립되는 개념이 된다. 해결할 수 없는 모순들을 있는
그대로 받아들이고, 연대의 현실적 조건을 마련해야 한다는
것이다. 해러웨이의 말을 빌리면 페미니즘은 생존을 위한 필수적
시각인데, '여성'을 통합하는 자연스러운 기반도 없고 '여성됨'과
같은 것조차 없다. 인간 인공 자궁의 실현이 코앞에 닥치고,
난자와 난자로 수정된 생쥐가 탄생하는 형편에서는 그것이
유기체적 총체를 의미하는 이상, '여성' 자체가 이미 너덜너덜해진
범주이기 때문이다. 좀 더 명확하게 말하자면 바로 그와 같은
해체가 훨씬 더 가공할 만한 통제와 지배 체제를 산출해 냈다.
그렇다면 다시 '여성'으로의 재통합을 추구해야 하는가?
해러웨이는 과거 회귀적인 해법은 가능하지 않다고 생각하며,
해체 속에서 새로운 재조합의 가능성을 봐야 한다고 말한다.
가능성의 방향을 제시하는 것은 여성주의 SF에 드러나는
유토피아적 전망이다. 옥타비아 버틀러Octavia Butler, 오드리
로드Audre Lorde, 체리 모라가Cherrie Moraga, 조애너 러스Joanna Russ,
새뮤얼 들레이니Samuel R. Delany, 본다 매킨타이어Vonda N. McIntyre,
제임스 팁트리 주니어James Tiptree Jr 등이 그가 사랑하는
작가들이다. 이 작가들이 구성하는 세계는 그 자체로 유토피아는

아니지만, '젠더 없는' 세계, 인간과는 매우 다른 유전 체계를
지닌 존재들의 세계, 대안 역사의 세계 등으로 묘사되면서, 지배와
통제의 권력에 의해 정의된 것과는 다른 인식론을 제공하는
것으로 읽어 낼 수도 있다.

　　하지만 이조차 너무 한가롭고 낯설지 않은가? 사실
해러웨이는 독자로서 자신의 위치, 즉 미국 시민인 백인 중산층
전문직 여성이라는 정체성을 분명하게 드러내면서 문제를
한 번 더 뒤집는다. 예를 들어 본다 맥킨타이어는 미국에서 살고
있는 해러웨이 자신에게는 『수퍼루미널 *Superluminal*』의
작가로 우선 인식되고 그 시리즈에 담긴 범주 비틀기의 일화들로
기억되지만, 오스트레일리아 출신인 조이 소풀리스에게는
'스타트렉'을 통해 기억되는 것이다.* 이와 같은 시점의 차이는
여성 작가들을 포함해 제1세계의 (대안) SF에조차 잠입해 있는
제국주의적 성향을 짚어 낸다. 그러니, 모든 패를 뒤집어 놓고,
누가 무슨 이야기를 하는지 면밀히 관찰해야 한다. 반도체 칩은
누가 만들고, 누가 사이보그를 이야기하는가?

　　최근의 해러웨이는 SF 비평을 넘어 이야기 쓰기를 시도한다.
크툴루세 Cthulucene에 대한 상상과, 그 개념을 빌려 현재의 생태
위기에 대처할 법을 모색하는 글들이 그러한 예다. 크툴루세는
러브크래프트의 '쑬룰루'와 의식적으로 구분 지어 조합한 말인데,
현대를 이질적 시공간이 동시에 공존하며 '촉수적 사고'가
요청되는 시대로 보는 개념이다. 여기서 소환되는 신화적 요소는
가이아인데, 평화롭고 자애로운 어머니 대지가 아니라,
자본주의적 생산 및 소비 시스템처럼 자신을 교란시키는 힘에

* 도나 해러웨이, 『해러웨이 선언문』, 황희선 옮김, 책세상, 2019. 82쪽.

맞서는 자연의 힘을 상징하는, '고대'의 존재다. 이와 같은
글쓰기는 어슐러 르 귄과의 교류로부터 물려받은 유토피아적
상상력 및 스토리텔링의 중요성에 대한 공감과도 무관하지
않을 것이다.

사이보그 선언이 쓰였을 당시처럼, 앞에 그 형체를 정확히
알 수 없는 미지의 어둠이 가던 길을 멈추게 하는 순간
필요한 것은, 다른 세계를 상상할 수 있게 해 주는 유토피아적
전망일지도 모른다. 달리 무엇에 기댈 수 있겠는가? 많은 SF는
그와 같은 영감의 원천이 될 수 있다. 이것이 바로 사이보그
선언이 말하듯 "현실과 허구의 경계가 모호한" 이 시대의 심층적
현실일 것이다.

리뷰

완전이라는 허상에 대한 반론

이지용

박해울, 『기파』
허블, 2019년.

영웅은 필요의 산물

소설의 제목이기도 한 기파는 소행성과의 충돌을 통해 난파된
우주선에서 끝까지 남아서 승객들을 치료한 시대의 의인이자 영웅이다.
하지만 사람들이 기파에 대해 알고 있는 것은 거의 없었다. 아니,
사실 알기를 바라지 않았었는지도 모른다. 그들이 바랐던 것은
승객들이나 영웅의 안위와 같은 것이 아니라 극한 상황에서 나타난
영웅의 존재, 그 자체였기 때문이다.

　　영웅은 시대의 불안감이 탄생시키는 존재이다. 우리는 현실의
한계들이 명확해질수록 영웅을 필요로 한다. 그리고 현실에서 절대
할 수 없지만, 가치 있다고 여겨지던 것들을 투사한다. 영웅을
이야기할 때 흔히 꿈과 환상이 언급되곤 하지만 사실 영웅은 철저하게
필요에 의해 발생하는 현실적인 현상이라고 할 수 있다. 현실에서
해결 불가능하다고 여겨지거나 해결을 위해서 많은 희생이 요구되는
문제들의 해결 방법으로 우리는 영웅을 만들어 낸다.

　　불가능해 보이거나 윤리적으로 엄정한 정의 등을 영웅에게
손쉽게 투사하고, 영웅을 지지함으로써 자신들이 삶 속에서 수행해야
하는 윤리와 도덕, 정의에 대한 강박들로부터 거리감을 확보할 수
있다. 이상적인 해결은 마치 영웅과 같이 초인적이고 특별한

존재들만이 수행할 수 있는 것이라고 여기면서 말이다. 그러기 때문에
사실 기파의 무사 귀환 같은 건 바라지 않았는지도 모른다. 평전과
다큐멘터리, 복지 재단과 같은 현상은 기파처럼 되고 싶어서가 아니라,
그것을 통해서 자신들의 윤리적 부담감을 덜 수 있었기 때문이다.

완전함이란 허상

소설은 이러한 윤리적 부담감을 덜어 주는 영웅이란 존재하지
않는다는 것을 이야기하고, 오히려 그러한 완전함에 대한 강박들이
허상일 수밖에 없다는 것을 드러낸다. 소설에서 이야기하고 있는
완벽한 인간은 로봇과의 결합이 진행되지 않은 인간을 의미한다.
이는 이른바 순수성에 대한 강박들인데, 그것을 위해 완전이라는
허상에 의미를 부여해 인간과 로봇을 구분 짓고, 위계를
나누어 놓았다. 하지만 이렇게 인간과 로봇을 구분하기 위해 만들어진
기준들은 필연적이게도 인간과 인간 사이의 위계를 심화하는
기준으로 사용된다.
    완전한 인간이란 기준은 로봇과 인간을 구분하기 위해
만들어졌지만 정작 로봇들은 그러한 구분에 구애받지 않는다.
로봇들은 인간이 되기 위해 욕망하거나 하지 않고, 인간들이
자신을 인간과 같이 생각하지 않는다고 상처받지도 않는다. 그렇게
인간들의 심리적 만족감과 우월감을 위해서만 작동하는 이러한
기준들은 결국 인간을 구분 짓는 데만 효과적이다. 오르카호의
곳곳에서 활동하고 있지만 절대 다른 이들의 눈에 띄어서는 안 되는
섀도 크루들에게 작용하는 것이 바로 이러한 기준들이다.
    소설은 섀도 크루들을 통해 인간과 로봇의 관계들도 명확하게
구분 짓지 못했다는 것을 지적한다. 그리고 그들을 통해
오르카호 내에서 제시했던 모든 가치와 기준들은 정당성을 잃는다.
특히 이 과정에서 유희처럼 벌어지는 로봇 찾아내기 게임은
완전이라는 허상을 기준으로 삼고 인간이 인간들에게 벌이는

단순하고 야만적인 폭력 이상도, 이하도 아니다. 대개 우리가 어쩔 수 없는 기준이라고 이야기하면서, 혹은 시기상조라고 방임하면서 아무런 반성 없이 저지르고 있는 다양한 혐오 행위같이 말이다.

다시, 꿈꾸는 시대로

결국 완전함이라는 것은 존재하지 않으며, 그러한 기준에 따라서 규정된 완전한 인간이라는 것 역시 존재하지 않는다는 것이 소설의 메시지이다. 자신들이 상정해 놓은 완벽한 인간의 모델로 제시했던 기파의 행위들은 결국 그들이 폄훼했던 로봇의 행위였다. 소설에서 인용되는 기파의 평전에는 '완전판'이라는 단어가 붙어 있는데 그것은 기존의 허상과 같은 완전함이 아니라 기파의 정체를 알려 주는, 모든 것들을 포괄하고 허용한 상태를 의미한다.

　　이것이 소설에서 이야기하는 완전함의 강박에서 탈피한 상태이다. 그리고 이러한 사실들은 완전함을 위해 촘촘하게 구축된 기준의 그물망 사이에 존재하고 있는 현대의 우리들에게 질문한다. 완전에 대한 강박들이 결국 우리를 불행하게 하고, 주변에 존재하는 다양한 가치들을 은폐하고 있다는 것을 깨우치면서, 우리 주변의 다양한 가치들에 대한 재정의의 필요성을 촉구한다.

　　보통 현실의 부조리함을 지적하고, 이상적인 가치들을 추구하면 꿈과 같은 이야기라고 폄하한다. 하지만 그러한 세계를 지향하지 않으면 미래 또한 존재하지 않는다. 현실의 다양한 차별과 부조리를 어쩔 수 없는 것이라고 여기지 않고, 이상적이고 폭넓은 포용의 세계로 나아가야 한다. 그것이 완전한 인간의 표상인 영웅이 했다고 여기는 일이 사실은 로봇이 묵묵히 수행한 일이었다는 것을 받아들이고 평전의 완전판을 써 내려간 소설 『기파』가 드러낸 가치이기도 할 것이다.

거듭 실패하더라도, 서로를 믿는다면

정소연

문목하, 『돌이킬 수 있는』
아작, 2019년.

문목하의 『돌이킬 수 있는』은 아주 물리적인 소설이다. SF 리뷰라 생길 법한 오해를 막기 위해 거듭 말하자면, 물리학적인 소설이 아니라 물리적인 소설이라는 말이다. SF의 서브장르로 말하자면 '돌이킬 수 있는'은 정석적인 시간여행-루프물이고, 재난소설이고, 초능력물이다. 굳이 SF의 서브장르 밖에서 본다면 미스터리나 액션, 로맨스로도 읽을 수 있겠지만, 기본적으로 이 소설은 장르 사이에 걸쳐 있는 작품이 아니라, 동시에 여러 서브장르에 해당하는 정통 SF다. 그것도 아주 성공적으로. 루프물인데도 속도감이 있고, 재난의 현실성이 있고, 초능력은 직관적이고 매혹적이다.

이 소설의 사건들은 11년 전 발생한, 한 지역이 완전히 지하로 자취를 감춘 거대한 싱크홀 재난에서 비롯한다. 알 수 없는 이유로 한 도시가 땅으로 꺼졌다. 몇만 명이 죽었고, 더 많은 사람들이 도시를 떠났다. 인간이 수습할 수 있는 범위를 넘어서는 자연재해로 한때 도시였던 곳은 거대하고 까마득한 유령도시가 되었다.

그러나 이 싱크홀 안에서 살아남은 사람들도 있었다. 얼마나 가야 할지 모르는 그 어둡고 먼 길에서 산 사람을 찾고 죽어 가는 사람들을 만나고 살기 위해 헤매던 생존자들은, 그 과정에서 자신들이 초능력자가 되었다는 사실을 발견한다. 존재하는 것을 부술 수 있는 파쇄자, 부서진 것을 되돌릴 수 있는 복원자, 움직이는 것을 멈출 수

있는 정지자. 수만 명 사망자들과 함께 파묻혔던 생존자들은, 있던
것을 부수고 부순 것을 허공에 멈추며 나선계단을 만들어 한없이 깊은
지옥과 같았던 싱크홀 안에서 지상을 향해 한 발 한 발 걸어 올라왔다.
지상의 지옥을 한 번 더 거쳐 살아남은 600여 명의 초능력자들은
싱크홀 주위 유령도시에 남은 '경선산성' 사람들과, 이들과 의견을
달리하며 대립하는 폭력조직 '비원'으로 양분되었다. 그리고 정부에는
이 초능력자들의 존재를 일반인들에게 숨긴 채 비밀리에 통제,
관리하는 경찰력, 소위 '섹터'가 생겨났다.

　　공식적으로는 테러 시 현장지원 보조팀장이지만 비밀리에
초능력자 조직인 비원을 관리하던 부패한 경찰 서형우는 윤서리라는
똘똘한 신입의 소문을 듣고, 윤서리를 섹터로 스카우트한다.
서형우 팀장은 이 똘똘한 신입에게 비원을 관리하는 업무를 맡긴다.
비원 같은 조직을 적당히 봐주고 적당히 관리하면서 나오는 검은 돈을
관리할 만큼 영민하면서도, 정의감에 비밀을 폭로하지 않을 만한
사람이라고 보았기 때문이었다. 그러나 윤서리는 점차 서형우 팀장의
통제를 벗어나 스스로 판단하기 시작하고, 다소 처치 곤란해진
윤서리를 살해하려던 서형우 팀장의 시도는 윤서리를 전혀 새로운
발견으로 이끈다. 그리고 책은 가속을 받은 쇠구슬처럼 급박하게
굴러간다.

　　어떻게 딱 한 권 분량에 이렇게 묵직하면서도 빠른 이야기를
담을 수 있었을까? 여기에서 단연 돋보이는 것은 『돌이킬 수 있는』의
물성(物性)이다.

　　『돌이킬 수 있는』에서 일어나는 모든 사건들은 읽는 사람이
구체적으로 머릿속에 그려 낼 수 있는 물리적인 일이다. 이 소설에는
추상적인 은유나 비유가 거의 없다. 정지자, 파쇄자, 복원자라는
초능력자들의 능력은 직관적이다. 죽음도 부상도 물리적이다. 심지어
정신적 고통조차도, 이 소설에서는 분명한 실체가 있는 신체적
반응과 바로 연결된다. 고민하기보다는 밖을 오랫동안 서성인다.
건물은 토스트기에서 튀어나오는 식빵처럼 흔들린다. 등장인물들의

대화부터 사건의 묘사나 진행까지, 이 소설에는 불필요한 관념성이
거의 없다.

　　그리고 바로 이 물성을 바탕으로 『돌이킬 수 있는』은 훌륭한
SF로서의 도약에 성공한다. 구체적인 행동과 사건을 정밀하게 직조해
완성된 이 이야기는 신뢰, 사랑, 배신 같은 다분히 추상적인 감정을
그와 동시에 펼쳐 낸다.

　　싱크홀의 발생 원인과 수습 과정을 되짚어 가며 우리는 반경
2킬로미터에 달하는 공간의 상실과 더불어, 재난이 복잡하고
교묘한 악의에서 출발하는 것이 아님을, 그저 역량을 약간 넘어선
욕심이나 무지에서도 발생할 수 있음을 본다. 그리고 사람들의
회피와 자기 보호가 눈덩이가 구르듯 커져 돌이킬 수 없는 거악이
되어 가는 과정을 본다. "한 번 거짓말을 하면 한 사람이 더 살 수
있다면?"이라는 어쩌면 대단히 관념적인 질문은, 비원과 경선산성이
서로 한 번 공격할 때마다 생존자 수가 뚝뚝 줄어드는 현실적인
비극 앞에서 질량을 갖는다.

　　나는 이 소설이 이렇게 펼쳐 내는 물리적인 감정들 중에서도,
신뢰에 특히 깊은 감명을 받았다. 경선산성과 비원, 비원과 섹터,
섹터와 경선산성은 분명 서로 불신하지만, 그 불신행동을 통해 우리는
신뢰의 존재를 확인하게 된다. 사람 사이에는 계속 시험하고,
의심하고, 확인하려 들 만큼, 손상되었더라도 돌이킬 수 있을지
모른다는 기대를 포기하지 못할 만큼의 신뢰가 어쩔 수 없이
남아 있다. 아무리 거듭 실패해도, 아무리 다 포기한 것처럼 살아도,
아무리 타락했어도, 아무리 절대적인 악한이라도, 사람들에게는
신뢰의 여력이 있다. 때로는 배신으로 간신히 확인되지만, 늘 그렇지는
않은.

존 스칼지의 탁월함에 대하여

정세랑

존 스칼지, 『타오르는 화염』
유소영 옮김, 구픽, 2019년.

SF를 처음으로 읽고 싶어 하는 사람에게 누구의 어떤 책을 권해야 할지가 언제나 고민이었다. 아시모프를 권하자니 초심자에게 너무 레트로하고, 하인라인은 이제 와선 마초적인 부분이 다소 꺼끌거리고, 필립 K. 딕은 묘하게 우울하고, 어슐러 르 귄은 멋지지만 생소한 고유명사가 많이 나오고, 레이 브래드버리의 경우 아름답긴 한데 그 아름다움이 미국 목가적 풍경에 닿아 있어서 정서가 좀 멀고…. SF를 사랑하는 마음으로, SF를 읽는 사람을 늘리기 위해 목 넘김이 좋은(?) 리스트를 짜려고 내가 얼마나 노력했는지 아는 사람만 안다. 그 리스트에는 테드 창과 제임스 팁트리 주니어와 국내 작가들이 있고 누구보다도 존 스칼지가 있다. 존 스칼지는 가장 부담 없고 산뜻한 진입로 역할을 한다. 『노인의 전쟁』 시리즈가 '고전이 버거우면 여기서부터 시작해도 좋아요!'에 걸맞은 작품이었는데, 작년부터 구픽 출판사에서 번역 출간하기 시작한 '상호의존성단' 시리즈도 맞먹는 선택일 듯하다. 현재 『무너지는 제국』과 『타오르는 화염』까지 출간되었는데, 이 새로운 세계에 푹 빠져 완결까지 긴 응원을 보내는 중이다.

　　줄거리는 고전 SF의 변주에 가깝다. '플로우'라는 다차원적 구조가 있다. 시공을 비트는 통로로, 대충 비유하면 강처럼 기능해서 멀리 흩어져 있는 40여 개의 인간 정착지 간의 교류를 가능하게

해 주었다. 그렇게 플로우로 묶인 정착지들이 '상호의존성단'인데,
배타적인 독점 무역을 하는 가문들이 지배하고 있다. 그런데
어느 날 플로우가 붕괴하고 있다는 것을 몇몇 사람들이 알게 된다.
자연물에 가까운 것이니, 생겼으면 사라지는 것도 얼마든지
가능하지만 상호의존성단 사람들은 아무 준비도 되어 있지 않다.
애초에 상호의존성단에 자립하여 생활할 수 있는 행성은 단 하나밖에
존재하지 않고, 배타적 무역은 그런 의존 상태를 더욱 촉진해
왔던 것이다. 플로우 붕괴에 대한 정보를 가지고 어떻게 행동해야
할까?

　　단순하고 뻔한 전개를 택했다면, 모두 협력하여 이 위기에
대처하는 이야기가 나왔을 것이다. 정의로운 영웅들의 활약,
아슬아슬한 위기 속의 희생, 희망이 깃든 해피엔딩…. 그러나
존 스칼지는 그 길을 가지 않는다. 최대한 많은 사람들을 살리고
피해를 최소화하려는 인물들이 있고, 그들이 주인공이긴 하다.
다만 '세계가 붕괴한다고? 그렇다면 이 유용한 정보를 미리 알았으니
나의 이익, 내 가문의 이익을 최대한 챙겨야겠는데?' 하는 식의
인물들이 온갖 계획을 세우기 시작하는 게 문제다. 각자의 성격과
욕망과 결핍은 생생하고 설득력 있다. 주어진 환경과 기존의
관계를 감안하면 그렇게 행동할 수밖에 없을 것 같다. 팽팽하게
부딪히는 이권과 공존할 수 없는 개성들이 페이지마다 가득하다.
어떻게 해도 망해 버렸으면 하는 숙적을 물리칠 수 있다면
천천히 오는 거대한 위기 따위야 외면할 수 있는 게 인간이니 말이다.
1권을 읽었을 때는 그래도 문명이 사라지게 된 판국에 서로
협조 좀 했으면 하는 마음이었으나, 2권에 다다르자 어디 한번 끝까지
가 보아라 하는 마음이 될 정도다. 3권에는 또 어떤 파국과 배신,
반전이 도사리고 있을까 기다려진다. 판이 뒤집어지고 뒤집어지고
또 뒤집어지며 새로운 정보가 드러나는 이야기를 좋아하는
사람들에게 추천한다.

　　존 스칼지가 이토록 흥미로운, 마치 장마다 폭죽이 터지는 것
같은 이야기를 쓸 수 있는 까닭은 이야기 전개를 잘하는 재능에만 있는
것 같지 않다. 더 근본적으로는 현실을 풍부하게 해석한 후 섬세히
모사할 수 있는 작가이기 때문이라고 생각한다. 자세히 들여다보면
완벽하고 문학적인 옮겨 그리기에 가깝다고 할까? 플로우가 붕괴할 때
제 몫만을 확보하려는 모습은, 빙하가 무너져 내릴 때 기후 조약에서
탈퇴하는 모습과 닮았다. 할 수 있는 일들을 다 미뤄 두고 하등
중요하지 않은 힘겨루기 한판에 뛰어드는 인간의 우스꽝스러움은
사실 저 먼 상호의존성단이 아닌 지구의 문제다. 이 시리즈에만
해당하는 것은 아니다. 『노인의 전쟁』은 중동 전쟁에서, 『작은 친구들의
행성』은 아마존 개발에서 밑그림을 얻지 않았을까? 특히 『작은
친구들의 행성』은 귀여운 소품이라는 평가를 받고 있지만, 다시 살피면
한참 앞서 나가 있는 생태 SF다. 존 스칼지는 당장 목도하고 있는
우리 스스로의 끔찍함을 해석해서 서사와 은유로 코팅하는 능력이
탁월한 작가인 것이다. 우주에 띄운 가상의 거울에 비추어 보면,
이 추함을 제대로 인식할 수 있을까? 거대한 위기 앞에 과거의 골을
메우고 진정으로 유효한 협력을 할 수 있을까? 익을 대로 익어
부패하기 직전에 다다른 문명은 여기서 스러지지 않을 수 있을까?
인류는 천천히 끓는 물에서 탈출할 수 있을까? 이기심에서 이타심으로
한 축을 옮길 수 있을까? 작가 자신도 궁금해하고 있을 것이다.
시대의 질문을 존 스칼지가 듣는지, 존 스칼지가 시대에 질문을
던지는지 감탄하고 고민하며 읽는다.

다른 세계에서 보내온 에세이

이강영

테드 창, 『숨』(*Exhalation*)
김상훈 옮김, 엘리, 2019년.

테드 창을 처음 읽었을 때를 기억한다. 『Happy SF』라는 SF 무크지에 실린 「바빌론의 탑」이었다. 좋은 SF를 읽을 때면 드는 그 느낌, '이런 이야기도 할 수 있구나' 하는 놀라움 어린 기쁨을 기억한다. 테드 창의 소설은 그렇게 새로웠다. 정교한 묘사와 아름다운 서술로 삽시간에 이전에는 경험해 보지 못했던 곳에 독자를 데려다 놓는 글. 그때까지 읽은 다른 SF가 아직 가 보지 않은 어떤 곳에 도달한 느낌이었다.

첫 번째 소설집을 읽고 나서는 오히려 담담했다. 사실 책의 첫 번째에 다시 실린 「바빌론의 탑」은 그의 작품 중에서 오히려 이색적인 작품이라고 할 수 있었다. 테드 창은 서사를 보여 주는 작가가 아니다. 아니, 작품들을 읽다 보면 작가는 서사를 보여 주지 않는 정도가 아니라 애초부터 관심이 없는 것처럼 보인다. 물론 스토리라인 자체는 매우 자연스럽고 묘사에는 디테일이 살아 있어서 읽는 즐거움을 충분히 준다. 그러나 거기까지다. 깜짝 놀랄 만한 반전이나 섬세한 복선, 긴장감 넘치는 플롯을 그의 작품에선 찾아보기 어렵다. 그러다 보니 이 독특한 작가는 아이디어를 가지고 이야기를 만들어서 들려주는 것이 아니라, 아예 아이디어 자체를 글로 바꾸려고 하는 것처럼 여겨진다.

『숨』 역시 그러한 작풍이 고스란히 드러나는 작품집이다.

재미있게도 첫 번째 작품 「상인과 연금술사의 문」은 중동을 배경으로 하면서 이야기가 뚜렷이 드러난다는 점에서 「바빌론의 탑」을 연상시킨다. 이런 작품을 소설집의 첫 번째에 놓는 배치가 의도된 것인지는 모르겠다. (하지만 만약 그렇지 않다면 더 놀랄 것 같다.) 인과관계를 해치지 않는 범위 안에서의 시간여행이라는 매우 익숙한 주제를 테드 창다운 섬세한 스토리라인과 우아하고도 풍부한 묘사로 풀어놓은 작품이다.

두 번째 작품부터 본격적으로 "테드 창다운" 작품이다. 특히 표제작인 「숨」은 더욱 전형적으로 그렇다. 이 작품에서 '이야기'란 별로 중요하지 않으며, 사건도 갈등도 벌어지지 않는다. 작가는 다만 열역학 제2법칙이라는 과학적 사실을 가상의 세계에서의 구체적인 현상을 통해 형상화하려고 노력할 따름이다. 소설에서 묘사한 세계가 손에 잡힐 듯이 그려지는 건 작가의 역량 덕분일 텐데, 이렇게 공들여서 가상의 세계를 구축해 놓았는데, 막상 별다른 사건이 일어나지 않으니 아까울 지경이다. 다른 몇몇 작품들에서도 공통적으로 느껴지는 아쉬움이다. '좀 더 이야기를 들려 줘!'라고 말하고 싶은.

「소프트웨어 객체의 생애 주기」는 우리나라에서 이전에 단행본으로 소개된 적이 있다. 그래서 이전에 이 작품을 읽은 사람들 중에는 이 책에 다시 포함된 데 다소 불만을 표하는 것도 보았다. 하지만 원래의 작품집에 속해 있으니 어쩔 수 없는 일일 것이다. 이 작품 역시 테드 창답다는 말을 할 수밖에 없는데, 분량이 다소 긴 중편이다 보니 테드 창의 장점과 단점이 극명하게 드러난다. 장점이라면 물론 인공지능인 디지언트의 정교한 묘사다. 만약 특수한 용도가 아닌 일반적인 인공지능이 스스로 학습하며 성장해 나간다면 어떤 모습일까, 그리고 우리는 그들을 어떻게 대해야 하는가 하는 문제를 이 작품은 극히 사실적으로 그리고 있다. 한편 이 소설의 단점은 그것이 내용의 전부라는 점이다. 디지언트를 키우는 유저들의 인생에 소소한 부침이 있긴 하지만, 어디까지나 부차적인 문제일

뿐이다. 그래서 적지 않은 분량을 소설이라기보다는 일종의
다큐멘터리처럼 보여 준다. 작가는 독자에게 재미있는 이야기를
들려주는 데에는 별 관심이 없는 것처럼 보인다. 그래서
디지언트에 별 매력을 느끼지 못하면 참을 수 없이 지루한 소설이
된다.

　반면 「옴팔로스」는 가장 극적인 스토리가 있는 작품이다.
창조되었음이 증거로써 뚜렷하게 드러나는 세계라는 설정과 묘사,
존재의 의의를 묻는 묵직한 주제, 그리고 도난 사건이라는
이야기가 어우러진 매력적인 작품이다. 다만 한 편의 논문으로 너무
거대한 결론을 이끌어 낸다는 어색함이 있는데, 스토리라인을
강화하기 위한 어쩔 수 없는 억지스러움이라고 생각하면, 테드 창이
여러 작품에서 '이야기'에 그다지 중점을 두지 않는 이유를 살짝
엿보는 느낌도 든다.

　과학 지식의 미묘한 점을 포착해서 그 본질을 잘 드러내는
가상의 세계를 보여 주는 것이 테드 창이 일관되게 추구하는 목표인
듯하다. 이 목표를 위해 그는 과학 지식에 대한 충분한 이해를
바탕으로 우아한 문장력을 가지고 꼼꼼하고 정교하게 가상의 세계를
구축하고, 우리는 단숨에 그 세계로 빨려 들어간다. 이것이
테드 창의 매력이다. 다만 많은 경우 그는 그렇게 세계를 구축하기만
한다. 사건이나 스토리는 자신이 구축한 세계의 특징을 보여 주기
위한 것에 그친다. 그래서 테드 창의 소설들은 소설이라기보다
에세이처럼 느껴질 때가 있다. 정교한 가상의 세계에서, 아니 어쩌면
우리와는 다른 세계에서 보내온 아름다운 에세이.

앨런 딘 포스터의 '에일리언'

듀나

90년대까지만 해도 서점에서 영화소설을 찾는 건 쉬운 일이었다.
인기 영화의 경우는 같은 영화소설을 몇 개의 출판사에서 동시에 내는
경우도 흔했다. 〈이티E.T.〉(1982)의 경우는 세 개였던 것으로
기억한다. 더 있었나? 이들 중 일부는 국내 작가가 영화를 보고 멋대로
쓴 것으로, 시치미 뚝 뗀 속편이 나온 적도 있었다.

여전히 영화소설들은 나오고 있지만 국내에서 이런 책의 번역본을
찾기는 이전만큼 쉽지 않다. 가장 큰 이유는 저작권 때문이다.
이전처럼 대충 책을 만들기가 어려워지자 영화소설의 매력은 뚝
떨어져 버렸다. 영화가 좋다면 관객 중 일부는 원작 소설을 찾을
것이다. 하지만 영화소설을 저작권료를 지불하고 번역하는 건 원작
소설을 번역하는 것과 완전히 다른 일이다.

이들 책들은 보통 독립적인 소설보다 낮게 평가받지만 늘
그렇지는 않다. 엄격하게 따지면 아서 C. 클라크Arthur C. Clarke의
〈2001: 스페이스 오디세이〉(1968)는 일종의 영화소설이다. 스탠리
큐브릭의 동명 영화의 각본을 쓰는 동안 탄생했고 영화 개봉 이후
출판되었으니까. 하지만 원작과 내용이 많이 다르고 영화에는 없는
과학적 묘사 때문에 영화에 종속되었다는 느낌은 들지 않는다.
아시모프는 리처드 플라이셔Richard Fleischer의 영화 〈바디 캡슐/
마이크로 결사대Fantastic Voyage〉(1966)의 소설판을 썼는데, 그 작품
자체는 평범했지만 그 뒤에 나온 독립된 속편은 원작이 가졌던
SF적 가능성을 훨씬 잘 살린 작품이었다. 아, 영화는 아니지만 제임스

블리시James Blish가 썼던 '스타 트렉' 오리지널 시리즈의 각색판도
건너 뛸 수 없다.

　　SF의 영화소설 이야기를 하자면 앨런 딘 포스터Alan Dean Foster
이야기를 하지 않을 수 없다. 포스터는 만만치 않은 경력의 SF /
판타지 작가지만 작가로서 성공한 뒤에도 상당히 많은 영화소설들을
썼다. 그중 가장 유명한 건 조지 루카스George Lucas의 이름으로 낸
『스타 워즈』 영화소설이다. (2015년에 나온 청소년 소설 삼부작과는
다른 책이다.) 그 외에도 〈트랜스포머〉(2007 ~ 2009), '에일리언'
시리즈, 존 카펜터John Carpenter의 〈괴물The Thing〉(1982), 〈라스트
스타파이터〉(1984), 〈다크 스타〉(1974)와 같은 영화들의 소설판을
썼으니 이 방면의 거장이라고 불러도 욕은 아닐 듯싶다.

　　포스터는 이 작업을 이렇게 설명한다. "나는 이 작업을 통해 나
자신의 감독판을 만든다. 과학적 실수를 바로잡고 캐릭터를 확대한다.
특별히 좋아하는 장면이 있다면 더 만든다. 그런데도 제작비 걱정
따위는 없다."

　　나는 포스터의 영화소설을 단 한 권 갖고 있다. 한진출판사에서
1979년에 낸 『에일리언』이다. 한국에서 〈에일리언〉은 제임스
카메론의 〈에일리언 2〉(1986) 히트 이후 1987년에야 뒤늦게
개봉되었으니 영화 개봉 한참 전에 나온 책이다. 아마 이 번역본을
읽은 독자들 대부분은 8년 동안 영화 자체는 보지 못했을 것이다.

　　내용 자체야 영화와 같다. 재미있는 건 디테일이다. 일단 원래
각본에 있었고 촬영도 했지만 편집 과정에 잘려 나간 장면들이 몇 개
있다. 리플리가 에일리언의 고치에 갇힌 달라스를 발견하는 장면
같은 것들. 하지만 더 재미있는 것은 영화의 SF적 아이디어가 갖고
있는 결함을 어떻게든 채우려는 작가의 노력이다. 영화에서는
대충 넘어가도 괜찮지만 소설에서는 아무래도 설명이 더 필요한
법이니까.

　　가장 뻔한 질문. 노스트로모는 화물선이라는데 도대체 무얼 싣고
지구로 오는 것인가? 포스터는 한참 고민하다 '석유'라는 답을

내놓는다. 핵융합과 태양에너지로 인류 대부분의 기계를 움직이는
미래지만 그래도 플라스틱은 있어야 하기 때문에. 포스터 자신도 이게
문제가 있는 답이라고 생각했는지 '시대착오적', '후세대의 사람들은
배꼽을 쥐고 웃을 것이다'라는 변명을 추가한다. 하지만 영화와는
달리 소설에서는 설명을 해야 하는 것이다.

　더 나은 설명들도 있다. 예를 들어 포스터는 에일리언이 성체가
되기 전에 식품 저장용 창고를 습격하게 한다. 체스터 버스터가 그
커다란 괴물이 되기 위해 질량과 부피를 늘릴 수 있는 재료가 있어야
한다고 보고 그 빈칸을 채우는 것이다. '석유'는 그때도 이상했고
지금은 더 이상해진 설명이지만 포스터의 소설은 SF로 보았을 때
영화보다 훨씬 자연스럽고 논리적으로 흐른다.

　하지만 이 소설이 영화를 대체할 수 있느냐. 그건 아니다. 일단
기거H. R. Giger가 디자인한 에일리언의 디자인이 존재하지 않는
'에일리언'은 아무리 묘사가 풍부해도 약해질 수밖에 없지 않은가.
아무리 업계 전문가가 공들여 다듬었어도 '에일리언'은 시각적
매체를 위한 작품이고 소설은 그 보조일 수밖에 없다.

　궁금하신 독자를 위해 포스터가 쓴 에일리언의 묘사를 추가한다.
　"그것은 어쩌면 인간의 형태를 한, 그러나 분명히 인간은 아닌
그런 윤곽이었다. 무엇인가 거대한 살의를 갖고 있는 짐승 같았다.
일순 거대한 대가리보다도 더 큰 듯한 눈이 번쩍하고 빛났다."
　'큰 눈?' 포스터가 이 소설을 썼을 때는 기거의 최종 디자인이
나오지 않았던 것일까?

작가 소개

정소연

서울대학교에서 사회복지학과 철학을 전공했다. 현재 법률사무소 보다 변호사이자 한국과학소설 작가연대 대표이다. 2005년 '과학 기술 창작문예' 공모에서 스토리를 맡은 만화 「우주류」로 가작을 수상했다. 『미지에서 묻고 경계에서 답하다』(공저) 『옆집의 영희 씨』 『이사』 등을 썼고 다수의 SF 단편집에 작품을 실었다. 옮긴 책으로는 『노래하던 새들도 지금은 사라지고』 『허공에서 춤추다』 『어둠의 속도』 등이 있다.

전혜진

라이트노블 『월하의 동사무소』로 데뷔했다. 작품으로는 『홍등의 골목』 『감겨진 눈 아래에』 『280일 — 누가 임신을 아름답다 했던가』 등이 있다. 『레이디 디텍티브』와 『펌잇』 등 만화·웹툰 스토리 분야에서도 활동 중이다.

정보라

연세대학교 학사, 예일대학교 러시아 동유럽 지역학 석사, 인디애나대학교 슬라브 문학 박사를 취득했다. 중편 「호(狐)」로 제3회 디지털작가상 모바일 부문 우수상, 단편 「씨앗」으로 제1회 SF 어워드 단편 부문 본상을 수상했다. 『죽은 자의 꿈』 『문이 열렸다』 『저주 토끼』 『붉은 칼』 등을 썼고, 『안드로메다 성운』 『거장과 마르가리타』 등을 우리말로 옮겼다. 대학에서 러시아와 SF에 대해 강의하고 있다.

김지은

철학을 공부했고 아동청소년문학을 읽고 그에 관한 글을 쓰고 있다. 평론집 『거짓말하는 어른』 『어린이, 세 번째 사람』을 썼고, 『왕자와 드레스메이커』 『홀라홀라 추추추』 등을 우리말로 옮겼다.

연상호

애니메이션 감독, 제작자, 영화감독이다. 상명대학교 서양화과를 졸업했다. 애니메이션 〈돼지의 왕〉 〈사이비〉 〈서울역〉 등을 연출했다. 그가 연출한 실사영화 〈부산행〉은 1000만 명 이상의 관객을 동원했다. 현재 웹툰 〈지옥〉의 스토리, 드라마 〈방법〉의 대본을 쓰고 영화 〈반도〉를 연출하는 등 다양한 영역에서 활동하고 있다.

이다혜

《씨네21》기자. 장르문화전문지 《판타스틱》의 편집, 취재기자를 거쳤다. 네이버 오디오클립 〈이수정 이다혜의 범죄영화 프로파일〉, 팟캐스트 〈이다혜의 21세기 씨네픽스〉를 진행한다. 『출근길의 주문』 『처음부터 잘 쓰는 사람은 없습니다』 『교토의 밤 산책자』 『아무튼, 스릴러』 『어른이 되어 더 큰 혼란이 시작되었다』 등을 썼다.

김현재
대학에서 영화연출을 전공했다.
단편영화 〈반납〉이 KBS 〈독립
영화관〉에 방영되었다. 《씨네21》,
《The DVD》 등 매체에서 필자로
활동했고, 영화 〈살아 있는 시체의
밤〉 한국판 DVD와 〈대괴수
용가리〉 북미판 블루레이 디스크의
음성 해설에 참여했다. 미국
만화 『엄브렐러 아카데미』 『엄브렐러
아카데미 — 댈러스』를 번역했다.
중단편 「웬델른」으로 제3회
한국과학문학상 가작을 수상했다.

김이환
『양말 줍는 소년』 『절망의 구』
『디저트 월드』 『초인은 지금』 등
장편소설 열네 권과 공동 단편집
여섯 권을 출간했다. 2009년
멀티문학상, 2011년 젊은작가상
우수상, 2017년 SF 어워드
장편소설 우수상을 수상했다. 잡지
《Koreana》에 실린 단편 「너의
변신」은 프랑스에서 번역 출간되었다.
『절망의 구』는 일본에서 만화로
각색돼 출간되었다.

박해울
대학과 대학원에서 문예창작을
전공했다. 졸업 후 회사원으로
일하면서도 이야기 만드는 일을
포기하지 않고 꾸준히 쓰고
있다. 2012년 《계간문예》 소설부문
신인상을 받았으며, 2018년에
『기파』로 제3회 과학문학상 장편
대상을 수상했다.

듀나
1992년부터 영화 관련 글과 SF를
쓰고 있다. 장편소설 『민트의
세계』, 소설집 『구부전』 『두 번째
유모』 『면세구역』 『태평양 횡단
특급』 『대리전』 『용의 이』
『브로콜리 평원의 혈투』를 썼고,
연작소설 『아직은 신이 아니야』
『제저벨』, 영화비평집 『스크린
앞에서 투덜대기』, 에세이집 『가능한
꿈의 공간들』 등을 썼다.

김초엽
소설가. 포스텍 화학과를 졸업하고
동 대학원에서 생화학 석사
학위를 받았다. 2017년 「관내분실」과
「우리가 빛의 속도로 갈 수
없다면」으로 제2회 한국과학문학상
중단편 대상과 가작을 수상하며
작품 활동을 시작했다. 쓴 책으로
소설집 『우리가 빛의 속도로 갈 수
없다면』이 있다.

해도연
물리학을 공부하고 천문학으로
박사를 받았다. 글을 쓸 생각은 조금도
없었는데 어쩌다 보니 소설을 쓰게
되었고 또 어쩌다 보니 과학글도 쓰게
되었다. 주로 SF를 쓴다. 개인
소설집 『위대한 침묵』과 과학교양서
『외계행성 — EXOPLANET』을
출간했다. 다양한 장르의 앤솔로지에
단편을 수록했다.

김창규

2005년 과학기술 창작문예 중편
부문에 당선되었다. 제1회, 3회, 4회
SF 어워드 단편 부문 대상, 제2회
SF 어워드 우수상을 수상했다.
하드 SF를 즐겨 쓴다. 작품집으로
『우리가 추방된 세계』『삼사라』가
있고, 다수의 공동 SF 단편집에
참여했다. 『뉴로맨서』『이중도시』
등을 번역했으며 창작 활동 외에도
SF 관련 강의를 진행하고 있다.

배명훈

2005년 「스마트D」로 '과학기술창작
문예 단편 부문'에 당선되면서
본격적으로 소설을 쓰기 시작했다.
쓴 책으로 소설집 『타워』『안녕,
인공존재!』『예술과 중력가속도』와
장편소설 『신의 궤도』『은닉』
『맛집폭격』『첫숨』『고고심령학자』,
중편소설 『가마를 스타일』『청혼』,
단편 단행본 『춤추는 사신』『푸른파
피망』 등이 있다.

최지혜

SF와 판타지 등 장르 문학 전문
편집자. pena라는 필명으로
작가 활동도 겸하고 있다. 제5회
SF 어워드 중단편 부문 심사를
맡았으며, 현재 〈환상문학웹진 거울〉
편집위원이다.

오정연

제2회 한국과학문학상 가작 수상으로
SF 작가가 되었다. 단편 「마지막
로그」「분향」을 발표했다. 서울과
싱가포르 난양공과대학교를 오가며
SF와 영화를 가르치고 있다.

김원영

휠체어를 탄다. 서울대학교
사회학과와 로스쿨을 졸업했다.
국가인권위원회 등에서 일했고
현재는 변호사이자 배우로도
활동하고 있다. 〈사랑 및 우정에서의
차별금지 및 권리구제에 관한 법률〉
〈인정투쟁─예술가 편〉 등에
출연했다. 지은 책으로 『실격당한
자들을 위한 변론』『희망 대신
욕망』이 있다. 2019년 《시사IN》에
'김초엽, 김원영의 사이보그가
되다'를 연재했다.

황희선

서울대학교와 런던정경대학교에서
생물학과 사회문화인류학을
공부했다. 현재 서울대학교 인류
학과에서 토종 작물과 사람들이
맺는 다종적 역사와 관계를 주제로
박사 연구를 진행하고 있다. 도나
해러웨이의 『해러웨이 선언문』, 세라
허디의 『어머니의 탄생』, 데이비드
그레이버의 『가능성들』 등을
우리말로 옮겼다.

이지용

SF연구자, 문화비평가, 건국대학교 몸문화연구소 학술연구교수, DGIST 기초학부 겸직 교수, 장르비평팀 텍스트릿 소속이다. 『한국 SF 장르의 형성』을 썼고, 『비주류선언』 『착한 몸 낯선 몸 이상한 몸』 『한국 창작 SF의 거의 모든 것』 등을 공저했다.

정세랑

2010년 『판타스틱』에 「드림, 드림, 드림」을 발표하며 작품 활동을 시작했다. 『이만큼 가까이』 『보건교사 안은영』 『피프티 피플』 등 여섯 권의 장편소설과 소설집 『옥상에서 만나요』를 출간했다. 2013년 창비장편소설상, 2017년 한국일보문학상을 받았다.

이강영

서울대학교 물리학과를 졸업하고 카이스트에서 입자물리학으로 석사 학위와 박사 학위를 받았다. 카이스트, 고려대학교, 건국대학교의 연구교수를 지냈다. 지금까지 입자물리학의 여러 주제에 관해 70여 편의 논문을 발표했다. 『LHC, 현대 물리학의 최전선』 『보이지 않는 세계』 『스핀』 『불멸의 원자』 등을 썼다. 현재 경상대학교 물리교육과 교수이다.

오늘의 SF 1호

발행일
2019년 11월 27일

발행인
김영곤

편집위원
고호관, 듀나, 정세랑, 정소연

글쓴이
김원영, 김이환, 김지은, 김창규,
김초엽, 김현재, 듀나, 박해울, 오정연,
이강영, 이다혜, 이지용, 전혜진,
정보라, 정세랑, 정소연, 최지혜,
해도연, 황희선

도움
구병모, 배명훈, 연상호

편집
전민지, 김지은

디자인
전용완

사진
유영진

아르테본부 문학팀
장현주, 임정우, 김연수, 원보람

출판마케팅영업본부 본부장
민안기

마케팅2팀
나은경, 이다솔, 김경은, 정유진, 박보미

출판영업팀
김수현, 이광호, 최명열

제작
이영민, 권경민

발행처
아르테

출판등록 2000년 5월 6일 제406-2003-061호
10881 경기도 파주시 회동길 201 (문발동)
전화 031-955-2100 팩스 031-955-2151
전자우편 book21@book21.co.kr

ISBN 978-89-509-8452-6 04810
ISBN 978-89-509-8451-9 (세트)

값 15,000원